サハラテツヤ

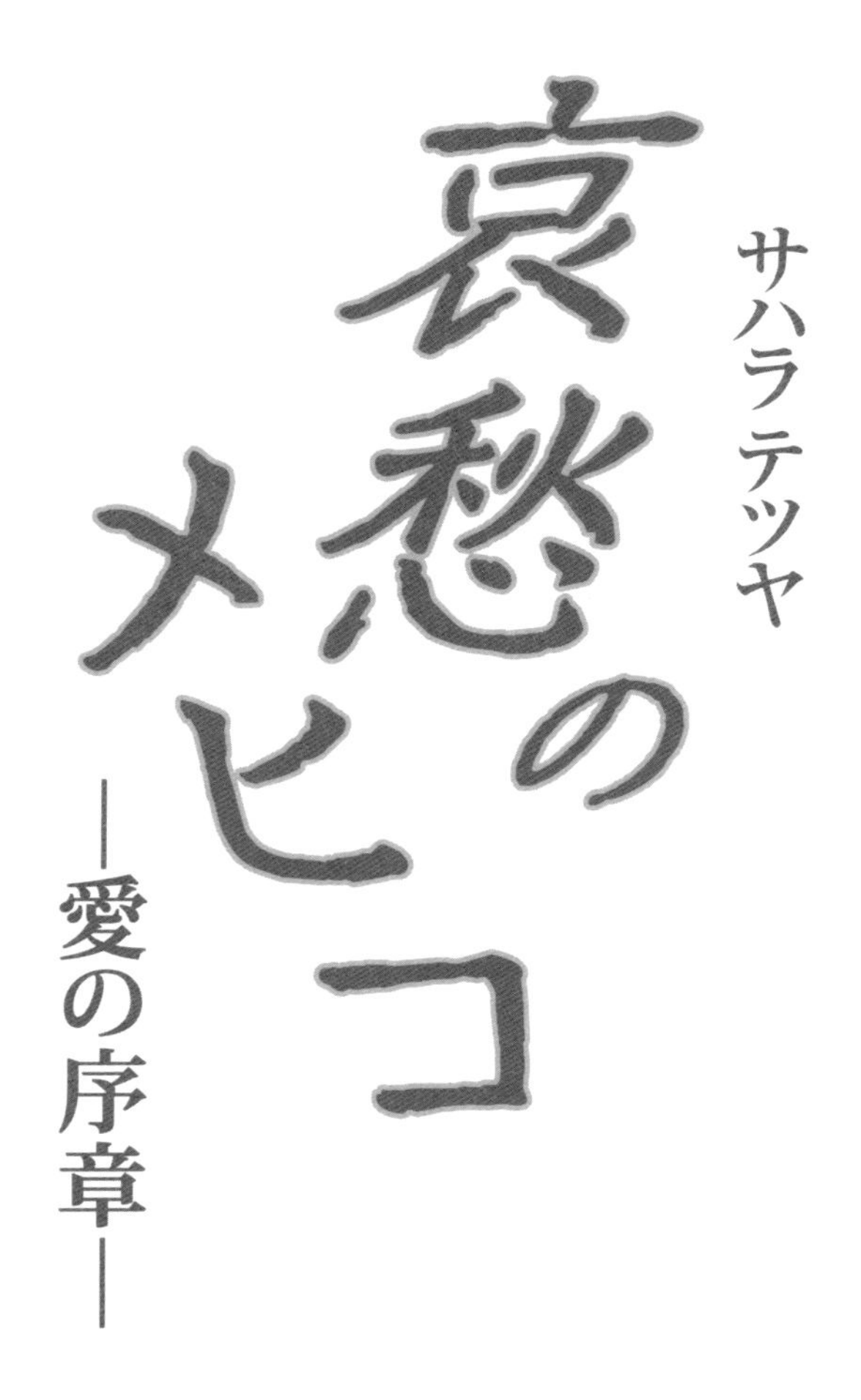

―愛の序章―

風詠社

目次

我

汝

Ｅ・Ｓ嬢に

捧ぐ

一九八五年　夏

序章

人間とは、なんと利己的な存在であろう。

良かれと思ってしたことが、時にはその人を大いに傷つけていることさえあるのだ。しかし、過ぎ去ったことをあれこれと思案してみたところで、「反省」という美名にはなり得てもその大半は「後悔」という人生の重荷にしかなり得ないだろう。

そう、時には開き直ることも必要なのだ。己のこれまでの人生の中に暗くうずくまり、わだかまっている亡霊とも言える小さな事件の数々を白日の下に連れ戻し、きっちりとその存在場所を与えてやること。そして「過去」という名の花輪を冠し訣別すること。それは、考古学者が失われた文明・遺跡を発掘し、時間列と存在場所を今という時間の中に与えてやる作業にも似て、時に人生にとって必要かつ重要な作業でさえあるのだ。

「みんな済んだことさ」

優しく微笑みながらそう言えるようになった時、人は己の人生に対し自信と余裕が持て、人生を首肯できるに相違ない。

何事にも後悔しないこと。

すべてを分析・綜合し、決断すること。

過ちに気付いたなら、その時点で己の才知と責任において素直に謝ること。

「歳月人を待たず」という。

己に素直に生きることである。

そのためにできる唯一のルール、それは他人に対して最小限の傷しか与えないこと。

何故なら人間は「互いに傷つけ合って生きている存在」であり、人生は短いのだから。

第一章

全く突然と言ってもよかった。

否、物事に因果関係がないわけではないのだが、無性に旅に出たい、それも見知らぬ国へ。ただその一心で私は機上の人となっていた。

成田空港一八時発メキシコ行き。外はまだ明るい。西に傾きかけた真夏の太陽がジャンボ機を覆い、朱色の鶴のマークがくっきりと描かれた主翼が熱線を跳ね返している。しかし機内は冷房され、満席であるにもかかわらず快適である。やがて機内アナウンスがあり正副機長、チーフパーサーらの紹介、挨拶。続いてシートベルト着用の指示があり、ジャンボ機は静かに方向を変え離陸・上昇していく。あたかも空に突き刺さるかのように。

吹っ切れる。否、吹っ切らなければ・・・、と私は思った。

そして確たるものを見出さなければ・・・と。

それは未知の世界、未来へのフライト、そして過去との、厳密に言えば私の胸の中に山積している種々のものとの決別のためのフライトでもあった。

過去・現在・そして未来。思えば過去はあまりにも重く私を拘束し、未来にまでなんと暗い影を投げかけていることだろう。出会い、そして別離。仕事上の軋轢、将来に対する悲観的な見方・・・。すべてを切り捨てるために、自らの精神のカタルシスのために、あえて国外脱出に踏み切ったのだった。そして、異国の地から日本を、世界を見てみるためにも・・・。

ノースモーキング・ファッスンシートベルトのサインも消え、機内は寛ぎ始める。新聞や雑誌に目を通す人。何かを食べる人。窓外を見やっている人など様々である。高度八〇〇〇メートル。そして一万三〇〇〇メートルへ。快晴。気流は安定しており、遥か下方にまばらに雲が浮かんでいる。機内から見えるものはブルースカイ、そして下方には白い雲ばかりである。時速八〇〇キロのスピードでフライトしているようにはとても思えない。機は静止していて地球のほうが勝手に猛スピードで回転している、そのように錯覚するほどである。

何時頃であったであろうか、日付変更線を越えたのは。日本時間では翌日午前〇時。真夜中なのにジャンボ機は快晴の白日の中へとスライドしていく。まるで劇場の緞帳が瞬時に夜から昼へすり替わったような錯覚に陥る。夜、つまり暗黒の時間が数時間しかなかったのだから、なんとも奇妙な感じである。冷たいおしぼり、飲み物、食事、コーヒー、ジュースのサービス。いつもの習慣から睡魔に襲われる。

三〇分も眠ったであろうか、目を覚ませば窓外は白日の下、眼下に一片の雲と海原が広がっている。かすかに波のうねりが見て取れる。箱庭の池面に微風が渡り、小波が立っているようで、上空から眺めた海は実に静かである。うたた寝、英字新聞、うたた寝、ジュース、うたた寝、煙草・・・。細切れの仮眠の後、もう食事の時間である。眼下には白い雲、そして海。バンクーバーまであとどのくらいかかるのであろうか。眼下に半島（島だったかも知れない）が見え始める。

午前一一時（メキシコ時間）。バンクーバー、空港、着陸成功。

同乗していた外人客から一斉に拍手が起きる。「ブラボー！」「やったー！」「着陸成功おめでとう！」そんな意味を込めた拍手に相違ない。つられて日本人客も拍手を送る。パイロットもスチュワーデスもバンクーバーで交代する旨のアナウンス。給油の間の小休止。やっと外に出られる。各人ともそんな思いを胸に抱いたことだろう。しかしそこは単なる待合室で、こぢんまりした免税店、トイレ、そしてレザーシートの長椅子がいくつも背中合わせに置かれているばかり。外部の光景は見ることができず、長旅（睡眠不足）の疲れを癒すには多少窮屈であった。同じ縦長の灰皿がいくつも置かれているが、壁や柱には禁煙を意味する標識（煙の立ち上っている煙草を指に挟んだ手の上から赤い×印）が、いやでも視線に入ってくる。欠伸を噛み殺す者、背伸びをする者、下を向いて雑誌に空ろな視線を投げかけている者、皆様々であるが、大まかに言って人々は国別に固まっているように見える。

「一一時五〇分　フライト予定。只今よりご搭乗を・・・」

場内放送が入る。各人各様に背伸びをしたりしながらトランジット（途中立ち寄り）のカードを係員に手渡し、機上の人となる。後部座席に陣取っていた団体客は当地で降り、カナディアン・ロッキーのツアーに旅立って行ったらしく見当たらない。そして何人か当地から搭乗したようであるが、かなり空席が目立つ。離陸、上昇、水平飛行。そして、おしぼり、飲み物、食事・・・。航行時間からすれば当然のことなのだが、時差ボケ（睡眠不足）と運動不足のためか、「もう食事はうんざり！」というのが本音であった。しかしK嬢のチャーミングさと相俟った心配りや会話のお陰で、なんとかそれを済ませる。そしてコーヒー、煙草・・・。

K嬢。二二、二三歳くらいであろうか。いくらか細身ではあるが、なんとも愛くるしい。少女がそのまま大人になったような、品の良い、物怖じしない、素直な、それこそ明朗快活といった、大きな澄んだ黒い瞳のスチュワーデスである。

アナウンスが入る。眼下にソルトレイクシティーが見える。赤茶けた山肌の中にレイクを取り囲む真っ白な塩の盆地。快晴。工場らしいものが見え、茶褐色の荒野を一直線に延びる道路。

次の街までは？　まさにアメリカ大陸といった光景である。行けども未だに視界に入ってこない。それから・・・、グランドキャニオン。そして・・・、山、山、山、茶褐色の荒地、荒野・・・。草木の一本もない原野、荒地、茶褐色の山肌、雲の影・・・。どこまで行っても、とてつもない茶褐色の大地が広がっている。

機は山脈に沿うようにして、一路南下していく。時折眼下に小さく見える町は、白日の太陽の下、石化したかのように静止しており、廃墟の、ルーインシティのようで、とても人間が活動しているようには思えない。かつてトルテカ族がテオティワカンという一大宗教都市を放棄し、どこかへ旅立ってしまったかのように。まさに、一つの町から次の町へ行くには、自動車か飛行機で行くしかないといった距離感覚である。

単調な風景、そして睡魔、煙草・・・。目的地に到着する以前に、私はもうこの旅を放棄し、実りのないものと諦め始めていた。が、しかし、救いがなかったわけではなかった。それは姪の家族（私から見れば義兄の家族）が仕事の都合でメキシコ市に滞在しており、姪の家族との再会のスケジュールに片道だけ便乗させてもらったのである。姪は現在日本で会社勤めをしており、一年ぶりに家族に会いに行くため機上の人となっていたのだった。

「また煙草を吸う！」と姪。

「ごめん、ごめん！　飛行機って退屈な乗り物だね」と私。

「アカプルコとタスコに宿を取ってあるって」と姪。

そそくさと旅行ガイドブックを取り出す私。二一歳の姪と三〇歳をかなり過ぎた白髪混じりの私。はた目にはかなり奇妙なカップルに見えたに相違ない。

「何かお飲み物をお持ちしましょうか?」とK嬢。

「コーヒー。・・・君は?」私は隣席の姪を見る。

「オレンジジュースを」

「あと、どのくらいなの?」

「二時間半くらいかな」と姪。

彼女は二度目のメキシコ訪問で、前回はロサンゼルス経由で入り、ロス空港で乗り継ぐのに六時間も待たされたことなどを話してくれた。変化のない風景や退屈な長い時間を考えれば、今でさえ半ばうんざりしている私には、両親や妹に会いたい一心で機上の人になり、メキシコに思いを馳せる彼女のナイーブな心に感動させられるのだった。メキシコにはそんなにも大きく人の心を惹きつけて離さない、何か磁場のような力、秘密や魅力があるのかも知れない。

コーヒーを啜りながら、私はぼんやりと煙草をふかし始めていた。酒や煙草を知り始めた頃に出会ったM・O嬢、かなりの収入を得られるようになってからのK・Y嬢、そして現在交際しているE・S嬢のことなどが一瞬、私の脳裏をよぎっていく。しかし、それは眼下に広がり始めたグリーンの原野や教会都市の光景の中に吸収され、霧散して遠ざかっていった。国境を越えて、手を伸ばせばメキシコはその指先に触れることのできる地点まで来ているに相違ない。

「楽しいフライトはできましたか？　お疲れになったでしょう？」

Ｋ嬢の微笑。この世の中に天使が存在するとしたら、まさに天使の微笑。そして、美しく澄んだ瞳。

「ありがとう。とても素敵な旅でした」

言いながら私は手元にカメラがないのを、そして「貴女のお陰で・・・」と言いそびれたことを残念に思った。

一期一会。なんと悟りきった言葉であろう。雲一つない紺青の空に天を仰ぎ、凛としてそそり立つ、石塔の趣さえ内在している言葉。一期一会。涙の枯渇した後にできた言葉。出会い、別離、そして・・・孤独。人がもし微笑しながらこの言葉を口にできるようになったとしたら、物事に動じない立派な大人と言えるだろう。

ジャンボ機は旋回しながら高度を下げていく。待ち焦がれた大地への帰還。マッチ箱のように見えていた市街や建物が見る見る接近し、それ相応の存在を持って眼前に迫ってくる。軟着陸。そして拍手。安らぎ寛いだため息。安堵感。

メキシコ空港である。Ｋ嬢とひとことふたこと言葉を交わす。

「もしかしたら、帰りにご一緒できるかも知れませんね」

淡い希望と期待を残して彼女たちは遠ざかり、消えていく。

空港。見送る人、出迎える人、ポーター、税官吏、物売りの人、出発する人、到着した人、警備員。それぞれの思惑を胸に、息をしている場所、空港。

Ｋ嬢の名は、そのネームプレートからKAJIWARAと読むことができた。旅の思い出の一つとして、私の心のどこかに半永久的に記憶されるに相違ない。それは、南国に花開くハイビスカスの一輪の花のように、すがすがしく、そして甘酸っぱい余韻を残して・・・。


Ｍ夫妻の出迎え。握手。そして再会の喜びを噛みしめる姪の、明るく安らいだ表情。確かに何かが終わり、何かが始まろうとしていた。八月の傾きかけた南国の太陽の下で。

荷物を受け取り、そそくさとフォードに乗り込む。Ｍ夫妻のもう一人の愛娘が、後部座席から突然顔を出し姪を驚かす。そして、ポンポンと互いの肩を軽くたたき合い、抱き合うようにしてから再会のセレモニーを交わす。それは順番の決まっているグー・チョキ・パーを、掛声とともに互いに出し合い、四つ目のそれは、各々の好きなグーやパーを出して勝敗を決めるという遊びである。どちらからともなく「勝った！」の声。Ｍ夫妻をはじめ、全員が朗らかに笑う。会社では大人として振る舞っている姪にも、未だ少女の面影が残っていたことに安堵した一幕であった。

M氏はメキシコ市のサンアンヘル地区のペトレガル・ラーゴという、溶岩台地に建てられたマンションの二一・二二階に居を構えていた。荷物を解く暇もなくテキーラのリモン割りで乾杯。

「長旅お疲れ様。そしてようこそメヒコへ！」

M氏はスペイン語で「乾杯」を私に教え、グラスを高々と掲げた。

「サルーン！」(Salud!)

憶えたばかりの「サルーン！」を、私は噛みしめるようにして言った。

「Salud!」

私は何度も頭の中で、この言葉を繰り返していた。

姪たちは大人たち同様、積もりに積もっていた話と再会を喜び合って、さっさと自分たちの部屋に引き揚げ上げていった。

「良いものをお見せしましょう」

M氏は窓のほうへ行き、私を手招きした。

「メヒコの百万ドルの夜景。いかがですか？」

私は思わず固唾を飲んだ。視界の前方遥か遠くメキシコ市の街に、宝石箱をひっくり返したような色とりどりの灯りが瞬いている。かつて石造遺跡の数々が太陽に向かってその存在を主張したように、今、メキシコ市の夜は高度文明の粋を集めて、赤、黄、緑、橙・・・といった種々の色彩の中にイルミネートされ、その存在を主張しているように見えるのだった。

「そろそろ休みましょうか？」

どれくらいの時間そうしていたのであろうか。時計を見ながら言ったM氏の言葉で、我に返る。時間はもう一二時をとうに過ぎ、メキシコの街は夜の静寂に包まれていた。明日からの三泊四日のアカプルコ、モンテ・タスコ方面へのスケジュールが、M氏の行動表に書き込まれていた。確かに何かが終わり、そして何かが始まろうとしていた。

早朝七時。涼しいというより寒いくらいである。

メキシコの朝は早い。既にバスストップには列が出来、かなりの数の自動車が走行している。海抜二二五〇メートルのメキシコ市は、年間を通して気温は平均一五、六度くらいで高原特有の乾いた空気をしており、実に暮らしやすい場所である。とはいえ、一日の中に四季があると言われるように、日中の陽射しは強く、朝晩は夏でもカーディガンやセーターを必要とするほど冷え込むそうである。

M氏の勤務先の前庭（道路）にM氏家族（私も含めて）、M氏の同僚のT氏家族、そしてN

郵便はがき

料金受取人払郵便

大阪北局
承認

1357

差出有効期間
2020年7月
16日まで
（切手不要）

553-8790

018

大阪市福島区海老江5-2-2-710

㈱風詠社

愛読者カード係 行

ふりがな お名前		明治 大正 昭和 平成 年生 歳
ふりがな ご住所	□□□-□□□□	性別 男・女
お電話 番号		ご職業	
E-mail	
書名	
お買上 書店	都道府県 市区郡	書店名 書店
		ご購入日 年 月 日

本書をお買い求めになった動機は？

1. 書店店頭で見て　2. インターネット書店で見て
3. 知人にすすめられて　4. ホームページを見て
5. 広告、記事（新聞、雑誌、ポスター等）を見て（新聞、雑誌名　）

風詠社の本をお買い求めいただき誠にありがとうございます。
この愛読者カードは小社出版の企画等に役立たせていただきます。

本書についてのご意見、ご感想をお聞かせください。
①内容について

②カバー、タイトル、帯について

弊社、及び弊社刊行物に対するご意見、ご感想をお聞かせください。

最近読んでおもしろかった本やこれから読んでみたい本をお教えください。

ご購読雑誌（複数可）	ご購読新聞 新聞

ご協力ありがとうございました。

※お客様の個人情報は、小社からの連絡のみに使用します。社外に提供することは一切ありません。

氏家族の計三家族が集合。M氏の車に先導してもらい高速九五号線をアカプルコに向けて一路南下する。片道八時間のドライブの始まりである。車窓の右手に落葉松に似た緑樹が、車道の中央分離帯には灌木の列がどこまでも続く一直線の道路である。ここメキシコでは、車は右側通行である。やがて、なだらかに蛇行する山道を降りる。次第に雲が上のほうに見えるようになる。メキシコ市をスタートして小一時間も経ったであろうか、走行する車の右手前方の視界に緑の平野が開け、小さな町が見え始めた。

海抜一五四二メートル、人口二三万人を擁する、モレロス州の州都クエルナバカの街並みである。後続車もほとんど遅れることなく到着し、一大パノラマを見ながら小休止。ジュースで喉を潤す。メキシコ市から七〇キロメートル。ここクエルナバカはアステカ時代から王侯貴族の保養地として栄えた常春の町で、メキシコ市より標高が七〇〇メートルも低い。空気が濃く気候は温暖で、瀟洒な別荘が並び南国の花々が咲き乱れ、住むには理想的なエリアであると言われている。

市内にはアステカ帝国を征服したエルナン・コルテスの建設になるコルテス宮殿、一五二九年建立のサン・フランシスコ会の寺院、カテドラル、マクシミリアン皇帝の妃、カルロッタのお気に入りだったボルダの庭園などがあるというが、残念ながらクエルナバカに立ち寄る時間はなく、小休止後アカプルコへ向けて南下する。

いくつもの山を登り、降りる。その度に雲は上空へと遠ざかる。景色は次第に熱帯地方の性質を帯び、巨大なサボテンの地帯を過ぎ、椰子の林立する山地へと下っていく。小さな村々では至るところにブーゲンビリアの花が咲き、村はずれの小川では真っ黒に日焼けした子供たちが水浴を楽しんでいる。そのすぐ近くでは馬が放牧され、のんびりと草を食んでいた。

途中、PEMEXに寄り給油。そして南下。太陽は中空に白々と輝き、生きとし生けるものすべてに「その活動を中止せよ」と言わんばかりに、強烈な光の束を投げかけている。そして、ここまで来るとかなりの蒸し暑さである。あと二時間も行けばアカプルコである。

そして、あと一時間となった頃、対向車線に黒山の人だかりが見えた。交通事故らしく、人々は黒焦げになったワゴン車を幾重にも取り巻いている。ポリシア（警察）が出動し、交通整理を始めた。道は二手に分かれ、M氏が地図を片手に目的地への道順を訊ねる。どうやら眼前に横たわる山の向こう側に、国際リゾート地アカプルコの街や海が存在しているようである。車は右手の山道を上り始める。右へ左へ蛇行し、大型バスとすれ違いながら、なおも上っていく。かなりの急斜面である。山腹から山麓まで、階段状にアドベ（日干し煉瓦）で建造された民家が、椰子の林の中に点在している。

海が見え隠れする。やがて道は下降し始め、アカプルコ市街へと流れ込む。海、そして林立する高級ホテルを右手に見ながら直進。熱帯特有の蒸し暑さが体中を覆い包む。車道の中央分離帯に、足元から一メートルくらいの高さまで白いペンキで塗装した椰子の樹々が続き、その下にブーゲンビリアやハイビスカスの花が咲き乱れている。そして、ホテルとホテルの間には土産品を売る店が肩を寄せ合うようにして軒を連ねている。車やタクシーの数もかなり多く、頻繁に行き来している。そんな中にあって、蹄の音を響かせながら観光客を乗せて側道を往来するカランドリアス（風船馬車）が、異国情緒を醸し出している。

アカプルコ、ハイアットリージェンシーホテル着。一四時三〇分。

予定よりもいくらか早めに到着。一五時、チェックイン。家族毎にルームキーを受け取り、荷物を部屋に運んでもらい、軽い食事を済ませ寛ぐ。ホテルはコンデッサ・ビーチに面した二三階建てで、前方の洋上にはアカプルコ湾を右手から包み込むようにして半島とロケタ島が、左手の山頂ラス・ブリサスには大きな十字架が見える。また、この半島の付け根に「死のダイビング」で有名なラ・ケブラダがあり、その少し手前のオルノス・ビーチには、一六一四年、伊達政宗のローマへの使節、支倉常長の一行一八〇名が立ち寄った記念碑が、太平洋を望んで立っているのも有名である。

ホテルの敷地内には椰子の木陰にカフェテラスやモダンなプールがあり、プールサイドには日光浴を楽しめるビーチベッドが無数にあって、読書をしたり、会話を楽しんだり、体を程よく焦がしたりして、各人が思い思いの過ごし方をしている。

ここアカプルコの年平均気温は二八度。紺青の海、そして一年中陽光の降り注ぐ常夏の地は、マリーンスポーツをはじめ、あらゆるレジャー施設（テニス・ゴルフ・乗馬など）が完備され、まさに「南海の楽園」と呼ばれるのに相応しい場所である。クリスマスの数週間前から四月末頃までのシーズン中には、遠く北欧やヨーロッパから避寒客が太陽を求めて訪れ、ホテル代も夏季の二～三倍になるほどの賑わいを見せるとのことであった。

ニッキ色の少年。白い砂。アンツーカ色の砂。真夏の太陽。カラフルなパラシュート（パラセーリング）。長い髪の少女。スペイン語。英語。フランス語。それらの響き。ブロンド。黒髪。ニグロアイパー・・・。まさに国際リゾート地、南国アカプルコならではの光景であった。

M氏は運転の気疲れもあってか、暫くベッドに横になっているとのこと。私は年少の姪と海に出てみることにした。姪は同じ学年のT氏の愛娘を誘い、二〇メートルくらい沖にある休憩台まで泳ぐという。海では地元の子供たちがふざけ合っている。黒い髪、日焼けした褐色の肌。目鼻立ちのはっきりした輪郭。メキシコの少年少女たちである。その中に白い肌とブロンドの髪のアメリカの少年が片言のスペイン語を話し、メキシコの少年が片言の英語を取り混ぜて何かを話し合っている。すると、意気投合したのか「アミーゴ！」「アミーゴ！」と言って握手をし、笑い合っている。私たちがそこまで行くと、別の少年が話しかけてきた。

「ハポネス（日本の人）？」

「そうだよ」

「遠いの？　ハポン（日本）って・・・」

「海のずうっと向こうさ」

私は海原の遥か彼方を指さしていた。

「飛行機で来たの？　何時間くらいかかるの？」

「バンクーバー経由でメキシコ市へ、そこから車でここまで・・・。日本からメキシコ市まで一五時間くらいかな」

少年は大きな目をさらに大きく見開き、手まで使って大仰に驚きの表現をした。そして、ピューと口笛を鳴らしていた。はにかみもなければ自らを卑下する様子もなく、底抜けに明るい典型的なメキシコの少年である。


ふとK・Y嬢のことが私の脳裏をよぎっていく。一緒に来ればよかったと思う。長い黒髪。大きな瞳。恵まれた体躯。学生の頃、何度も映画界からスカウトされたというだけあって見事なプロポーションをしている。そして、陸上競技をしていたこともあって無駄のない筋肉質の体形。痩せ過ぎず太り過ぎずのきっちりと創り上げられた肉体。身体。浅黒い顔。そして、英文科卒業の才媛でもある。K・Y嬢をここアカプルコに連れて来たら、大半の人々がふり返って見るに違いない。

彼女と飲みに行った帰りのタクシーでは、ほとんどの運転手が「ほんとに妹さん？　綺麗ですねぇ！　女優さんかと思いました」と私に訊き返した。その頃、私は彼女に自分のことを「兄」と呼ばせていたからだ。彼女は、自分の性格から「結婚はしない」と心に決めていたし、私は私で夢の続きを追いかけていた。そして彼女は父親とそりが合わず、家を離れ自活をしていたのだった。

Ｅ・Ｓ嬢はどうしているだろうか。

彼女は教育や躾の行き届いた女性で、細やかなところにまで心配りをする。蒸し暑い東京で今日も仕事にアルバイトに、そして習い事に精を出しているに相違ない。

「こっちに来て！　早く！」

姪の声で現実の世界に引き戻される。

いつの間にか渚に泳ぎ着いていた姪が、大きな声で手招きしている。私は休憩台を離れ背泳ぎで渚まで行くことにした。西に傾きかけたとはいえ、南国の太陽は眩しい。姪は一〇センチくらいの魚がいるのに気付き、友達とそれを捕えようとしているようだが、魚の身のこなしは素早く、捕えることはできなかった。

渚ではT氏がパラセーリングの順番を待っているところだった。パラセーリングとは、体にパラシュートを装着してモーターボートで引き、海風の上昇気流を利用して空中高く舞い上がらせ、空中散歩を楽しむスポーツである。

「乗るのですか？」と私。

「ここまで来たことだし、何か一つくらい記念にと思いましてね」

照れるようにしてT氏が言う。

「もう三〇分も待たされているんですよ」

彼は、あとどのくらい待つのかを係員に訊きに行った。

折も折、先ほどパラセーリングで空中に舞い上がったはずの女性がずぶ濡れになって渚伝いに歩いて来た。

それを見たT氏と私、そしていつの間にか姿を見せていたM氏もなるほどと納得した。彼女は空中に舞い上がったものの、どこかで着水してしまったに相違ない。そして笑うに笑えないのは、その太りに太った体つきである。だぶだぶのゴム人形に、空気を定量の二倍も入れたように太りきっているのだった。

係員のサービスなのか彼女の哀願からか、もう一度彼女は空中散歩にトライすることになり、T氏はまたしても待たされることになった。我々全員が見守る中、彼女は重々しく空に浮かび上がっていくが、普通の人の二分の一くらいの高さにしか達しない。我々は瞳と瞳で言葉を交わしていた。

「今度も駄目だね」

予期したように彼女は我々の待つ上空まで帰り着いたものの、またしても水飛沫を上げて海面に落下したのだった。仲間の誰かが失敗したのなら、冷やかしたり囃したりして大声で笑い合えたのだが、他国の、それも女性とあっては笑うに笑えず、下を向いたり他所を向いて、笑いを堪えるのに一苦労であった。彼女がもう一度トライしたかどうかは定かではなかったが、T氏はその後もかなりの時間待たされたようだった。

夜。T・N両家族と連絡を取り合い、ラ・ケブラダに行くことになった。

タクシーをチャーターし、待ち時間込みで時間当たりの料金の交渉を済ませ、三台に分乗して「死のダイビング」の見物である。二〇時を過ぎようかという時間なのに、ダウンタウンの盛り場は「夜はこれから」と言わんばかりの賑わいである。車を駐車場に待たせ、ホテル・エル・ミラドールの中へ。

係員は人数を確認すると、あっという間にあちこちから椅子をかき集め、観客席を作り上げる。そして、見物客らはジュースやビールを飲みながらダイビングの始まるのを待った。既に切り立った岩の上や途中の崖の上にダイバーが集まり、波のうねりや波のリズムを目測している様子。五五メートルもの断崖から、断崖と断崖の幅の狭い海面めがけて飛び込むのだ。波の盛り上がった瞬間に飛び込まなくては（着水しなくては）まさに死に瀕する危険なダイビングである。信者ならずとも聖母マリアにお祈りをしたくなるに違いない。波は盛り上がり入り江に打ち寄せ、水飛沫を上げては引き返す。

崖の途中にいた一人が飛ぶ。そしてまた一人。そしてまた・・・。周囲は闇に包まれている。明かりは、この断崖の入り江の階段上に設置されたホテルの照明だけである。薄暗い波間に向かってのダイビング。一つ間違えれば地獄へ直行することになる。そしてまた一人・・・水飛沫が上がる。・・・観客席から沸き起こる拍手。

やがて崖の途中にいた一人が松明に灯を点ける。三分・・・五分・・・何も起こらない。客の視線は、ダイバーを探して次第に崖の頂上へと這い上っていく。一人、二人、三人。崖の頂上に、今まさにダイビングを決行しようとしている人影がくっきりと浮かび上がる。松明は、波の動静をダイバーにはっきりと見せるための照明であった。

固唾を飲む観客席。一人が飛ぶ。水飛沫。沈黙。浮上。瞬間、拍手が沸き起こる。死の恐怖に打ち勝った彼の勇気に！　そしてまた一人。彼は両手に松明をかざして。彼の描く放物線が連続した松明の赤い弧線となり、その残像が網膜にくっきりと焼き付く。暫くの沈黙。そして、怒涛のような拍手を浴びながら彼は対岸の岸に這い上がった。やがて彼は、拳を握った片手を高く大きく突き上げた。雷鳴のようにいつまでも鳴り響く拍手。それは、「やった！」という成功への満足感と、「無事に終わった！」という安堵感を体全体で表した言葉にならない表現であった。

駐車場は、次のショーを見に来た車と見終わって出る車で右往左往の大騒ぎである。それらの間を縫うようにして物売りをする子供たちの顔、顔、顔。ガム、ネックレス、花、彫像・・・。汚れた服装、哀願する目、疲れた表情。なんとも言えない悲哀を感じさせる彼らの仕種を見ていると、つい買ってやりたくなるのが人情だが、一度買ったら最後、いくらお金があっても足りなくなってしまうだろう。何故なら、彼ら物売りの姿は、人の集まる、街の、そして路傍の、どこにでも見られる生活者の一生活パターン（シーン）であるからだ。

タクシードライバーが「ナイトツアーをしないか」と話を持ちかけてきたが、我々は疲労を理由に断る。南国の夜の市街を抜けてホテルへ。山肌の家々に灯が点る。そして山頂のラス・ブリサスの十字架にも灯が点り、美しく輝いている。賑やかなマリアッチを聴きながらの食事。そしてサルーン！　一日が終わり、我々は眠りにつく。明日の予定を考え、今日の疲れを癒すために。しかし、ここ南国の不夜城アカプルコには、本当の夜はないのかも知れない。

熟睡した翌日の朝は、往々にして早起きである。

私はホテルのプールサイドを抜けて海へ出ようと思った。従業員が庭の落葉を拾い集めたり、カフェテラスのテーブルを拭いたり、椅子の位置を直したりしている。渚ではヤシの葉で葺いた日除け小屋の砂を平らにならしている。朝食を済ませ渚まで出たとしたら、まるで昨日の喧騒が夢であったかのように、そして今日初めてアカプルコのホテルや海に来たかのような錯覚に襲われるに相違ないほど、丁寧に何事もなかったかのように整えられていく。早朝の渚は散歩をしている人の姿もまばらで、波は砂を撫でるようにして寄せては返していた。

（おはよう。よく眠れたかい？）　私は心の中でE・S嬢に囁く。

今ここにE・S嬢がいたら、寄り添うようにして渚を散歩したことだろう。その細い肩を抱くようにして・・・。彼女は新聞配達をしながら有名女子大を卒業したにもかかわらず、苦労の二文字を知らないかのように明るく楽天的な性格で、誰からも好かれていた。

K・Y嬢だったら遠くを指さして「あそこまで走ろう！」と一目散に走り出していたことだろう。「遅いんだから、お兄は！」こんな台詞をあとに残して。

私はゆっくりと渚を歩いていた。空は次第に明るさを増し、青から白にその絹の衣を着替えていく。

M・O嬢。彼女だったら・・・。水着にはならずに渚で桜貝を探したことだろう。

「おはようございます。お散歩？」

ふと我に返ると、三歳と五歳になる子供を連れたN夫人が、渚伝いを散歩からホテルに戻るところであった。

「よく眠れました？　お疲れになったでしょう？」と私。

「ええ、お陰様で・・・。今日も暑くなりそうですわね」

「プールに行きません？」

「ありがとう。もう少ししてから戻ります」

私はもう暫く一人の時間を楽しみたいと思った。モーターボートのエンジン音や子供たちの喧騒の聞こえない、リゾート地にはほんの一瞬しか訪れないタイムポケットとでも呼べそうな静かな時の移ろいであった。

屋外のカフェテラスでは既に食事の支度が整えられ、三々五々宿泊客がテーブルに着こうとしていた。白塗りのテーブル、チェア、そして白いテーブルクロス。その上のトレーには、今すぐにでも食べられるフレッシュフルーツが盛られている。ナランハ（オレンジ）ジュース、パン、スープ、バター。頭上には蒼空に伸びる椰子の樹。ブーゲンビリアの赤紫の花。真っ赤なハイビスカスの花。時折甲高く鳴く鳥の声。言葉にするのが惜しくなるような長閑な楽園の光景である。

朝食は家族単位で自由に摂ることにした。M夫妻はあまり食べたくないとのこと。私は姪の二人とレストランに向かう。M夫妻はメキシコ市から一気に海抜四、五メートルの海沿いまで降りて来たため、気圧の変化に対応できなかったのかも知れない。私たちはジュース、スープ、クルブドサンド、そしてコーヒーを注文する。もちろんフレッシュフルーツも。

「各々で払いますか？　それともご一緒に？」

「支払いはサインで？　それともキャッシュで？」

流暢な英語で銀髪の初老の紳士が言った。

「一緒に現金で。家族ですから」

予想していたよりも早く食事を終わらせ（一時間くらいは品物が出てこないのが普通とのこと）、会計を済ませる。

「ラ・クエンタ、ポルファボール？」

言いながら私はサインの仕種をする。すると先ほどの銀髪の紳士が現れ、会計表に一通り目を通し、私は現金を手渡す。

ボーイはお釣りをテーブルの上に置くと、忙しそうに他の席のほうへ行ってしまった。

「チップはどのくらいあげればいいの？」と姪に訊く。

「一〇パーセントから一五パーセントと本に書いてあったわ」

「テーブルに置いておくの？　手渡すの？」

結局、テーブルの上で良いだろうということになり、私たちはチップをテーブルの上に置いて席を立った。

「チップは誰のものになるのだろう？　給仕してくれた人？　それとも店のもの？」

チップについてこんな他愛もない話をしながら、ホテル内の土産品店、宝石店、ブティックのショーウィンドウなどを覗き、部屋に帰るのだった。

メニューの価格があり、一五パーセントのＩＶＡが付き、そしてチップ。こう考えるとほぼ注文した価格の三〇パーセントアップが現実の経費ということのようである。ＩＶＡとは、一九八〇年一月一日からメキシコ全土で徴収されるようになった付加価値税のことで、生鮮食料品を除き、他のすべてのもの、商品、宿泊代、交通費などに対し一律一五パーセントの税が加算される、インプエスト・アル・バレル・アブレガードの頭文字の略称とのことであった。

姪たちは早速水着に着替え、プールに入る。プールサイドのビーチベッドは既にその大半が他の宿泊客のものとなり、バスタオルや本、サンオイル、帽子などがその上に置かれている。Ｎ氏の家族、そしてＴ氏の令嬢も既にプールに姿を見せている。彼らの、そして庭園の美しい風景を二、三枚カメラに収め、私は渚のほうへ歩いていった。

「アミーゴ！　ブェナス・タルデス！　パラセーリングやらないか？」

トニーだった。

ブルーの日除け帽子、サングラス、サーフィンの絵の描かれたTシャツ、日焼けしたスポーティーな褐色の肌。立派な、そして日本人そっくりの体型の青年である。彼とは昨日、既にふたことみこと言葉を交わしていたので、私に気付いたのだ。

「ブェナス・タルデス！　元気かい？　調子はどうだい？」

「さっぱりさ！」

彼は大仰に両手を広げてみせた。

「どうだいアミーゴ、水上スキーもあるよ」

「ちょっと泳ごうと思ってね」

「後で寄ってよ。ここにいるから」

さっぱりさと言いながらも、彼の受け持つパラセーリング場は既に四、五人の客が順番を待っていた。

渚。快晴。紺碧の空。積乱雲。モーターボート。水上スキー。ビーチパラソル。椰子の木の葉で葺いた日除け小屋。風通しの良い大きなテラス風レストラン。強い日差し。熱い砂。喧騒。無風。長い髪。サングラス。セパレーツの水着。豊かな胸。くびれた腰。長い脚。映画の画面から抜け出して来たようなスタイル。

さすがにアカプルコである。そしてK・Y嬢に似合いの場所である。

K・Y嬢。決して桜貝を探すことはなく、制止を無視して沖まで泳ぐことだろう。さらに素潜りをしたりパラセーリングを楽しむことだろう。

E・S嬢。彼女は私の思っていることや言うことをその通りにしてくれる。そして先回りして細かいことに気付き、多少自分を犠牲にしてでも他人のことを考えてくれるタイプだ。それは媚を売るのではなく、茶目っ気を伴う、とても愛らしい身のこなしである。彼女は私のすることは何でも一緒にするに相違ない。

M・O嬢。そそくさと渚から立ち去り、テラスの安楽椅子で読書に勤しむことだろう。それが彼女には似合いもするのだが、彼女は海よりも山のほうが好きだったようである。

N氏は子供たちの写真を撮ったり、一緒に渚で水をかけ合ったりして子煩悩ぶりを発揮していた。傍らではN夫人が目を細めるようにして彼らの仕種に視線を注いでいる。

「パラセーリングをやってみない?」

M氏と姪たちが言うので、私はトニーを探す。どうせなら彼に頼もう。しかし、彼はコミューダ(昼食)にでも行ってしまったのか、どこにも見当たらない。

「いいネ、赤い旗、プルダウン」

「左手でこれ引く。ハナセ(離せ)!」

「これハナス！　いいネ！」

係員が日本語を織り混ぜて着地の仕方を説明し、それに相槌を打つ姪たち。

年長の姪が一番手である。係員が下で赤い旗を振ったら、リボンを結んであるパラシュートの一本の綱を強く引き、「ハナセ！」と言ったらそれを離す。ただそれだけのことなのだが、緊張のあまり聞き取れずに何度も「ハナセ！」を連発されている客が多い。そして、サイン通りに敏捷な動作をしないと、渚にある土産物店の屋根の上に着陸しかねないのだった。年上の姪が、そしてM氏が、ふんわりとアカプルコの空中散歩を楽しむ。そして年下の姪が、T氏の令嬢が・・・。

夕方セントロのほうへショッピングに出かける。これといって目的があるわけでもなく、私はみんなに付いてゆらゆらと歩いていく。凪なのであろうか、ほとんど風がない。車の往来が激しい。そして人の波。物売り。傾いた西陽。二、三の店に入ってみる。リゾートウェア、帽子、貴金属品、ソンブレロ。結局、気に入った品物もなく、私だけ手ぶらで店を出る。M氏はゴルフ用の帽子を、姪たちにはワンピースを購入してあげたようである。

泳ぎ疲れ、歩き疲れ、ホテルまでカランドリアスで帰る。ほんの一昨日、気楽にカメラのシャッターを押した観光馬車の風景だったのに、今日は自分たちが被写体にされる立場になるとは、なんとも奇妙な気分であった。セナ（夕食）までには時間がある。私はもうひと泳ぎしようと思った。トニーはいるだろうか。雲母のようにキラキラと西陽が、海原に反射していた。

学生の頃、サークル仲間のＭ・Ｏ嬢と眺めた富津の夕陽。捕り立てのアワビを片手にはしゃいでいる伊豆のＫ・Ｙ嬢のシルエット。・・・今一緒にいたとしたら、どんなに心安らぐであろう、Ｅ・Ｓ嬢と眺めるアカプルコの夕陽。時とともに芽生え、時とともに花開き、時とともに失われていった数々の恋、そして愛。それらの繰り返しの中で、私を成長させてくれた女性たち。そして今、ゆっくりではあるが動き始めた愛。

「トライしたんだって?」とトニー。

「探したんだぜトニー！」

「ごめん、ごめん、急用が出来ちゃってね。・・・で、楽しかった?」

「僕はやらなかったんだ」

「安くするよ、内緒で。やらないかい?」

「マニアーナ！　マニアーナ！　明日の朝！」

「オーケイ。待ってるよ、アミーゴ！」

トニーは黒光りのする日焼けした顔で微笑する。サングラスの中で瞳が明るく輝いたようだ。

やがて賑やかなマリアッチの演奏、そして英語とスペイン語の二通りのメニュー、フルコースのセナ（夕食）、サルーン。それらを横目に見ながら、静かに、しかし確実に、この世の影の部分をすべて他の世界へ押し込め、鍵でも掛けてしまったかのように昼が夜を押し流していく南国アカプルコの夜。そして音もなく時は過ぎていく。拘束されることのない、自分のしたいことはすべてやったという満足感、安堵感、幸福感。そしてリゾート地特有の解放感に私は浸っていた。

午前九時三〇分。チェックアウト。そして、慌ただしく一路モンテ・タスコへ。私は心の中で呟いていた。

(アディオス、トニー、ペルドンネメ、アミーゴ)

トニーと交わした約束を破る結果になったのだ。彼は私の言葉を信じて待っているだろうか。メキシコ流マニアーナと受け取り、当てになどしていないだろうか。後者であってほしい。

暑い一日になりそうである。今日もダリアの花のような大きなパラシュートがメキシコ湾の上に、高層高級ホテル群の上に、いくつも浮かぶことだろう。

アディオス・トニー、そして…、アディオス・アカプルコ！

海沿いの街から高原へ。熱帯から亜熱帯、そして温帯へ。次第に雲が身近に迫り、空気が乾燥してくる。国道九五号線から外れ、道は山腹を蛇行し、うねるようにして延び、続く。行く道の所々には「牛に注意！」の標識が。路肩で草を食む牛、馬、ロバ・・・。そしてカーブ。

右へ、左へ。

突然、山麓から夢のような美しい街が出現する。思わず車内から歓声が漏れる。白い壁、赤い屋根の家、家、家・・・。そして原色の花々。山懐に抱かれるようにして、あたかも中世のスペインがそのまま眠ってでもいるかのように美しい街並みが眼前に迫ってくる。タスコの街であった。タスコ。海抜一七五五メートル、人口約六万。銀の街としてあまりにも有名である。

車は街中を抜けて銀鉱石を敷き詰めた急勾配の坂道を登り始める。右に左にカーブしながら、ゆっくり這うようにして。ホテル・モンテ・タスコの登攀口であった。サンタ・プリスカ教会を中心点にして街は次第に眼下に広がっていく。固唾を飲む。トレビアン！　こんな言葉がぴったりの眺望である。

ホテル入口の植え込みから、コオロギが歓迎の演奏会。そしてホテルから「存分にあなたの天国をお楽しみください」との英文のメッセージ。なんと素敵な、なんと雰囲気に満ちた言葉であろうか。アカプルコが活力の漲った青年の街なら、タスコはしっとりと落ち着いた、それでいて胸の奥に自信を秘めた大人の街と言っても過言ではなかった。

一四時。チェックイン。

家族毎に各室に分かれ、小休止。シャワー。コーヒー。テラスからの眺望。街を一望できる小高い丘の上、階段状にゆったりと建てられた客室。プールサイドでのマリンバの演奏。それらを眺め、耳にしながらの食事。まさに天国である。もしこのホテルで休憩なり宿泊をした人なら、誰もが映画の主人公になった気分に浸るに違いない。E・S嬢が今ここにいたなら・・・。もう一度来る機会があったら必ず連れだって訪れよう。心に思う恋人がいたとしたら、誰もがきっとそう心に誓ったに相違ない。タスコ。気の遠くなるほど美しい素敵な街である（その歴史を不問に付せるとしたなら・・・）。

「街までショッピングに行きませんか?」

N氏からの電話である。セニョール・カルロス（ホテルの従業員）の友人の経営している銀製品の店を紹介、往復のタクシーも無料でチャーターしてくれるとのこと。思い思いに軽い食事を済ませ、彼の話に乗ることにした。

タクシーは上ってきた道をゆっくりと下り始める。銀鉱石の敷き詰められた石畳を、慌てず、焦らず、エンジンブレーキをかけながら、ゆっくりと。這うようにして上ってくるフォルクスワーゲン、そして小型タクシー。まさしくカブトムシさながらに前輪で大地を掴むかのようにして上ってくるフォルクスワーゲンこそ、タスコの街にはマッチしていた。右に左に、サンタ・プリスカ教会を指標に、道はカーブを描く。

街の下方に緑の谷間が見え、遥か彼方に青い山脈。そして、山の斜面に広がる街は起伏に富み、曲がりくねった石畳の小道が這う。シルバーラッシュに沸いた一八世紀そのままの姿の街、タスコ。それは、あたかも映画のセットそのもののように美しい街並みである。おそらく幾度も映画のカメラに収められたことだろう。

ホテル・モンテ・タスコの入口、敷居の上には有名人や絶世の美人女優が幾人も滞在した旨の英文が掲げられ、彼女たちの写真画が飾られていた。タスコの銀の歴史は古い。一七一六年、ホセ・デ・ラ・ボルダがこの地で豊かな鉱脈を掘り出したことに始まり、一九三〇年代にアメリカ人のウイリアム・スプラートリングが銀の細工の工房を設立。デザイン技術の革新、職工の育成に努めたことにより、飛躍的な発展を遂げる。

タクシーは銀製品店に到着。女主人が我々を工作室に案内する。そして、作られたばかりの銀のネックレス。三種類の銀色のワイングラス。「どれが本物の銀製品か当ててみて」と女主人が言う。N氏、T氏そしてM氏の三人とも答えが違うように、確かに光沢や重さ、手触りが異なるようであった。一つはメッキ製品、一つは合金製、そして最後の一つが高純度の銀製品で、その底面には9・25の刻印。いわゆるスターリング銀である。他に目印としては、政府認定の鷲の刻印の品物もあるようである。一通り説明が終わると飲み物のサービス。

ネックレス、イヤリング、食器セット、水差し、置物、ソンブレロを模したキーホルダー、指輪・・・。五〇ペソから七〇〇万ペソくらいまで、種々の銀製品が陳列されている。それら銀製品はブラインドの隙間からこぼれた西陽を反射して、まるで若々しく息づいているようであった。姪は土産にとネックレスや指輪を物色、両親と相談し何点か購入したようである。N婦人はオパールの付いた指輪を、T氏はタイピンと令嬢にはネックレスを、それぞれ購入したようである。私もE・S嬢にネックレスをと思ったが、メキシコの旅は始まったばかりでもあり、メキシコ市内でも価格はそう変わらないとのことなので取り止めることにした。

値段の交渉をしている間に、私は外に出てみた。高原特有の乾いた空気。山の端にこぼれる西陽。乗り合いタクシーの乗客。ロバの背に荷駄を積んで通る少年。葉むらからこぼれる虫の声。高原の草花。タスコの昼は終わり、静かに夕べへと移行していく。タスコは既に初秋の趣を呈していた。

カルロスに出迎えられてホテルへ。

「あまり負けてくれないのね。こんなに買ったのに・・・!」

誰ともなく不満の声。

「ノッノッ！　免税店だし、ホンモノ（本物）は値引きの対象にはなりにくいんだよ」

カルロスはホンモノを強調する。車での送迎、細工室での見学、飲み物のサービス、それらを考慮すれば十分値引きされていると思うのだが、実際に財布から出ていった分しか考えなかったのであろう。

「今夜フィエスタ・メフィカーノがあるから是非来て！」とカルロス。

姪たちはセナまでの時間を利用して乗馬やプールに行ってしまった。
私は勝手に民族舞踊やマリアッチのリズムを想像していた。そしてK・Y嬢のことを。

装飾品、化粧品、それらはK・Y嬢には不似合いというよりも不必要な品物だった。一六二センチの身長で、白いスーツの良く似合いそうなプロポーションもさることながら、輪郭のくっきりした目鼻立ち。大きな瞳。程よい口唇。鼻。長い髪。それらはかえって装飾品をぼやかしてしまうほどである。私と会う時、彼女はいつも薄い赤の口紅を付けるだけだったし、下はジーパンだった。そして私が待ち合わせに遅れると、サングラスを着けた瞳の奥で「遅刻！」と言いながら悪戯っぽく微笑んだものである。K・Y嬢だったら、マリアッチのリズムに合わせて踊っても似合うだろう。そして不思議なことに、プールサイドでのんびり日光浴などという光景も似合うはずである。が、しかし、彼女はおそらくタスコには足を運ばなかったであろう。タスコは山頂の街であり、彼女は幼い頃、実の兄を北アルプスで失っていたのだ。
M・O嬢。美しい風景をフィルムに収めるより、小さなキャンバスを構えて水彩画に書き写すだろう。実に柔らかな線、それでいて色彩には生命力を感じさせる芯の強さがあった。デッサン、一筆書き、水彩画、油絵、詩。M・O嬢の趣味の数々は、堀辰雄氏の好む作品群の主人公に非常に近いと言えるようである。

E・S嬢。美しいピアノの響き。私の心とともに風景の中に溶け込んでしまい、そのまま空の中を歩いて行ってしまいそうな女性。

一〇代二〇代三〇代。それぞれの時代に出会い、あるいは甘酸っぱい、あるいは心残りのまま別れた女性たち。そして進行中の愛・・・。今、彼女たち全員がここにいたとしても、皆が気の合った友人であり仲間であるように振る舞える。なぜかタスコには、そんなふうに人々を親和的にする不思議な魅力があるような気がするのだった。

哀愁を帯びたマリンバの演奏を聴きながらのセナ（夕食）は、バイキング料理だった。ボーイは飲み物の注文を取り、他にメニューの料理もある旨を告げたが、私たちは既にスープ、フレッシュフルーツ、やわらかい牛の焼肉、豆の煮込みなどを各々小皿に盛って席に着いたばかりだった。大人たちはセルベッサを、子供たちは好みのジュースを頼み乾杯。フィエスタ・メヒカーノはどこで行われるのであろうか。私は興味があったのでボーイに訊いてみる。しかし彼には英語が理解できなかったようだ。カルロスを呼んでもらうと暫くして彼が現れた。

「ウン・モメント！　もうちょっと待ってね、もうちょっと！」

彼は悪戯っぽく片目をつむって笑い、どこかに雲隠れしてしまった。その間もマリンバの演奏は続いている。何の変哲もない、異国ならではの時の流れである。

「入口のところにあったあれが、そうでしょうかね」とT氏。

「それにしてもアダルト・オンリーと書いてあったし・・・?」

私たちは狐にでもつままれたようにセナを終え、レストランを出ようとしていた。と、その時、「空よ裂けよ!」とばかりの大音響とともに、一発また一発、夜空にくっきりと花火が模様を描き始めたのだった。プールサイドのその奥にいつの間にかセットされた花火が、次々に様々な模様を描き出す。弧を描いて崖下に落下していく赤色の光、橙色の光、枝垂れ桜、ダリアの花、二重三重に炸裂する花火。ぐるぐる円運動するもの。多種多様の光のショーが夜空に浮かんでは消える。

先ほどまで眼下で稲光りしていた雷雲も、すっかりどこかに姿を消している。そして"YOU ARE WELCOME!"の走り文字。最後に英語で「Please enjoying with your heaven」の文字がくっきりと浮かび、花火大会は閉幕。思いがけず観客から拍手が沸き起こる。フィエスタ・メヒカーノとは、これのことだったのである。


午前八時。二人の姪が連れ立ってレストランに行く。秘密の話でもあったのであろう。私はM夫妻とメニューの軽食に目を走らせる。フルーツ、サンドイッチ、ジュース、そしてコーヒー。M夫妻も右に倣えである。やがてT氏N氏の家族も姿を現す。九時半。チェックアウト。

「ブェナス・ディアスは日本語でなんて言うの?」とカルロス。

「『おはようございます』です」とT夫人。

「オ・ハ・ヨ・ウ・ゴ・ザ・イ・マ・ス・デ・ス」とカルロスは何度も繰り返す。

「ノッノッ! オ・ハ・ヨ・ウ・ゴ・ザ・イ・マ・ス」とT夫人。

「ブェナス・タルデスは?」

「『コ・ン・ニ・チ・ハ』です」とN夫人。

「コ・ン・ニ・チ・ハ・デ・ス」とカルロス。

「ノッノッ! コ・ン・ニ・チ・ハ」とN夫人。

「オハヨウゴザイマス。コンニチハ・・・。ブェナス・ノーチェスは?」

「コンバンハ」とM夫人。

カルロスは幾度も「コンバンハ」を繰り返す。

「オハヨウゴザイマス。コンニチハ。コンバンハ。オー全部オーケイ? ニホンゴ、ディフィカルト!」

両手でジェスチャーを交えながらカルロスが言った。そして、書き方は幾通りあるのかと訊く。ひらがな、カタカナ、漢字、ローマ字、それらの混じったもの、と五通りをコンニチハを例に、T夫人が紙片に書く。

カルロスは「ディフィカルト！」の連発であった。

「ニホンイキタイ。ニホンゴ、ディフィカルト。ワタシイケナイ！」

カルロスは肩をすぼめ、悲しい顔をして見せる。外人特有のアクセントもさることながら、彼の大袈裟な仕種に一同大爆笑であった。A・B・C・・・のスペルしかない文化圏に比べ、ひらがな、カタカナ、ローマ字に漢字まで使いこなす日本の文化。彼らには、日本人はどう映っていたのであろうか。

「アディオス、カルロス。また会おう」と私。

各室からの荷物も届き、いよいよ出発である。

「サヨナラ・トモダチ！」

覚えたての日本語でカルロスが言った。

トニー同様、人懐っこく、明るく、陽気な振る舞い、性格。日本人と同様の肌の色、体型。それだけに、よけい親近感が強く働くのであろうか。否、暗黙の中の了解。彼らの生まれる以前からの存在「階級」。キリスト教の黙認する「階級」。その階級に生まれた者はその階級でしか生きられないという階級意識が、いやが上にも明るく振る舞わせ、そして彼らを明るい性格と思わせているのかも知れない。

サンタ・プリスカ教会を指標に、ホテル・ビクトリアを目指す。道は細く狭い。路面には銀鉱石のピンコロ石がびっしりと敷き詰められていて、対向車がやっと一台すれ違える程度の幅である。そしてカーブ。人。荷物を満載したロバ。少年。車。・・・。人々は気にするでもなく平然と歩いている。ドライバーも警笛を鳴らすでもなく、いたって長閑である。事故もなければ喧嘩もない、まさに天国である。そう思ったのも束の間、どこの駐車場も満車なのにはがっかり。仕方なく私と女性たちはホテル・ビクトリアの前で下車し、サン・ファンのロータリーまで歩く。M、N、T氏は駐車場を探し求めて、どこまで行ったのだろう。

五分・・、一〇分・・・。誰も戻ってこない。女性たち（M夫人と二人の姪）はソカロにあるボルダの家まで行く旨を私に告げ、ふわふわとあちこちの店を覗いてはショッピングを楽しんでいる様子。私はと言えば、M氏にロータリーで待つ旨を告げてあったので身動きが取れなかった。やがて煙草がなくなり、仕方なく路地裏の店まで買いに走る。それから一〇分経った頃、N氏家族と出会う。M氏T氏はさらに下方まで駐車場を求めて下りて行ったらしい。N氏は偶然路上駐車ができたとのこと。私はそれほどショッピングには興味がなかったので、連絡役を自主的に引き受ける。

N氏家族はロータリーとソカロに通じるこの付近の店で買い物をするとのことなので、M氏が来たら私がソカロで待つ旨の伝言を依頼し、ぶらぶらとソカロを目指して歩いて行った。ソカロの目の前にはサンタ・プリスカ教会が堂々と立っていた。教会は、銀山王ホセ・デーラ・

ボルダの寄進により一七五九年建立されたバロック建築の傑作で、一対の鐘楼と鮮やかなタイルのドーム、淡いピンクの外壁を有し、街のどこにいても眺めることのできる「タスコの街のシンボル」であった。

M氏が登場。夫人と合流。T氏は夫人が頭痛とのことで、昨日カルロスの紹介でショッピングをした店の前に駐車して待っているとのこと。「ゆっくりと楽しんで来てください」とのメッセージである。なんとM氏も車を昨日の店の前まで置きに行ったのだ。なかなか主人公が登場しなかったわけである。その店までは、ソカロから車で片道一五分は優にかかるのだった。そんなこととは知らず、女性たちは「遅かったわね」の一言。

連絡も行き渡り、N氏M氏の家族が合流、ホテル・ビクトリアで昼食。各々財布にいくらかの小銭だけを残して、たくさんの銀製品やアマテ紙画を買い入れたようであった。もし私がもう一度タスコを訪れるとしたら、メキシコ市からバスかタクシーでホテルへ。そして、ホテルとソカロの往復のみはタクシーを利用し、それ以外は散歩を楽しむことだろう。コツコツと靴音を響かせて、心の赴くままにショーウィンドウを覗いたり、冷やかしたり、冷やかし損ねて買う羽目になったり、という具合に。もちろんE・S嬢と来るに違いない。

一五時。T氏家族とも合流。一路メキシコ市へ。三泊四日の旅は終わろうとしていた。紺碧の空の下、車は生い茂る灌木の山野のアスファルト道路をひた走る。所々に白い岩肌が見える。石灰質のカルスト地形であろうか。路肩には「牛に注意！」の標識。大方スピードを緩めるのは路上に牛やロバが顔を出したり、路上を横切ろうとした時だった。彼らも慣れたもので、自動車など気にもしない。それは、メキシコ人が我々東洋人の存在に気付いてもさして気に留めないのと同じである。

車は山を下り、そして上る。海抜一七五五メートルのタスコから二二五〇メートルのメキシコ市へ。やがて視界が開けていく。ハイウェイ。三車線。アンツーカーの路肩。どこまでも一直線のワンウェイ。右に左に、果てしなく続くトウモロコシ・・・、サトウキビ・・・、の畑。車は小さな町や村を、（新感覚派流に言えば）あたかも小石のように黙殺して通り過ぎる。

一七時四五分。M氏宅到着。テキーラで旅の疲れを癒す。

M夫妻に感謝の心を込めて「サルーン！」。姪たちは二人して上の階の部屋に走って行き、ひそひそと何かを話し合っていた。やがて来る別れの日を惜しむかのように・・・。

メキシコ市。ショッピングを兼ねて初めての市内見物である。

まずメヒカン・オパールへ。それは独立記念塔のすぐ近く、日本大使館のレフォルマ大通りを挟んだ反対側の側道を少し入ったところにあった。日系二世の経営する金銀宝石をはじめ、インディオの手になる民芸品や皮革製品も取り扱っている、かなり大きな由緒ある宝石店の老舗である。メヒカン・オパール。石の中で青、黄、緑、橙、赤、エメラルドグリーンといった様々の色が移ろい、光り輝く、なんとも美しい宝石である。

M氏は、ループタイを、M夫人は愛娘たちとネックレスを選んでいた。それらの大半は日本にいる親類や、世話になった人や友人へのお土産品であった。そして、二階へ、三階へ。レザーにアステカの戦士像を織り込んだ壁飾り。鳥や花を描いたアマテ紙画。そして、ラワン材に黒の着色を施し、その上に薄銅版を加工してアステカの暦石を模した壁掛け。他にも様々な神々を描いたもの・・・。いろいろな土産品が並べられていた。レザーのショルダーバッグやハンドバッグ、リュックサック、サイフ、レボッソ（ショール）、サラペ（肩掛け）・・・。いかにもメキシコの特色を強調した、歴史に材をとった傑作の数々である。

シウダデラ市場へ。市場はアラメダ公園を数ブロック南下したところにあり、一五〇軒からの手工芸品店が軒を連ねていた。通路のあちこちに原色鮮やかなレボッソ、サラペが吊るされ、店は綺麗な刺繍のされた民族衣装、ソンブレロをはじめ、皮革製品、民芸品、主にオニックス製の石彫刻品、陶器などの店が並び、さながら浅草雷門の仲見世通りを歩いているようであった。そして、木陰のそこここでは、インディオの女性たち（主に婦人たち）が機を織っていた。私は彼女たちの許可を得て、写真を撮らせてもらった。色とりどりの糸を指で巧みに扱い、黙々とひたすら無心に機を織るインディオの女性たち。紺碧の空の下、織り込まれた原色の糸たち。乾燥した空気。塵や埃のない空気と相俟って、出来上がった作品はまさに芸術品であった。M夫妻は子供たちに刺繍の施されたワンピースを選んでいた。下の娘にはハンモックを見てやっていた。

私たちはすぐ近くのサン・ファン市場へ赴く。

一つのビルのすべてが土産品の店舗で構成され、土産品を見ているうちにいつの間にか次の階にいるといった、螺旋階段のような建て方のビルである。私たちは、M氏のよく知っている店に行く。皮革製品の品数も多く、品質が良くて安いとのことだった。店舗としては小さいが、財布、バッグ、ベルトなどが綺麗に並べられている。私は男性用の財布を五つ、女性用のを三つ土産用として購入。M氏も煙草ケースや財布を、日本向け土産品として購入していた。

そろそろ和食の恋しくなる頃、そう思ってかM氏は、サン・ファンから独立記念塔のすぐ近くにある日本料理店に向けて車を走らせる。和食の店Kである。暖簾をくぐると突き当たりに水車が回っている。Kでは、鉄板焼きから寿司、うどん、天ぷら、茶わん蒸し、釜めしまで、和食なら何でもとメニューを豊富に揃えている。歌舞伎絵が飾られた店内はかなり広く、すべてのものが綺麗に整えられていた。私たちは寿司を注文。セルベッサで喉を潤す。肉とパンに飽きかけていた私には久しぶりの和食である。

私には寿司にまつわるK・Y嬢との思い出がある。

あれは何年前のことになるであろうか。歌手T・K女史の酔いどれコンサートが新宿の映画館で催されたことがあった。K・Y嬢とは紀伊國屋前で待ち合わせ、時間より早く着いた私は、時計を見ては煙草をふかし、煙を吐いては時計を見やっていた。例によってジーパンにブルーの男性物のスカジャンにサングラス姿で、地下鉄の出口の階段から彼女が現れる。私に気付くと急ぎ足で歩道を渡り、肘から上だけで小さく手を振る。

「ごめん。待った？」

言いながら彼女はサングラスを外す。

「でも、ほら、・・・。ピッタリ！　時間通りでしょう」

彼女は、約束の時間に遅れたことは一度もなかった。

やがて、酔いどれコンサートのうたい文句宜しくコップ酒が振る舞われ、各人それを持って席に着く。コンサートの進行に合わせて会場に熱気が漲っていく。それと反比例するように彼女の体は冷えていった。

「もう少し欲しいな。お兄は寒くないの？」とK・Y嬢。

「大丈夫さ。半分あげようか？」

彼女は小さく頷くと、私のコップと彼女のそれを取り換えクスリと笑う。

「ありがとう。お兄は足りるの？」

「もう酔っちゃったよ。顔、赤いだろう？」

「お兄は弱いもんね」

確かに私には前日の仕事の疲れ（クリスマスや忘年会といった年の瀬恒例の交際上の疲れ）もあったが、T・K女史の熱唱に酔わされてもいたのだった。そして一〇分間の休憩。

「寒くって・・・」とK・Y嬢。

「もう一杯貰ってこようか？」

おそらく酔いコンで酒のお替わりをしたのは、我々二人が初めてではなかっただろうか。

コンサート終了後、歌舞伎町にある彼女の知り合いの寿司店に行く。学生の頃、この近辺でアルバイトをしていたことがあり、店長とは知り合いらしい。私たちは握り二人前とトロの切り身、酒を注文。

「お腹空いただろう。どんどん食べなよ」

「お兄は食べないの？」

私は、飲むとあまり食べない習慣だった。

「貝には目がないんだ」とK・Y嬢。

ここでは私が飲む役で、彼女は食べる役だった。一人前をペロリと平らげる彼女。

「赤貝、ミル貝、アワビ・・・。ワサビをたっぷりつけて！」

「へぃ毎度！　お嬢さんそんなに泣いてみたいんですかい・・・。旦那！　なんとかしてやってくださいよ！」

私の顔を覗き込むように、店員の威勢のいい掛け声。

「そういえば泣いた顔、見たことないな。可愛いだろうな・・・。ほら、ほら、泣いて」と冷やかす。

「バカモン！　誰が泣くか！」

K・Y嬢の大きな声で、店内の大半の視線が我々二人に注がれた。

私は彼女の性格を知っていたので驚きもしなかったが、彼女は声にしてしまってから、後悔のあまり体を小さくしてみせた。

「ごめんお兄！」

私の耳元に小声で囁くK・Y嬢。

「お銚子、もう一本！」

周囲の視線を断ち切るようにお酒を注文する。

「どぉ、美味しい？」

「うん！」

子供のように頷く彼女。そう、K・Y嬢には、子供がそのまま大きくなってしまったような、ある種の野性的な部分があった。そして、それが魅力の一つになってもいたのだった。

「はいミル貝。お待ち！」

店員は私のほうに含み笑いを浮かべ、彼女のカウンターの前に差し出した。

「貝は好きかい？」と店員。

「大好き！　夏は潜りに行くんだ。捕り立てのを生のまま食べる。堪んねえよ」

K・Y嬢は、わざと少年のような口の利き方をするのだった。

「うわぁー辛れぇ‼」

言いながらもぱくついていた。

ワサビに刺激された涙腺から涙をこぼしながら。そしてそれをおしぼりで拭いながら。店員の含み笑い。それは貝を隠語として使用したのだと考えれば、解釈は至って簡単であった。

「あぁー美味しかった。目の掃除もしちゃった！」

他人事のように彼女が言う。あの含み笑いを知ってか知らずか。そして「目の掃除もしちゃった」という彼女の言葉の中に、私は彼女の心の中にわだかまっている「過去」に対して、一瞬「忘れたい」という願望を垣間見たような気がしたのだった。

例によって私は彼女の住むアパートの近くまでタクシーで送っていく。女性と会う。そして別れる。それ以後のことを考えると無事に家まで着いたかどうか気になったし、この方法が一番賢明に思えるのだ。そして、タクシーにターンしてもらい自分の部屋へ。私はK・Y嬢の部屋に上がったこともなければ、その場所も知らなかった。ただ、彼女の家の電話番号と本人の名前、年齢を知っているばかりだった。

Kでの食事を終え宝石店ナオキに赴く。

宝石店ナオキは、すぐ近くのシェラトンホテルの中にあった。いくらか狭く感じられたが、品数は豊富である。私は黄色を基調としたメヒカン・オパールのあしらってあるタイピンを購入。姪もグリーンを基調としたタイピンを購入（誰にあげるのかは？である）。そして同ホテル入口の角にあるサンボーンでリゾートウェアを見る。アカプルコでほとんど何も買わなかった私は、胸の部分が編み上げになっている木綿の半袖のウェアを買うことにした。アカプルコという文字が襟首のところに見て取れたからである。M夫妻は、二人の愛娘にあれこれとワンピースを胸に当てたりして見つくろっていた。明日、M夫妻の長女は帰国する。実に短い家族再会の日々であった。

夕刻、T夫妻から連絡があり、帰国するM氏の長女に、土産品を持参方々挨拶にみえるとのこと。日航ジャンボ機の墜落事故を知ったのは、この時であった。

「五二四人よ、帰国するの、見合わせたら?」とT夫人。

「気になるのなら会社に連絡して、少し休暇を延ばしてもらったら?」とM氏。

「国際線は熟練のパイロットだから大丈夫!」と私。

「メヒコまでのラインは特に選ばれた機長だから大丈夫よ。ほら・・・、山沿いをフライトするでしょう」とM夫人。

姪はいろいろと思考を巡らせ逡巡した結果、一週間の休暇で仕事が山積しているし・・・ということで、予定通りの便に搭乗する決心をしたようであった。

「堕ちるときはファーストクラスもエコノミークラスも一緒。君も私も無事に日本に着いたら、六本木あたりで乾杯しよう。まぁ、それくらいの覚悟がなかったら、飛行機には乗らないことだね」

私は姪の気持ちを紛らわせようと、こんな馬鹿げたことを口にしていた。

「着いたら必ず電話をしなさいね」とM夫人。

姪は土産品や荷物の整理をするために、妹と二人で上の階に上っていった。

明日帰国する若年者の前で、事もあろうにジャンボ機の悲報を持ち込むとは、と私はT夫人の常識を疑った。しかし、T夫人は善意でその報せを齎したのかも知れない。そうすることによって帰国を遅らせ、あるいは心の準備をさせるために・・・。日本国内ではここ数年、日米貿易摩擦がクローズアップされており、米国だけでなく世界の各国から日本に対して、関税や輸入規制、そして市場開放の問題が提起されていた。

ＪＡＬ０１１便。メキシコ、ベニト・ファーレス空港発成田行。

Ｍ氏の長女を見送りに私はＭ氏の家族と空港まで出向く。こともあろうに、警備員のいる空港前の駐車場で自動車事故の形跡。スピードの出しようのない場内で、駐車中の車の横腹に激突し、自らの車の前頭部やフロントガラスを大破している車。アクセルとブレーキの踏み間違えか何かであろう。我々はそれを横目に見ながら、トランクや手荷物を空港内へ運んでいった。三々五々、客が集まり始め、チェックカウンターはあっという間に人の山となる。別離の瞬間を一秒でも遅らせせようとするかのように、強く抱き合うカップル。泣きながら取りすがっている姉妹。下を向いたまま搭乗ゲートを潜っていく人。行く人。来る人。種々の想いを描く人間ドラマ。夢。希望。失意。絶望・・・。それらの入り混じった空港。ジャンボ機の悲報、駐車場内の事故、楽しくも短かった家族との再会、旅行、そして・・・、帰国、仕事、仲間たち・・・。

姪の心境は如何ばかりであったであろうか。

Ｍ夫妻が長女を搭乗ロビーまで見送りに行っている間、私は年少の姪と空港内の喫茶室で夫妻が戻るのを待つことにした。ジュース、クルブドサンドを注文し、姪の気持ちを紛らわせようとして、学校のことや流行している遊びのことなどを訊こうとするが、いつもの活発な姪が何も言葉を口にしようとしない。無口である。私は取り付く島もないまま、煙草を燻らせ、ジュースを飲む。そして煙草・・・。

「つまんないな、お姉ちゃん、もう帰っちゃうんだから・・・」

姉とは八歳も年が離れているのだった。

「仕事だからね」

「仕事なんか放っておけばいいのに・・・」

言いながら姪は私のライターをいじり始める。重苦しい時の経過である。

煙草をつまみ、火を点ける真似をする姪。

「お父さんに言いつけちゃおーと！」

「おじさんあれやろう、あれ・・・」

例のジャンケンのセレモニーである。

「よーし、いくぞ！」と私。

グー、チョキ、パーを出しながら、ハッ！　ハッ！　ハッ！　と気合を込めた合いの手を入れ、そして最後に勝負。何を出すか決める。私はグー、姪がパー。

「弱いんだから！　ね、も一度やろう！」

「よーし、・・・、その前にサンドイッチを食べちゃおう。腹が減っては戦にならん！」

どうやら姪にいつもの元気が出てきたようなので、私はホッとする。勝負は三度に一度は私の負けであった。

「勝ったら、負けた人の手を叩いていいことにしようか？」と私。

よけいなことを言ったものである。それ以降はほとんど私の負けであった。

「いち抜けた！」と私。

「ずる〜い。もう一回だけ！」

そうこうしているうちに、白のブラウスに赤と黒のチェックのスコットランド風の衣装を身に着けたウェートレスが近寄って来て言った。

「ハポネス？」

「シイ！」と私。

彼女はナプキンと折鶴を取り出し、鶴の折り方を教えてほしいとのことだった。

それは先ほど姪が、淋しさの手慰めに一つ折って、ジュースを運んできた時にウェートレスの彼女に手渡した鶴だった。姪がゆっくりと一折ずつ彼女に見えるようにして教えていく。

「オー！　ベリーグゥー！」とウェートレス。

「日本の鶴」とスペイン語で姪。

そして鶴の羽にローマ字で「tsuru」と書き込み、手渡す。

ウェートレスは何度も「アリガトウ」と言い、日本語の「ツル」を二度三度、声に出して発音すると、大事そうにポケットに仕舞っていた。

何事もなかったかのようにM夫妻が戻ってくる。私は肩の荷が下りたようで、コーヒーを啜りホッと一服した。

家路に向かう途中、私はアラメダ公園の前で車から降ろしてもらった。用事があったら電話連絡をする旨M氏に告げ、M氏家族と別れる。私は残りの数日間をメキシコ市内の散策に、そしてユカタン半島の遺跡巡りの旅へ行こうと考えていた。

第二章

メキシコ、アステカ、マヤ。

私がメキシコの歴史に興味を持つようになったのは、中学生の頃からだったと思う。小学生の頃、既にエジプトのピラミッドや、マヤの魔法使いのピラミッド、インカ帝国の太陽の門や月の門は、雑誌の付録やとじ込みの写真で知っていたし、ニューヨークの摩天楼、パリのエッフェル塔、タイのシャム遺跡、日本の東大寺も知っていた。

アステカやマヤに関して特に目を引いたのは、太陽や月の名を冠した建築物の多いことや、その巨大さ、生贄の儀式に関する記述であった。さらに風変わりな衣装の石彫類、パレンケの遺跡。それらは、人間技とは思えない不思議な世界の夢を見させてくれた。中学二年三年の時の担任の先生が社会科の先生であり、背の高いハンサムな先生だったことも手伝い、地理や歴史はかなりの成績だった。さらに、高校時代の世界史の担当の教師は東大出の風変わりな教師であったことにも起因していた。その教師はいつも手ぶらで教室に現れ、一通り生徒の顔を見渡し授業を始めるのが習慣だった。生徒が眠ったりしていると、教師は黒板のほうを向いたまま背中越しにその生徒の名を呼んで「○頁を読むように」と命令し、誤読まで指摘するのだった。

「○頁の上から○行目、もう一度読み直せ！」

「高校生でそんな字も読めないのか！」

「次の時間からは来なくていい！」

こんな調子である。

そして隣席の友人とひそひそ話をしていると、白墨が飛んでくるのだった。

「皆の邪魔だ！　聞きたくなければ出て行け！」

赴任して一、二年しか経っていないのに、教科書の最初の頁から最後の頁まで頭の中に記憶させてあるのには驚かされた。それもどんな文字で書かれているのかまで。私たちは反発心から、かえって世界史の勉強に力を注ぐようになっていった。

あれから十数年。世界の各地で次々に遺跡が発掘され、研究が進み、歴史の記述もかなり塗り替えられたので、世界史の教科書は改定や増補されたに相違ない。今私が立っている場所、こうして煙草をふかしている場所、アラメダ公園。ここはかつてテスココ湖上の島ティノチティトランの一部だったところで、一五一九年、スペインの征服者エルナン・コルテス一行に「まるでアマディスの物語にある幻の世界であり、夢を見ているようだ」と言わせた場所である。当時人口二〇万を擁したアステカ帝国の都、白亜のピラミッドや宮殿の建っていたすぐ近くである。二年後、ティノチティトランは破壊され、テスココ湖は次第に埋め立てられ、その上にスペイン風の教会や宮殿が次々に建てられていったのだった。

私はラテンアメリカ塔の脇、マデロ通りを通り、ソカロ（中央広場）の横にあるテンプロ・マヨール（アステカの遺跡）に行ってみようと思った。それは一九七八年、ビル建設用地を造成中に地下から現れたアステカ遺跡だった。巨大な「月の女神」コヨルサウキの円形石彫板（直径三・五メートル、重さ約八トン）が発見され、世界の耳目を集めたのはほんの数年前の出来事である。

ビルの谷間を抜ける。太鼓の音。そしてマラカスのような音。私は私の目を疑った。ソカロではインディオの衣装を身に着けた多数の老若男女が、太鼓のリズムに合わせて踊っていた。ソカロの中央、メキシコの国旗の掲げられたポールを中心に、二重三重に円を作るようにして。そして、観光客がさらに二重に取り巻いて踊ったり見物したりしていた。

原色の美しい鳥の羽の冠。たてがみともいうべき羽飾り。首飾り。きらびやかな赤、黄、緑、青などの刺繍が施されたマント。前隠し。アステカの草履。そして踝の上に着けられた何十個というクルミ（？）の殻。インディオがリズムに合わせて動くたびに、踝の上でその殻がぶつかり合う。マラカスのような音はこれだったのである。そして国旗の下に数々の神器。私は、インディオの一人に許可を得てカメラを向ける。千載一遇とはまさにこのことであろう。私は夢中になって幾度もカメラのシャッターを押した。インディオの踊りがフィエスタ（祭り）の催しであったのか、何かのデモンストレーションだったのか知る由もなく・・・。思えばなんとも皮肉な話である。かつてのアステカ帝国の広場で、何百年の歳月を経て彼らに扮した人々が踊っているのだ。おそらく本物のインディオではなかったであろう。確実にインディオの血を引く形相の人がいなかったとは言えないとしても。

小一時間も経ったであろうか。私はテンプロマヨールに赴く。

地上から見れば地下一階と言えようか。祭壇の前に彩色されたチャクモール像、そして貴重な遺跡を除いて露出されたままの大神殿の遺構が、そのままの姿で置かれている。そして遺構は道路の下、道路を跨いで向こう側の寺院の下へと続いている。アステカ文明から西欧文明へ。歴史の転換点がくっきりと浮き彫りにされている地点、テンプロマヨール！　太陽神と人身犠牲の大宗教都市ティノチティトラン。そしてキリスト教を擁するスペイン文化（西欧）との相剋。それは第二次世界大戦前後の日本と西欧諸国との相剋にも似て、人々の頭上に異常なほどの価値観の転倒と不安を齎したに相違ない。何もそこまでしなくとも・・・、そう思えるほどの遺跡の破壊、殺戮、さらに破壊された遺跡群の上に新たに建てられた教会、宮殿、市街、道路・・・。

確かに人身犠牲の暮らしはなくなりはしたが、ティノチティトランを巡る攻防戦で流された夥しい大量の血や、アステカに捕虜を生きたまま捕える習慣がなかったら、コルテス軍は永久にテスココ湖の藻屑と消え、アステカ文明は続いていたかも知れないのだ。ちょうど一億総玉砕を標榜した日本が、原子爆弾製造の技術を既に持ちながらも米軍による広島・長崎への爆弾の投下を機に、敗戦の白旗を掲げたように。それらはある一面では、明らかに宗教戦争でもあった。第二次世界大戦時の神道（天皇制）および積極的に政治に関与する宗教（日蓮宗の一派）と西欧キリスト教。アステカとスペイン。そして失ったもの、失ってよかったもの。それらは一体何だったのであろうか。正義とは、人間とは、自由とは、平等とは、平和とは・・・。すべてが正義であり、すべてが人間のしたことである。アステカとスペイン。米英（西欧）と日本。それぞれの「神」という共同幻想の、そしてそこに仮託された正義の為せる業であった。スペイン。エル・ドラドへの欲望とキリスト教の御旗。第二次世界大戦、市場拡大の欲望とキリスト教の御旗。ティノチティトランと日本。トルテカ族や近隣部族との闘いによる勝利と第一次世界大戦の勝利による驕り。そして他民族、他文化による致命的な敗北。なんと相似ているることであろう。

今、世界では「神は死んだ」（ニーチェ）と言われ、「神はいない」（サルトル）と言われている。しかし、地球上のそこかしこで、神の名において武力による戦争は行われ、貿易摩擦という名の経済戦争が深く潜行しようとしており、武力戦争へ発展しないと誰が断定できるであろう。「絶望の後に世界は始まる」というのであろうか。とことん殺戮し合い、地球上のすべてが荒野と化してから、また一から出直そうというのであろうか。大戦後の日本のように。そして「ダモクレスの剣」の下で、人類は幾年月耐えられるのであろうか。誰が核戦争のボタンを押さないと断言できるのであろうか。

私は種々の事どもを頭に描き、カテドラルを右に、ソカロを左に見ながら、テンプロ・マヨールを後にした。ソカロでは絶えることなくインディオの太鼓の音が続いていた。ラテンアメリカ塔を前方に、左手にイトゥルビーデ（一八二一年独立達成後、メキシコ最初の指導者）宮殿、そしてサン・フランシスコ教会（アステカ最後の王モクテスマの動物園の跡地に建てられ、支倉常長一行が一六一一年に洗礼を受けたと言われている教会）を右手に、プエブラ産の青と白のタイルで出来たモザイク模様の美しい家を見ながら、レンガの敷き詰められたペーブメントをアラメダ公園に向かった。

豊かな緑。原色の花々。花壇。噴水。ブロンズ像。タイルのベンチ。木陰。芝生。恋人たちが肩を寄せ語り合う憩いの場。そして人々が散策を楽しむアラメダ公園。植民地時代に宗教裁判の犠牲者たちが火刑に処せられた場所だとは・・・。そして風船売り、路上の新聞紙売りスタンド、靴磨き、フレッシュフルーツ屋・・・。私は散策を楽しむ。日本人と気付いても振り向く者もない、長閑な昼下がりのひとときである。

E・S嬢。元気でいるだろうか。私はベンチに腰を下ろし煙草を燻らせる。出発の日、「見送る」と言う彼女の気持ちを退け、仕事に、そして自分の夢に向かって頑張るように言い残して私は機上の人になった。それは、自分の気持ちを整理したいという私のわがままであり、将来何をしたら自分にとって最良なのかをはっきりと見極めたかったからでもある。二四歳になったばかりのE・S嬢。大学時代から遠く親元を離れ、生活費は新聞配達をして賄ったという頑張り屋である。そして今、昼夜を分かたず働き、合間を縫っては華道、茶道、書道にと勤しんでいる才媛であり、私は彼女と会うたびに、私自身の不甲斐なさをまざまざと感じさせられ、私も頑張らなければと暗黙のうちに士気を鼓舞されるのだった。

アラメダ公園。そこここに寄り添い、語らい合う恋人たち。原色の花々に似て、なんと美しく寄り添い咲いていることであろう。夢の花。希望の花。愛の花。それらはメキシコ市の春霞のようなスモッグの空の中に、ぽっかりと開いた青空でもあった。Ｅ・Ｓ嬢。必ずメヒコに連れてきてあげよう。私はいつしか心に誓っていた。

一九一〇年、独立百周年を記念して建立されたインディオ出身のメキシコ近代化の父であるベニト・ファーレスの記念碑を見ながら、通りに沿って革命記念塔に向かって歩く。革命記念塔は、ファーレス通りの西端にある高さ約六二メートルのドーム型の建物だった。独裁者ポルフィリオ・ディアスが議事堂として起工したものの、一九一〇年の革命で彼自身が失脚。今ではディアスを失脚させた一代記念碑となっていた。まさに歴史の皮肉である。四対の脚柱の基部には、革命にゆかりの深い四人の大統領（マデロ、カランサ、カージェス、カルデナス）と二人の民族的英雄（パンチョ・ビージャ、エミリアーノ・サバタ）の遺体が葬られているという。

インスルヘンテス通りを左折。クワゥテモク像（インスルヘンテス通りとレフォルマ大通りの交差点）の手前を右折。母親記念碑に出る。否、本当を言えば革命記念塔からまっすぐクワゥテモック像を目指したのだが、裏道を歩いているうちに偶然母親記念碑に出たのだった。レンガの石畳、突き当り正面中央に子供を両手で胸に抱えた母親の立像。広場ではメキシコの少年たちが三角ベースの野球をしていたり、父親が三、四歳の少年とラグビーボールのスロー・アンド・キャッチの練習をしたり、パントキックの仕方を教えたりしていた。

シエスタ（昼休み）なのであろうか。近くのビルからバレーのボールを持った五、六人の男女が現れ、輪になってパスを始める。それは日比谷公園あたりでもよく見られる光景であった。そして私は、どこの国の人もやることは同じだな・・・などと、普段心にも留めないことに感心していた。

「お出かけですか？　乗りません？」

広場を出るとタクシーに声を掛けられた。流暢な英語である。私はレフォルマ通りへの道順を尋ね、クワゥテモック像を見たいのだと言った。教えられた通りに歩いてみると、市街地図を見ながらでは探せないでいたその像は、母親記念碑と目と鼻の先にあった。

アステカ帝国最後の王クワゥテモク。モンテスマ二世の跡を継いでスペイン軍と勇敢に最後まで戦った悲劇の主人公クワゥテモク。立像は、アステカの王衣を纏い右手で肩の上に槍を持ち正面を見据えていた。それは、民族の生死を賭した戦いに敗れ死んでいった市民や戦士への憐憫や思いやりであり、他部族の裏切りや反旗に腹わたが煮えくり返るような苛立たしさを表し、正面にいるであろうスペイン人を睨みつけている形相でもあったのであろうか。路上からでは判断しかねるのだった。あるいは単に、アステカの勇気と覇気に満ちた若いクワゥテモク王の像であったかも知れない。ちなみにクワゥテモク王は「勇気と反抗」の象徴としてメキシコの真の英雄と謳われているとのことである。

レフォルマ大通りを独立記念塔に向かってゆっくり歩く。マクシミリアン皇帝が一八六〇年代初期に、パリのシャンゼリゼ通りを模して造ったというレフォルマ大通りは、ひたすら美しかった。レンガを敷き詰めた石畳の歩道。三車線の側道。楡や棕櫚、欅といった緑樹や、原色の花々の植え込み。それらに囲まれてベンチの置かれた幅広いグリーンベルト。五車線の車道。そしてグリーンの中央分離帯。片側だけでもこれほどの道幅を有し、シティーの中心部を北東から南西にかけて貫き、北東部はグァタルーペ寺院へ、南西部はチャプルテペック公園内を通って高級住宅街に続く。両側は高級ホテル、レストラン、オフィスビル、商店などが軒を連ね、記念碑や像が建ち、散策に適した憩いのプロムナードとしても有名である。そしてロータリー毎に、コロンブス像、クワゥテモク像、独立記念塔、ディアナの噴水（弓を射る狩の女神像がある）などが設置され、さらに、レンガの石畳の上、緑樹の木陰の靴磨き屋、新聞雑誌の出店の風景や、乾いた空気と相俟って、旅人の目を見張らせ旅情をそそる、まさに異国の風景である。

私は、かつて何かの本で読んだことのある三島由紀夫氏の言葉を思い出していた。

「自然なものほど人工的であり、人工的なものほど自然である」

レフォルマ大通りには、この言葉がぴったりに思われた。

円柱の上に金色のエンジェルを戴く独立記念塔は、スペインからの独立達成を記念して一九一〇年に建立されたもので、高さ四六メートルあり、円柱の基部にはイダルゴ神父、アジェンデなど、独立闘争の志士たちの大理石像が配され、地下の納骨堂には彼らの亡骸が手厚く葬られ、そして台座の四隅には「法・正義・平和・戦争」を象徴するそれぞれのブロンズ像が据えられている。それは、レフォルマ大通りに建つ特殊ミラーガラス張りの高層ビルにも影を映し、永遠にそこに佇立しているに違いない。

私は独立記念塔を右に曲がり、和食Kで食事をすることにした。時計は既に一五時をかなり過ぎていた。ナイフ、フォーク、スプーン。それらに替わって箸、お椀。西洋で食前酒が振舞われるのは、良質の美味しい水がないからと言われる。おそらく、海外旅行用のどのガイドブックにも「生水は避けるように」と書かれているであろう。テーブルに着いて最初に尋ねられるのは、食前酒を何にするかである。私は大概「ナランハ」という。ウェイターは時によっては驚いたりする。しかし、食事のたびにアルコール分を摂っていたのでは、こちらの胃が可哀想である。野菜類の少ない分はフレッシュフルーツでカバーする。幸いメキシコではフルーツが豊富に採れる。

Kの社長は私と同年代だった。私は海外から見た日本人、特に若い人々をどう思うかと水を向けてみた。が、彼は年に一度くらいは帰国するが、友人や家族としか会わないから「なんとも言えない」と言う。私はアメリカンナイズしていく現代日本の若年層に対する批判の声を秘かに期待していたのだが、彼にはあえて日本を振り返る必要も批判する必然性もなく、それだけ彼（この店の主人）がメキシコに溶け込んでいるということだったのかも知れない。

人の手によって作られ、人の手によって文様が描かれ、塗装され、仕上げられた、芸術品とも言えるウルシの箸やお椀。そこには機能と美、そして人間の温もりが込められているようである。そしてナイフ、フォーク、スプーン、プラスチック製の箸や合成樹脂製のお椀や皿。どれも画一化され機能と実用だけに主眼の置かれた、冷たく無機質な「物」それ自体の存在。そこには外形的な美があるとしても、人間的な温もりはない、と私は思う。いま日本の若年層や若い夫婦の間では、箸文化からナイフ・フォーク文化へと移行しつつあるようである。それが原因とは言えないまでも、離婚の数が年々増加しているのは、この実用オンリーの食器具や我意（我儘）と自由を混同しているところにその一因があるのではないだろうか。

神の前での自由。それは何人（ナンピト）にも許されている自由。汝を愛する如く隣人を愛する、他者と自己を照らし合わせて初めて得られる自由。対他対自の相関として得られる社会的な自由。十の中から一を選ぶ自由。我意（我儘）。一の中から一を選ぶ、それは単なるわがままでしかなく、他者の存在を認めないまさしく「私の勝手」であろう。私は決してナイフとフォークの文化が悪いとは思わないが、表層だけの把握でアメリカンナイズしてほしくないし、義務と責任、独立心を培い、もっと文化の拠って立つ歴史なり生活習慣なりをしっかりと理解し、その上で西洋文化を生活に取り入れてほしいと思うのであった。

外はスコールのようである。

今日一日の疲れを洗い流すかのように、突然降り出した雨。小一時間もすればパタッと止むとのことであった。私はM氏に連絡を入れ、迎えに来てもらうことにする。一ペソ。電話は旅行ガイドブックに書かれているよりは簡単にかかり、そしてはっきりと聴き取れた。私は日本大使館の前で待った。スコールは緑の樹々をより一層鮮やかな色彩に甦らせ、激しく歩道に当たり弾けていた。雨がまるで嘘であったかのように青空が広がっていた。

M氏の下の愛娘は、姉が帰国した後しょんぼりしていた。時折「お姉ちゃん、もっと休暇を長く取ればよかったのに・・・」と言っている。空港では泣くものかと強がりを言っていた姪も、やはり女の子である。内心淋しいに違いない。

私はE・S嬢に手紙を書こうと思った。

親愛なるE・S様

蒸し暑い毎日が続いていることと思います。冷たいものばかりを摂って体調を壊していませんか。心配です。メキシコの生活は快適です。アカプルコ・タスコの旅も終わり、今朝、姪はＪＡＬで帰国の途に就きました。大事故の後だけに心配ですが、かえって機長をはじめ乗務員一同気分一新して、細心の注意で運行されることでしょう。確率からすれば万に一、否それよりも低いのですが、死に直結するだけに目立つのでしょう。事故に遭遇された方々の冥福を祈るばかりです（もちろん貴女が搭乗していなかったことを確信しています）。

タスコ。美しい街。ホテルからの眺望は天下一品です。山頂に階段状に造営された赤い屋根、白い壁の建物。ブルーに塗装された山頂のプール。一つ谷を挟んでサンタ・プリスカ教会を中心に山腹に広がるタスコの街並み。石畳の舗道。入り組んだ小路。ロバと少年。中世のスペインがそっくり置き忘れられたまま、まるで時間が停止してしまったかのようにひっそりと息づく街。

ホテルの入口には「あなたの天国を心ゆくまで楽しんでください」と英文で記されていましたが、まさに天国の名に相応しい景観でした。コツコツと響く靴音。ショーウィンドウの前でぴたりと止まる靴音。中を覗き込む初老の婦人。若いカップル。ブーゲンビリアの赤紫の花、花、花・・・。ここでは、時間が都会の何十分の一のスピードでしか進んでいないようです。否、時間の観念を捨てて過ごすべき場所なのでしょう。チャンスがあればもう一度訪れてみたい街です。そう、貴女と二人で！　そっと肩を寄せ合うようにして・・・。夢の世界を彷徨うことができるでしょう。

そうそう、Ｋ・Ｙ女史にはその後会いましたか？　淋しがり屋の女史にはアカプルコがぴったりです。女優にでもなっていればよかったのに、勿体ないですね。もっとも、女史には女史の生き方があり、自分の生き方は自分で選んだのですから、それでいいのでしょうね。貴方も早く自分の将来為すべき道を決定しないとね。若い時はあれこれと何でもしてみるのもいいでしょうが、どれも中途半端はいけません。何よりも丈夫な身体を作ること。「健全な魂は健全な身体に宿る」と言うでしょう（ちょっと古かったかな？）。そして幅広く教養を身に付けること。広く浅く、次第に深くしていけばいいでしょう。無駄に思えることも、いつかは役立つものです。物事は、知らないよりは知っているほうがいいし、それだけ話題も豊富になるというものです。音楽会や美術展にも顔を出すようにして下さいね。知識や学問が吸収できるのは若い時だけです。ですから知識に対し貪欲になって下さい。知識の押し売りや切り売りはいけませんが、やはり読書をしている人の瞳は輝きが違います。「瞳は心の窓」と言います。窓はいつも綺麗に磨かれていないと他の人に不快感を与えますし、何よりも人間として対等に扱ってもらえなくなります。キラキラした瞳に出会うと幸福に出会ったようで、とても清々しいものです。

またまたお説教になってしまいましたね。

こちらは快晴でも一七、八度。湿度が低いのには助かります。ちょうど軽井沢のような感じです。夕方、スコールがありました。小一時間くらい。規則的にまとめて降ってくれるので、行動計画も立てやすく助かります。とはいっても、突然ドカッと降る、そう、水をバケツで頭からかけられたように降られると面喰いますが、現地の人たちは慣れたもので、ちょっとした風向きの変化や雲の流れで雨が降るのがわかるようですね。路上の新聞売店や靴磨きはさっさと店を閉めていましたし、フルーツ屋さんも屋台を閉めてどこかに避難したようでした。見事な手際です。生活の知恵なのでしょう。そう、新聞の売店は路上にまで雑誌を並べていますし、煙草やガムも小さな子供が屋台で売っているのです。そして通りの広さや大きさ、清潔さにも驚かされます。中央分離帯にある種々のブロンズ像もさることながら、コルテスの征服後、旧都を取り壊し、区画整理して造られたせいなのでしょう。メキシコの歴史については折があったら触れることにしましょう。

写真、出来次第郵送します。今はただ見るもののすべてが目新しく、美しく感じられ、心を惹かれます。そして貴女と一緒に来られなかったことを残念に思っています。できることなら貴女と代わって、貴女に見せてあげたいほどです。チャンスがあったら、今度は二人で訪れましょう。今はもう真夜中。眼下にメキシコ市の百万ドルの夜景が広がっています。

どうぞ夏風邪などひきませんように、健康にはくれぐれも注意され、明日も充実した一日を過ごされますよう心より祈っています。

メキシコ　ペトレガル・ラーゴ　　にて

追伸

Ｋ・Ｙ女史に会ったらよろしくお伝えください。

Ｍ夫妻に誘われ、「神々の座」テオティワカンに赴く。
メキシコ市の北東五〇キロメートル。市内を出ると抜けるような青空。そしてプカリとちぎれ雲。見渡す限りの緑の荒野。神域面積一八平方キロメートルを有する古代都市遺跡。それはサボテンと灌木に覆われた高原に眠っていた。その起源はＢＣ二～三世紀に遡る。水と農耕の神々を祀る宗教都市。しかし、それを築いた種族はいまだに謎である。その後トルテカ族がこの地に腰を据えたが、ＡＤ七五〇年頃、繁栄の最中突然の滅亡を遂げる。テオティワカンとは、一三世紀頃この地に来た流浪の民「アステカ族」の命名による呼び名であるとのこと。

土産品店を横目にムセオ（博物館）へ。正面に雨の神トラロックの像、そして一、二階に種々の出土品。シウダデラ（城塞）へ。それは、「死者の道」の南端に位置し、二つのピラミッドによって構成され、後のケツァルコアトルのピラミッドには、羽毛の生えた蛇で、水と農耕の神ケツァルコアトルと丸い目のトラロックの頭像が交互に並び、立体的な壁画装飾を織りなしている。

ケツァルコアトル、そしてトラロック。写真や歴史書で知ってはいたものの、実物を目にしたのは初めてである。空気の乾燥した高原性の気候。雨もスコール程度しか降らない大地。雨神信仰は理解できたとしても、羽毛の生えた蛇と農業の神とどう関連するのであろう。蛇のウロコが太陽光線を反射し、その反射光が羽にでも見えたのであろうか。あるいは穀物の色に似て、金色や緑、青にキラキラと輝くところから、太陽の使者として神に祀り上げられたのであろうか。それは蛇と言うよりも巨大な爬虫類の頭部を、コケティッシュに表現した像と言っても差し支えない。

シウダデラを出て玉砂利の敷かれた「死者の道」を歩む。南端のムセオから北端の月のピラミッドまで、長さ四キロメートル、幅四一五メートルの大通りである。「神々の座」の遺跡は、死者の道の両側に整然と並んでいる。正面に月のピラミッドが小さく見える。そして右手に太陽のピラミッドが見える。人々は我先に頂上を目指してピラミッドを登っていく。途中、休み休み下を振り返りながら、息を弾ませて蟻のように。高さ六五メートル。底面の一辺二二四メートル。約一億個の日干し煉瓦を積み上げて造られたテオティワカン最大の建築物「太陽のピラミッド」。ＡＤ三五〇年から六五〇年頃を全盛とする巨大なピラミッド。五層の台状のさらにその頂部には、かつて神殿があったという。

Ｍ夫妻は幾度か来たことがあり、今回は登頂を辞退。私は駐車場入口付近で値切って買った帽子を日除けにして、ピラミッドの頂上を目指す。標高二二五〇メートルのメキシコ市。さらに単純に六五メートルを加算してもかなりの高さである。希薄な空気と急勾配の階段も手伝い、息を切らせながら観光客たちが登っていく。額に汗をにじませて、振り返り振り返り、休み休み・・・。私は一歩ずつゆっくりと頂上まで登り詰めた。上からの眺望は絶品である。三六〇度視界を遮るものは一つもない。

遥か彼方、四方を山に囲まれた大盆地。そのほぼ中央部に構築された大遺跡群「神々の座」。かつて、ここで暮らした王や神官たちは何を考えたことであろう。陽が昇り陽が沈み、月が出で月が去る。星々は煌き、運行する。そして文明の突然の滅亡。オトミ族の放火による火災説。疫病説。焼き畑農業による収穫減説（対人口収穫比の不均衡）。何処より現れ、何処へ消え去ったのか、すべてが謎のままである。巨大な遺跡群は、何世紀も隔てた現在も太陽の白光に晒されているばかりである。

月のピラミッド、高さ四一メートル。底辺一五〇メートル×一二〇メートル。死者の道の突きあたりにあり、その前の広場には、階段のある基壇群が並んでいる。そしてケツァルパパロトルとジャーガーの宮殿。ケツァルパパロトルは高僧の社務所であったと考えられ、中庭にある石柱には、伝説上の蝶の浮彫が施されている。それは見方によってはハチドリが羽を広げているようにも見え、そしてパラダイスの壁画。この中には明らかに蜂と蝶が見て取れるのだが・・・。

ケツァルパパロトルのトルとは一体何だったのであろうか。死者の道と月のピラミッドの延長線上、月のピラミッドの背後（かなり離れている）にはなだらかな山が横たわる。ピラミッドを構築するのに使用されたレンガ用の土は、そこから切り出されたのであろうか。そして、死者たちはこの山麓のどこかに眠っているのであろうか。

夜、姪の慰謝も兼ねて和食Ｎ（日墨会館）で食事をする。新聞には第一面で日航機事故が採り上げられていた。

親愛なるE・S様

神々の座テオティワカン（ピラミッド）に行ってきました。
昔の人はよくもこう巨大なものを造ったものです。エジプトとの違いは、死者の墳墓としてではなく、宗教上の台座として造ったということ。そして石ではなく土を盛り、周囲を日干し煉瓦（アドベ）で石垣のようにして造ってあることです。太陽のピラミッド、月のピラミッド。死者の道。それも草原の真ん中に忽然と現れる遺跡群。ピラミッドの頂上からはここが大盆地の中心部であることが理解できます。

学説によると、神々の座はトルテカ族の造営ではなく、トルテカ族は今のトゥラの街が拠点であったとされており真実は謎のままです。トルテカ族戦士の石像やチャクモール像が有名であり、文化的なつながりはあまりないようにも思われますが、何しろ古代のこと、想像する以外なさそうです。雨のほとんど降らない高原性の気候、一年を通してほとんど変わらない気温、そして焼き畑農業。つまり、トウモロコシや豆類の作付け時期を決定するため、星々の運行や月や太陽の運行を知るために作られたものではないかと思われます。そして、それらを指示し管理するのは神官階級だったわけです。

ケツァルパパロトルの壁面にはパラダイスの絵や蝶が描かれていますが、パラダイスを「天国」と訳すか「地上の楽園」と訳すかでは、その意味する内容も異なってきそうですね。いずれにしても、権力の象徴であったのか、天文学上のものか、単なる宇宙との対話、つまり、パレンケの遺跡のように空の神（太陽や月や星）に少しでも近づこうとしたもので、宇宙との通信だったのかは不明です。そして忽然と消えてしまった文化、人々。これも謎のままです。他部族に滅ぼされたのか、集団でどこかへ移動したのか。ともあれ多大な労力の提供が為されたのも事実でしょう。子供であると同時に老人でもある雨の神トラロック。羽毛のある蛇ケツァルコアトル。なんとも理解し難い神々です。我々のように既成概念を持った者よりも、子供たちにこれらが何に見えるか尋ねたほうが真実に近い解答が得られるかも知れませんね。古代遺跡に興味のある人には一見する価値はありそうです。

今年の夏は故郷には帰らないとのこと。例の事故（ジャンボ機の）、私なりに安心しています。くれぐれもお体を大切に、ご自愛ください。私はと言えば、高山病にも罹らず、あちこち飛び回っています。ご心配なく。

それでは今日はこの辺で・・・。

ラーゴにて

かなり前からの約束があり、M氏は早朝から出かけていた。姪には夏休みの宿題があり、結局私はM夫人とグァダルーペ寺院の見学に行くことになった。

メトロ（地下鉄）三号線を利用。バシリカ駅で降りる。かなり小さな電車で車両内の通路は、やっと人がすれ違えるくらいで高さもそれほどではない。乗り降りにも二人がやっと一緒に降りられる程度。何よりも乗車客が降車客に構わず乗り込んでくるのには閉口する。それも例のイタリア系（?）の巨漢が。黙っていたら目的駅を乗り越してしまう。他人を突き飛ばしてでも降りなければ。工事はフランスが担当し、車両は日本製とのことであるが定かではない。オレンジ色の車両で騒音や振動はほとんどない。後でわかったのだが、車輪にゴムが巻いてあるとのことである。駅にはその土地にゆかりのシンボルマークが描かれ、ひと目で目的駅かどうかわかるようになっている。文字の読めない人たちへの配慮である。

バシリカ駅を出て暫く線路沿い（乗車してきた電車の進行方向）を進み、やがて右折。タコス、フルーツ、土産品、雑誌などの出店が軒を並べている。お世辞にも綺麗とは言えない通りである。暫く行って大きな通りを渡ると、左手に目指す寺院はあった。

広大な境内。正面に一七〇六年建立の旧寺院。入口の左手にひときわモダンな吊り天井の建物。ペドロ・ラミレスの設計により一九七六年に完成した、円形劇場を思わせる本堂があった。それは、二万人の会衆を収容できる内陣を擁し、一本の柱もなく、大理石造りの祭壇がどこからでも見られるように設計されていた。そして祭壇の上部に、有名な褐色の聖母、メキシコの守護者「グァダルーペ聖母」が祀られていた。グァダルーペ寺院はメキシコ最大の聖地であり、正面入口から本堂、そして丘の上の教会まで、階段や坂道をものともせず膝行参拝する、熱烈な信者の姿がいつでも見られる場所である。

私たちが本堂を訪れたのは、ミサの最中であった。牧師の声が堂内に朗々と響き渡っている。私はクリスチャンではなかったが、例の麦藁製カウボーイハットを脱いでいた。私は既に入口近くで膝行参拝する若い信者を見、彼女たちの聖地を汚してはいけないと思ったからである。以前浅草寺でお百度を踏んでいる婦人を遠目に見たことがあったが、ちょうどそのような心境の人たちなのであろう。

有名な聖母図像は、聖母が月の上に乗り、星を散りばめたガウンを纏い、体中から後光が射しており、まるで太陽神のように描かれていた。それは一五三一年インディオのファン・ディエゴが五度にわたり聖母のお告げを聴き、その時彼の纏っていた白いマントの上に神の手によって描かれたと伝えられている。聖母図像の出現した一二月一二日はグァダルーペ聖母祭として、メキシコ国内をはじめ遠くラテンアメリカ諸国から数十万人の巡礼者が集まり、一日中盛大に奉納踊りが繰り広げられるとのことである。

私は褐色のマリア像をもっと近くで見ようと思い、祭壇のほうへ歩み寄った。しかし、礼拝中の席の間をつかつかと入っていくわけにもいかない。少しずつ左へ回る。するとマリア図像の下のほうへ向かって通路があった。下へ降りる。なんと図像の真下には、水平移動式のエスカレーターがあり、祭壇の真正面に見えたマリア図像を真下から仰ぎ見、礼拝できるようになっていた。黄土色やレンガ色のタイルの壁面に、褐色のマリア図像。そして、吊り天井の頂点に向かって伸びる十字架。なんとも神々しい、美しい光景である。観光客の悲しき習性なのか、私は辺りを憚ることなく何度もカメラのシャッターを押していた（本来は撮影禁止か）。

本堂を出て丘の上の教会に行ってみた。それはスペイン領時代の建立とも思われる教会で、祭壇の中央にはやはり褐色のマリア図像が祀られていた。丘の上からは遥か遠くにメキシコシティーが眺望された。スペイン人とインディオの混血の国、メキシコ。そこにキリストのマリアとインディオの褐色の肌の色素の結合された、世界に二つとない褐色のマリア。それはメスティソの国メキシコ人たちには素直に馴染めたに違いない。黄褐色のマリア。もし秀吉の時代に長崎にあったとしたら、かの秀吉はなんとしたであろう。もしグァダルーぺ寺院のマリア図像がメキシコで西洋と同一の白い顔のマリア像であったとしたら、これほどまでにカトリック信仰が行き渡ったであろうか。キリスト教信仰を強制されたインディオの反乱も考えられるだろう。そしてもし、ファン・ディエゴがスペイン人の牧師やスペイン人の入れ知恵によって操られていたのだったとしたら・・・、あるいはインディオの未来を憂慮して、褐色のマリア図像を創造したのだったとしたら・・・。もし、もし、・・・。すべてが仮定形であった。

私たちは丘の上の売店でジュースを買い、喉を潤し、ぶらぶらとメトロ駅まで歩いて行った。イダルゴ駅で二号線に乗り換え、ソカロ駅で降りる。国立宮殿にあるディエゴ・リベラの壁画を見ようと思った。宮殿前ではメキシコの軍隊の制服を着た人々が慌ただしく動き回っている。百人はいたであろうか。海外からの賓客でも来るのであろうか。私たちは入口でサインをし、会議室を見せてもらった。歴代大統領の顔写真と略歴をも。それは小会議室とも見える部屋ではあるが、議長席を要に扇形の末広がりに席が設けられていた。国家の重大事が討議されるのでもあろうか。あるいは、そこはベニト・ファーレス記念室であったろうか。

国立宮殿（中央政庁）。それはかってアステカの皇帝モクテスマの王宮のあった場所にあり、現在中央入口の上部には「独立の鐘」が掛けられ、毎年九月一五日の二三時に、現職大統領がバルコニーに立ち、その鐘を打ち鳴らし、ソカロを埋め尽くす大民衆とともに「メキシコ万歳！」を繰り返し叫ぶのが慣例になっている場所であるという。

リベラ（一八八六年～一九五七年）の壁画は階段の壁面と二階の回廊にあった。メキシコの歴史をテーマとした大壁画である。階段の壁面に有名な「マデロの革命」が描かれていた。一八七六年～一九一一年の長きにわたったポルフィリオ・ディアスの独裁政権に反対し、フランシスコ・マデロが民衆に蜂起を促す。これに呼応した北部出身のパンチョ・ビージャ、南部のエミリアーノ・サパタの義勇軍や民衆が決起した図である。二階にはありし日のティノチティトランの栄華を極めた生活。エルナン・コルテスの征服など、メキシコ一連の歴史が描かれていた。フランシスコ・マデロは革命の父として、今もなお国民の英雄として仰がれており、それは自由開放を目指し国家の民主的姿勢と、農民・労働者の権利を高らかに謳った新憲法の起草公布へとつながっていく。まさしくメキシコの歴史の転換点であった。

国立宮殿からカテドラルの前を通りガリバルディ広場へ。

カテドラルの前庭では、インディオの衣装を身に纏った男女が太鼓を叩きながら踊っていた。男は本物のインディオのようでもあり、女はインディオにしては色白である。インディオの自治権確立要求のデモンストレーションであるのか、単なる観光客向けのショーであるのか私たちにはわかりようもなかった。

途中サンボーンスで軽食を摂り、そこここのショーウインドウを覗きながらブランキータ劇場まで歩く。あいにく夜の公演しかないらしく、人影も見当たらない。仕方なく目的通りにガリバルディ広場に向かう。広場のあちこちにチャーロ服姿のミュージシャンがたむろしている。弦の音合わせをしたり喉馴らしの歌を口ずさんだりして、ホテルやステージから声がかかるのを待っているようである。昼間見たガリバルディ広場は、チャーロ服の黒地に金色のストレッチも手伝って、お洒落をしたカラスの大群がたむろしているように見えるのだった。やはり夕方から夜にかけて行くべきところのようである。

私たちはイダルゴ駅まで引き返し、バンコメールまでメトロの三号線に乗ることにした。M夫人が買い物をしたいとのことであり、私も靴を買おうと思った。それも済むと黄色の車体に白い屋根の乗り合いタクシー（リブレ）で帰宅することにした。今日の予定はメトロを使ってのグァダルーペ寺院の見学、国立宮殿の壁画見学がメインで、時間があればウニム（大学都市。正式名はシウダド・ウニベルシタリア）の壁画も見るのが目標であった。

帰宅すると午前中に用事を済ませたM氏がおり、「ウニムにも行きましたか？」と尋ねる。私はメトロで引き返すのも大変だからやめにした旨を報告すると、「これから案内してあげます」と言う。多少疲れていたのだが、M氏の厚意を無駄にすることはできない。それに、少なからず興味のある場所でもあったので、喜んで出かけることにした。

ウニムはオリンピックスタジアムの前、インスルヘンテス通りの南端、二千年前の火山の噴火がもたらしたペトレガルと呼ばれる溶岩台地の上にあった。メキシコ国立自治大学（シウダド・ウニベルシタリア）は、その歴史を一五五一年にまで遡る。現在七・三平方キロメートルのキャンパス、八〇にのぼる近代的な建物、一七万人を超える学生たちを擁し、非常に恵まれた環境の中で彼らは学問に勤しんでいる。建物は何れもメキシコの著名な芸術家たちが、建築・壁画・彫刻などの総合的な造詣に力を尽くした斬新なもので、壁画の数々は特に有名である。

中央図書館の四面に褐色系の色彩をトーンとして、メキシコの歴史を描いたオゴールマンのモザイクの壁画、事務総局ビルの「大学教育の成果を国に還元する」というテーマのシケイロス（一八九六年～一九七四年）の立体壁画。人間を斜め上からの視点で捉え、未来を向いた顔や手には一つの方向が志向され、明るく力強い希望が託されており、特に有名である。これらの壁画は、一九二二年革命政府の文部大臣、ホセ・バスコンセロスによって公共建築物の壁面が提供されたのを機会に、一気に花開いたものである。一八二一年独立達成以降、テオティワカンやマヤ時代から続いていた壁画の伝統が、政府の反教会的政策のため、教会は荒廃し絵画はブルジョアの贅沢な趣味を満たすものとなっていた。それらに対する反動として花開いたのだった。一九二二年に結成されたシケイロスの作成になる画家・彫刻家・版画家組合の声明文には「万人のための教育と闘争の芸術を目標とする」とあった。

ウニム。まず第一にキャンパスの広さに驚かされる。まさにキャンパスそのものが芸術のためのものと言っても過言ではない。緑の芝生。建物と建物の距離。それはそれらの壁画の視界を遮らないように建てられていた。そして立体壁画。ピカソやシャガールのように画布の上でのキュービスティックな作品に慣れている我々には、壁面の隆起や彩色にどきりとさせられるのだが、それだけに躍動感や現実感を帯びて人々の感性に訴えてくるのだった。そしてオリンピックスタジアムの外壁。ここにリベラの立体壁画が描かれていた。羽を広げた鷲。その羽の内側、羽の弧線に沿うように腰を湾曲させた黒褐色の男女（夫婦）。中央に子供。父親は子供の右肩に片方の手を当て、もう片方の手は子供の胸の上に置いている。母親は右手で子供の頭を撫でるように、そして片手は子供の左手を軽く握っている。親鳥が自分の懐に羽で小鳥を優しく覆い、包み込むようにして育み愛するように。

「マデロの革命」「教育の成果を国に還元する」というテーマ、オリンピックスタジアムの「愛と平和」のテーマ。なんと大胆なタッチでしかも力強く描かれていることであろう。芸術家の描く、愛・平和・希望・未来・友愛といったテーマが現実生活に根付いていったとしたら、理想社会の実現はそう遠くはないのだが・・・。そして美しい国土と豊富な埋蔵資源量と相俟って、メキシコには第二第三のテノチテェトランが出現するに相違ない・・・。私は途方もない想念に取りつかれていた。そして・・・、愛。

これまでの様々な愛の姿を固定させ、「過去」と呼ぶために出発した旅。恨みや憎悪ではなく愛と呼ぶにふさわしいそれぞれの愛に、正当な場を与えるための一つの精神のカタルシスとしての旅。私を成長させてくれたすべてのものに対する感謝のための旅。それは真の愛と安らぎを見出さんがための、私自身のための旅でもあった。

E・S様

残暑お見舞い申し上げます。

とはいえ、ここメキシコでは少しも暑くはないのですが。そろそろへばっていませんか。顎を出して頬杖をついていたりして・・・。

他人が楽をしている時こそ頑張らなくては、いつになっても兎は兎、亀は亀のままです。頑張りましょう。自己練磨。自制心を強く持ちましょう。芸術への道は遠くて、辛く厳しいものです。

今日は（顔が）褐色の聖母グァダルーペと壁画を見てきました。特に壁画の数々には圧倒されました。力感、フォルム、構成、色彩。革命期の芸術家たちの夢や希望、情熱が力強くダイナミックに表現され、奔流となって溢れていました。グァダルーペに関しては、キリスト教とその背景が理解できないと混乱するだけですから、いずれ機会を見て話すことにしましょう。ただ言えるのはインディオを未開・野蛮と呼ぶのなら、キリスト教徒でもあった征服者コルテスや従軍司祭や植民者たちもやはり文明の皮を被った未開人・野蛮人だったと言えるでしょう。彼らは教皇の教えに追従しただけであり、インディオとの対話をことごとく無視して罪をインディオに着せたのですから。

それは十字軍やもっと以前のグレゴリー一世や、キリスト教の成立にまで遡って検討しなければなりませんが、およそ何々教として徒党を組んだ時からその本質は失われ、歪曲化される運命にあるようです。

アステカ帝国とスペインの征服、そして独立、革命についてもいつか貴女に話すことになるでしょう。楽しみにしていてくださいね。

何はともあれ、暑い時こそ熱いものを。食事療法で夏を乗り切りましょう（そして睡眠も十分にとりましょう）。

それではまた。

おちゃめな妹　E・S様

ラーゴにて　　兄より

「黄金（金箔）の祭壇のあるテポッツォトランに行こう」とM氏。

H氏家族とM夫妻、それに私は、メキシコシティからケレタロ方面に通じる国道五七号線に乗り、北を目指す。目的地まで四五キロメートル、四、五〇分の距離である。

快晴。日差しが強くカークーラーを入れる。やがて国道を逸れ、暫く土埃の道が続く。目指す修道院の三方を取り巻くようにして道路工事が行われている。側道には他所の車が駐車しており、仕方なく厚手の鉄板を渡した工事現場の上を通り寺院の広場に出る。おそらく修道院の附属の施設なのであろう。中央に噴水があり、あちこちの石のベンチの上に陽光が照り返している。しかし湿度がほとんどないため空気は乾き、さほど暑さを感じさせない。高原のせいでもあろうか。

寺院の参道に車を停め、こんもりとした緑の林を抜けると、一八世紀の中頃に建立された壮麗な建物サン・ペドロ修道院があった。誰といって訪う人もいないような、ひっそりとした場所にそれはあった。まるで桃源郷（？）に迷い込んだかと思うほど、静かな落ち着いた雰囲気の中に佇んでいる。

私たちは入口がわからず探していると六、七人のアメリカ人の団体に声を掛けられた。

「一時じゃないと中は見せてもらえないそうだ。それも見られるのは、ほんの一〇分間だけだって！」

どうやら彼らは修道院の裏木戸のところで、半開きになった扉の内と外で入館許可の折衝をしていたようである。月曜休館。しかし今日は月曜ではないし、今度はH氏が覗き窓越しに折衝をしてみる。どうにも埒が明かない。修道院の内側では何かの修復工事をしている様子。作業服姿の人が時折木戸口を出入りする。内側から門番が左手の張り紙を見るように指示している。そこには夏時間として「一三時から一六時まで開館、ただし今月一〇日から翌月一〇日頃までは休館」とあった。一〇分間だけ見せてくれるという修道院側の厚意であるが、一三時まででは時間がありすぎるため、今日の見学は諦めることになった。なんともあっけない幕切れである。私たちはせっかく来たのだからということで、修道院の周囲を歩いてみることになり、集合時間と待ち合わせ場所を決め三々五々別れる。何しろそれほど大きな修道院ではなく、外回りは工事中のため、すぐに見終わってしまう。私たちは石のベンチに座り、のんびりと時の過ぎるのを待った。

新鮮な乾いた空気、底なしの青空、道路を隔てて赤い屋根、白い塗装のレストラン、テラスに白のテーブルクロス、その手前の、屋根の遥か上にまで成長し延びたブーゲンビリアの木。真夏の太陽の下で、なんと鮮やかな赤紫色と緑葉のコントラストであろうか。メキシコ杉。あたかも白日の下、時間が停止してでもいるかのように風さえ吹かない、気の遠くなるような、長閑なひと時である。こうしていることのほうが、黄金の祭壇を見るよりも遥かに価値があるように私には思えるのだった。

優しく、穏やかで、美しく、そのうえ明るい、H夫人。可愛い二人の子供たち。英語とスペイン語を流暢に操る、背の高いハンサムなH氏（日本人）。幸福な家庭が私の目の前にあった。私はエトルリアの宝石の物語を思い出していた。宝石を見せびらかす意地悪な老婆。「あんたの宝石は？」と問われ、ためらうことなく「私の宝石は子供たちです」と言った、若くて聡明な母親。幸福とは金銭では買えないものだ。たとえ手にしたところで偽りの幸福でしかないであろう。贅を尽くして人生を享楽してきた某デパート王が臨終の間際に口にした言葉「金ならいくらでも出す、病気を治してくれ！」とはなんと対照的であろう。私はいつしかH氏の家族の幸せを自分のことのように喜び、そしてまた自分のことのように願っていた。

M氏がターンして「グァダルーペ寺院（H氏家族はまだ行ったことがないとのことである）へ行こう」と言う。M夫人は私のことを気遣い、「でも、行ったばかりでしょ」と言う。私は

「行ったけれど見落としだらけなので」と言う。話は決まり、寺院へ行くことになった。

「昨日いらっしゃったんですって？　すみませんわ」とＨ夫人。

「いいえ、急いで観たものですから、見落としだらけなんですよ」と私。

Ｈ夫人はとても躾の行き届いた気の使い方をし、そして上品である。このような女性をパートナーに迎えたＨ氏を羨ましく思った。夫人は子供たちには子供たちに理解できるように話し、大人には大人の接し方のできる素晴らしい女性である。

〝幸福な家庭は見る人をも幸福にする〟

Ｈ氏家族に「サルーン！」である。


グァダルーペ寺院の本堂をＨ氏家族と見学する。

褐色のマリア図像、そしてミサ。心を研ぎ澄ませた人々の声による「聖なる音楽」。そこには確かに音楽があった。たとえその中で語られている内容が理解できなくとも、いつの間にか引き込まれていく。目をつむってじっとしていると、周囲は「静」の世界へ遠ざかり「無」へと浄化されていく。敬虔なミサの声だけが本堂に響き渡り、心は次第にグァダルーペ聖母に惹きつけられていく。罪のすべてを赦し、あたかも自分の子であるかのように、優しく両手を広げて迎えてくれる母親のような褐色のマリア。グァダルーペ聖母像にはそんな魅力があった。

それは褐色であるが故に、東洋人の私をも惹きつけられたのであろうか。

今日も、純白のワンピースを着た若い女性の膝行参拝する姿が見かけられた。さすがに物売りの少年たちも境内の中までは入ってこない。カトリック信仰の厚い国メキシコでは、彼らもここが聖地であることを百も承知しているのであろう。

本堂を出る。私は旧本堂の裏手にあるムセオに入り、他の人々は丘の上の教会を目指して、ゆっくりとした足取りで階段を上がっていく。彼らはあの丘の上で何を思い、何を考えたことであろう。ムセオにはバロック風の宗教画が陳列されていた。そして当地に寺院の建立された当時の高僧の衣装や祭儀に用いられた様々な神器具が陳列されていた。奥に進むと礼拝堂があり、そこにもグァダルーペ聖母図像は厳かに展示されていた。跪き礼拝する人々の姿。それは、ひたむきであるが故に美しい。

私は外に出る。太陽が眩しい。やがてM氏たちも戻ってくる。私はムセオも観ることを勧め、太陽の中で彼らが戻るのを待った。強い日差しの中でも空気が乾いているので、清々しく心地よく感じられた。大空を時折白雲が流れていく。丘の教会を目指して子供連れの家族が歩いていく。静かに・・・、静かに・・・、そして時は過ぎていく。それは、失われた愛、愛するが故に悩み、愛するが故に傷つけ、愛するが故に別れた、様々な愛のかたち、それらのすべてを赦し、それらのすべてを解放してくれるかのように・・・。

M・O嬢。

確かに愛があった。孤独と寂しさと不安の中で膝を抱え込む愛。夢と希望と溜息の中で、生まれたばかりの愛。恋と呼ぶにはあまりにも激しく、愛と言うにはあまりにも頼りない青春の愛。

大学。この上なく退屈なもの。第二外国語以外はテキストを読めば片付くといった単調さ。味気ない六法全書。薄暗くごみごみした木造の部室。それでもサークルにでも参加しなかったら中途退学間違いなしの状況であった。私は実家から大学に通っていたし、親の手前、大学の近くにまでは通っていた。しかし行先は部室か学校の近くの喫茶店だった。部室の黒板には先輩同輩の名前と喫茶店の名、そして日時が記されていた。私はいつしか黒板に名前と行先を書くようになっていた。それは、誰を待つと特定の人を指名したものでもなく、ただ漠然と、今日も来ているという存在の表示。私に興味なり用のある方はお越しくださいというサインだった。その頃、サークル誌に投稿した小説は、先輩諸氏にかなりの波紋を投げかけたようだった。

平安時代を背景に、一人の盗賊が窃盗を働いたのだが、事は発覚し、貴族に次第に追い詰められていく。かつて一度も他人に負けたことのない盗賊が、あわや斬り殺されそうになる。盗賊は盗んだ煌びやかな貴族の衣服を池の中に投げ入れ、その上に大きな石を投げこんで逃げ帰るといった、盗賊の心理を中心に描いた作品だった。窃盗には窃盗の論理があったのだが、どうももう一つ問題点が煮詰まっていないとのことで、没になった作品である。面白いことに、自分では作品は書かないが読書は好きという人たちは、サークル誌への掲載に賛成し、自分も作品を書く人たちは反対だった。もちろん、賛成の人もかなり多かったのだが。

勝てない相手とわかっていて、それでも生命を賭して戦うことが現代的であろうか。否ではないであろうか。対応として盗んだ衣服をそのまま返すのではなく、池に投げ入れ、その上に石を投げ込む、せいぜい盗人にできた抵抗はその程度のことではなかっただろうか。話題が話題を呼び、私は見知らぬ人から度々声を掛けられるようになっていた。しかし、大学の単調な日々は続いていた。サークルの合宿、五月の海、ビール、酒、ウイスキー、・・・。サークルの性格上かなりの酒豪が集まっていた。この曖昧なるもの、不特定多数で、目茶苦茶で、無意味で、無価値で、反体制的で、すれからしで、それでいて悲しく、人間を駄目にするもの、そのくせ熱中させるもの・・・。文学。

一通り小説や詩の現代状況の講義が終わり（各分会の責任者で先輩が担当）、食事前の団欒。私はM・O嬢と彼女の友人と三人で詩について語らい、やがて全員での食事。女性陣は食事を運び、男性陣は何もせず煙草を吸っていればいい、そんな時代だった。

男性の隣は女性という順に着席し、偶然私の隣にM・O嬢。そして酒・・・。酒というより、丼にビール・ウイスキー・酒の混ざったそれは、まさしく毒酒に替わっていた。私は今までほとんど酒を口にしたことがなかった。そして挨拶を兼ねて次から次に来るお酌、お酒、返杯。

「うん、君の作品はだなぁ～、実にいい。暇を見て遊びに来たまえ」

「もう一歩突っ込んで書いたらいいとこまで行くよ」

　こんな調子である。

「おい！　俺のついだのが飲めねえか！」

「馬鹿野郎何が小説だ！　酒だ酒！　酒と女！　これっきゃねえ！」

　まさに混沌そのものの宴席だった。私は酔いつぶれ、眠ってしまった。そして突然起こされ、目の前に酒と丼・・・。

　飲めない者、すぐに酔ってしまう者、飲むほどに目尻の吊り上がってくる者、根に持つ者、泣き上戸、少しも酔わない者、ガラスを割る者、様々であった。そんな宴席も終わりかけた頃、気分の悪くなった私を介抱してくれたのがM・O嬢だった。そして後で知ったのだが、彼女に熱烈な恋心を抱きながらそれを打ち明けられないでいる先輩が居り、それらが私への風当たりにもなっていたようである。

　五月の夜の海は寒く、遥か遠くの対岸に街灯りがほのかに見えていた。横浜だったであろうか。それとも横須賀か。M・O嬢と私は宿舎を抜け出して渚を歩いていた。どちらからともなく、手をつなぐようにして。潮騒が耳に快く響いていた・・・。サークルの仲間と行った太宰治の桜桃忌。霧雨の井の頭公園。うるむ水銀灯。寄り添う恋人たち。岸につながれたボートたち・・・。どこか憂いのある色白の美しい女性。M・O嬢はサークルの先輩だったし、私は一人の先輩として見ていた。しかしどちらからともなく魅かれていった。彼女は故郷の北国を離れ、美しい姉と二人で暮らしていた。北国特有のきめの細かい白い肌、柔らかな長い髪、繊細でしなやかな長い指。一見、東郷青児氏の絵画を想わせるような風貌を持ち、赤・黒・青・白・黄といった単色のブラウスやセーター、それに白や紺、黒のよく似合う女性だった。背丈はそれほど高くなく、私より一つ年上だった。正確には六か月だったが。

退屈で単調な学生生活。将来に対する不確実さ、不安、やがて自活しなければならない苛立たしさ、寂しさ、それは彼女も同じだったに相違ない。私は部室でぼうーとして煙草をふかしていた。仲間の集まってくる時間には早く、誰もいない薄暗い部室。午前の私の受ける授業は突然の休講が告知されていた。静かにドアが開き、M・O嬢が現れる。以前から約束をして、待ち合わせてでもいたかのように。

私はM・O嬢を東大植物園に誘ってみた。小さく頷きついてくるM・O嬢。外は小止みなく霧雨が舞い、それでいて明るい、梅雨の初めの、とある一日だった。玉石を敷き詰めた舗道、二つの傘、雨に洗われた紫陽花の花、一つになる傘、重なり合う口唇・・・。長い髪、白い頬、細い肩。私は幾度も彼女の口唇を求めていた。

夏。彼女は山小屋のアルバイトに出かけ、私は東京の下町の製氷会社の住み込みのアルバイトに友人と二人で行った。もちろんM・O嬢は私を山小屋のアルバイトに誘ってくれたのだが、私は照れくさいのとM・O嬢との愛を確かめてみたいという理由から断り、一本六〇キロの氷造りのアルバイトに行くことにしたのだった。それはなかなかハードな仕事で、夜中の一時から五時頃の間に何台もロングのトラックが来て、何十本という氷を車に積み込む仕事だった。横になって流れ出てくる氷、それを大きなハサミで垂直に立てる零下一〇度の氷室。氷室からトラックまで蟻のようにそれを引いていく私、友人、労働者たち。距離にすれば大したこともないのだが、氷を立てるのが難しいのだ。足をいくらか斜めに踏み出し一気に立てる。知らずに両足を揃えてやると氷ごとひっくり返ったり、ギックリ腰にもなりかねない重量物。単調かつ迅速さを要する作業である。丼飯、野菜のどっさり入った塩辛い丼の味噌汁、生卵、おしんこ、焼き魚、その程度の食事だったと思う。私は毎日日記をつけていた。M・O嬢への愛を、そして将来への希望を。そして・・・。

久しぶりの休日だった。友人は喫茶店と掛け持ちでアルバイトをしていたし私は時間を持て余し、何気なくM・O嬢に電話をしてみた。山小屋にいるはずの彼女は既に下山しており、急遽O駅の近くの喫茶室Aで再会することになった。山小屋にいるM・O嬢ばかりを心に描いていたため裏切られたという気持ちと、久しぶりの再会の喜びで私の心は複雑に揺れていた。

いくらか痩せたM・O嬢。どこかやつれて見える。山小屋ではS氏（先輩）と一緒にアルバイトをしていたとのこと。そして二、三日前に二人して下山したのだという。私の心は波打っていた。山は楽しかったという。それに比べ、私は都心の川沿いのタコ部屋のような所での労働。体を鍛えるために自ら選んだとはいえ、ハードな仕事。得たものは一回り大きく逞しくなった肉体。そしてお金。失ったもの、それは素直な心、物事を正しく見る心。私はやはりその時、いくらか斜めからM・O嬢の言葉を聞いていたと思う。S氏への嫉妬、不快感、S氏こそ私の処女作品を没原稿に陥れたその人だった。よりによってS氏と一緒にアルバイトを・・・。私は悔しかった。こんな展開になるのなら、なぜ自分が一緒に山小屋に行かなかったのか、なぜ一緒にM・O嬢と居てやれなかったのかと・・・。

私たちは相変わらずサークルの人たちに気付かれないように交際していた。否、大半の人たちは知っていたのだが、口にしなかっただけのようである。しかし、山の一件以来M・O嬢と会う日数は少なくなっていった。

秋。一陣の風とともに枯葉を舞い上げて忍び寄る夕暮れ。私はある一冊の本を手渡し、さりげなくM・O嬢に別れを告げた。彼女の誕生日の一週間くらい前の日だった。幸福になってほしい。そして卒業後一人前になってから再会したい。否、必ず迎えに行く。そう心に誓いながら・・・。私は心で念じただけで口には出せないでいた。口にしていたなら・・・、あれほど彼女の心を傷つけずに済んだと思うと、今でも自分の小心さを恥じらうばかりである。
　その後の一年半、M・O嬢は部室にも顔を出さなくなり、私たちはほとんどキャンパスで会うことがなかった。やがて彼女は卒業し出版社に入社。一年後に私が知らない人と結婚したとのことであった。美しい詩、そして似顔絵、それらがM・O嬢からの私への遺産である。否、もっと大きなもの、それは人を愛する心、そして初心に返りもう一度物事を素直に見直してみること。それらを彼女、M・O嬢は私に残してくれたのだった。寂しさと愁いの中で芽生えた恋、そして生まれてから大きく成長する時を持たないまま失われていった愛。私は何も手につかず、大学の近くの喫茶店で、神田の古本屋街で、過ごす日々が続いていった。

親愛なるE・S様

ちょっとした手違いで黄金の祭壇を見ることができませんでしたが、素晴らしい夫妻に会うことができました。H氏夫妻です。年恰好は私と同じくらいなのですが、可愛い子供たち（五歳の男の子と三歳の女の子）と優しく、美しい、繊細な気配りをする夫人、ハンサムで学識豊かなご主人。お互いに信頼しきっていればこそ、こうも明るく安らかな家庭が築かれるのでしょうね。私たちも早くH氏夫妻のような家庭を持ちたいものですね。何はともあれ幸福な家庭は見ている人をも幸福にしてくれるものです。H氏夫妻に、そしておチビちゃんたちにサルーン！（乾杯）。

ところで心理学者の説によると、愛する人には自分のすべてを語りたがるものだそうですね。ついでですからM・O女史のことをお話ししましょう。

M・O女史は学生時代に知り合った、いわば初恋の人です。将来に対する不安や故郷を離れての生活、都会暮らしに対するギャップやあらゆるものが絡み合って、互いに寂しかったのでしょう。恋を恋する、いわばナルシスの時代だったのです。互いを拘束することが愛の証のように感じられた時でした。今思えば、愛することは互いに最大限その人の自由を認め、信頼の絆できつく結ばれていればそれでよいと言えるのですが、やはり若かったのですね。夢はそう長く続くものではありません。恋する人を美化すればするほど、ちょっとした欠点や弱点はその何倍にもなって跳ね返ってきます。それらをフォローしてあげる心の余裕もなく自信もない、中途半端な時代でした。そう、本当のところはM・O女史にこれといって欠点があったわけではなく、私が勝手に一人相撲を取っていたのです。猜疑心、嫉妬、不在の不安。そう絶えず一緒にいたいという不条理な拘束欲。

彼女はサークル内でも美人とうたわれ、その美貌や才媛ぶりはキャンパスでもかなり評判になっていました。もちろん私もM・O女史と恋人のように交際していたことを自慢にも、誇りにも思ったものです。しかしその美貌故に、不安や不信に陥れられたのも事実です。M・O女史が同じ学部の異性の人と言葉を交わしているだけで、少なからず心が揺らいだものです。このままでは互いに駄目になると思い、別れる決心をしたのです。一人前になった時にもう一度交際を申し込むつもりだったのですが、残念なことに彼女は数年後に結婚をしてしまいました(風の噂ですが・・・)。

おそらく、苦労を共にし、互いに傷つけ合いながら、その傷を癒し、一緒に成長していくことが人生なのでしょう。私は完全を求めすぎたのでした。自分の不完全さをもどかしく思いながらも・・・。むしろ彼女のほうが大人だったのでしょう。自由の意味するものは、M・O女史のほうが理解していたと思います。そして愛をも。「愛することは互いに見つめ合うことではなく、同じ方向に向かって共に協力し努力することだ」という先人の言葉がありますが、その通りだと思います。今なら赦せるとしても苦い思い出です。

世界の歴史に、狩猟採取牧畜農耕機械といった文明の発展段階がありますが、そんな言い方が許されるのなら、M・O女史との出会いは私にとって狩猟採取の時代だったのです。学問や社会に対する知識の狩猟採取、そして女性に対する憧れや興味。それからというものは悲惨なものです。ご想像できるでしょう。

貴女も知っているＫ・Ｙ女史。彼女と出会ったのは、それから一〇年も経った頃でした。言ってみれば、私にとっての牧畜農耕期。ある程度女性のことや社会のことが理解できるようになり、精神的にも経済的にも安定していた頃です。朗らかで活発に映る彼女も内心は淋しがり屋なのです。Ｋ・Ｙ女史については、喧嘩して別れたことを貴女に話しましたね。いつかその話をすることもあるでしょう。

ともあれ、今日はＨ夫人の、いやＨ氏家族に触発されて長々と書いてしまいましたが、他人の幸福をこんなに喜べるとは自分も変わったものです。きっと貴女に出会えたからなのでしょう。感謝しています。

それではまた・・・。

チャーミングな君へ

追伸

幸福になりましょう。

快晴。今日は珍しくスモッグのない碧空が広がっている。

私は一人で市街に出てみた。独立記念塔からチャプルテペックの通りに出る。右手の通りの中央分離帯の中にレンガ造りのアステカの水道橋が架かり、今なお豊富な水を運んでいる。セビージャを左にカラマンカ通り、ドゥランゴゥ通りを少し進み、さらにソカロ通りを左へ折れる。商店街から閑静な住宅街へ。そこにメキシコ公園があった。

風船売り。新聞雑誌の売店。噴水。ローラースケートに乗って仔犬を連れた少女。レンガ色の歩道。芝生。緑樹の下、そこかしこに置かれたベンチ。本を読む人。寄り添う恋人たち。子供たちの嬌声を吸い込み解き放つ葉漏れ陽の森。語らい歩む人たちの森。家族で寛ぐ森。木の葉隠れに垣間見えるレンガ造りの家。まさに異国のそれであった。土曜の昼下がりを満喫している人々。この落ち着き。そして活き活きと感じさせるもの、それは青々と広がる緑樹の根本を白ペンキで塗る（高さ一メートくらいまで）虫除けの塗料の白さに加え、彼らの好む赤・青・黄といった単色のスポーツウエアのせいであろうか。

私はやはりE・S嬢と来ればよかったと思った。若いE・S嬢に異国の空気やムードを味わってもらう。そのことによって、ものの見方や考え方も一回り大きくなるに相違ない。そして何よりも、これから先の彼女の人生にとって大きな自信と励みになるに相違ない。人生に自信を持って生きている人、その人はどんなに大きく美しく見えることであろう。より美しくなってもらうためにも、より大きな人間になってもらうためにも・・・。

公園。心のカタルシス。反省の場。疲れを癒してくれる場。明日へのスプリングボード。過去との決別の場。恋を生み愛を育む場。たとえそれが悲しい別離を伴うとしても・・・。

M・O嬢。幸福になって欲しい。K・Y嬢。本当に理解しエスコートしてくれる人に巡り会えるように・・・。私は様々なことを想い考えながら公園を後にし、インスルヘンテス通りに沿って南下していった。

この通りの先にレストランSがあるはずである。そこでコミューダ（昼食）を、そう思ったのだが、行けどもそれらしいレストランは見当たらない。通りには劇場、VIPショッピングセンター、理髪店、花屋、ブティック、宝石店など、種々な店が軒を並べている。通りを行き交う乗り合いタクシー。車。歩道に溢れる人々・・・。土曜日の大都会メキシコ市は渋谷、新宿と似て、忙しく活気づいていた。

Sでの食事を諦め、インスルヘンテス通りを右へ折れ裏街へ入る。歩道すれすれに駐車した車の数々。緑の並木。表通りと打って変わって閑静である。そして右へ。ぶらぶら散策しながら、何時しかメキシコ公園へ出る。スペイン領時代の建物であろうか。レンガ造りの建物。二階のバルコニーの隙間から顔を覗かせている仔犬。さらにオアハカ通りを北東へ、ミラバージェ広場、そしてリオ・デ・ハネイロ広場へ。パラパラと雨が降り出す。シベーレの像を右にドゥランゴ通りを進み左折。チャプルテペック通りをメトロ・インスルヘンテス駅へ。駅はチャプルテペックとインスルヘンテスの二本の大通りの交差するロータリーの地下部分にあり、地下一階には種々の店があり、人々がたむろしていた。駅はさらにその下にあった。そしてロータリーの中央には、丸く大きな空が切り取られている。雨は既に上がっていた。

私は階段を降り駅の広場を突っ切り、階段を上がってアステカ水道橋の手前を右へ折れる。椰子の並木の先に、独立記念塔の黄金色のエンジェルが見える。見知らぬ国の見知らぬ通りを歩く。少しでもその国が理解できるように。時の過ぎゆくままに。心の赴くままに。旅心に任せて。それは旅の束の間の感傷。旅の慰め。旅の想い出。それらは旅行ガイドブックにない旅でもあった。

取り壊して片付けられた家の跡地の壁面に、タイルで描かれたグァダルーペの図像。この家ではそこに祭壇があったのであろう。そして、今ある家々にも同じように褐色のマリア、グァダルーペ聖母は祀られ、あがめられているに違いない。朝な夕なに願いを込められ懺悔をされながら。

Kで遅い昼食を摂り、帰りにM観光に寄りユカタン半島方面へのスケジュールの打ち合わせをする。メリダ、ウシュマル、チチエンイツアー、カンクン・・・。今から楽しみである。

親愛なるE・S様

H氏、M氏との独立コースの旅が決まり、その後一人でユカタン半島に出かけます。今日予約をしてきました。楽しみです。

アカプルコ、タスコの写真が出来て来ましたので同封します。詳しい話は帰国後お会いした時にお話ししましょう。楽しみにしていてください。

私だけの貴女へ

ラーゴにて

M氏家族と兼ねてから予約のしてあった国立芸術院へ。

それはラテンアメリカ塔の筋向かい、アラメダ公園の東側にあった。イタリア大理石造りの壮麗なカテドラルを思わせる建物である。一九三四年、三十有余年を費やして完成。三五〇〇人収容の劇場、そして二、三階にはギャラリーを有し、メキシコの生んだリベラ、オロスコ、シケイロス、タマヨといった偉大な芸術家たちの壁画や絵画が展示され、強烈な色彩、フォルム、エネルギーは見る者を圧倒して止まないものがあった。また、この劇場の緞帳は二二トンのガラス製でニューヨークの宝石店ティファニーの特製と言われ、男性的な雪を頂いたポポカテペトル（五四五二メートル）と、眠っている女性と言われるイスタシワトル（五二八〇メートル）の両火山が描かれ、大変華麗なものである。両火山にちなんだ戦士と王女の悲恋伝説がインディオの間に広く流布されているとのことである。

緞帳が上がり、賑やかなマリアッチの音楽、それに合わせて民族舞踊が始まる。アステカの衣装を着けた宗教的な踊り、テワンテペックの幻想的なサンドゥンガがベラクルスの騒々しいとも言えるウァパンゴ、ハリスコの華麗なハラペ・タパティオなどが次から次に繰り広げられ、素晴らしい色彩とリズムはまさに情熱の国メキシコならではのものであった。早いテンポでのタッピング、回転、原色の織り込まれた衣装・・・。愛。死。革命。情熱。・・・。

サンドゥンガとは、豪華な衣装を着た男女が生と死を表す踊りのことで、優雅に舞う。ウァパンゴはハープに合わせて踊り、ハラペはメキシコの最も典型的な踊りでチャーロ（大きなソンブレロを被り、カウボーイの服装をした男）とチナ・ポプラーノ（派手なスカートを穿き、レボッソという肩掛けを巻いた女）のペアがマリアッチの賑やかな音楽に合わせて踊る踊りである。ギター、バイオリン、トランペットなどで構成されたマリアッチ音楽。そして哀愁の籠ったハープやマリンバ演奏。それに合わせて盛装した男女が列になって踊るスローテンポの踊り。ベラクルスの陽気で早いリズムとタップを伴うバンバ。それらはスペインとインディオの混血の国、そして今も各地方に三百万人余が居住しているインディオの国、メキシコの複雑さの一面でもある。

これらの素晴らしい色彩とリズムは、まさに陽気な明るい国メキシコである反面、過去の暗いどうにもならない、諦め、投げやりの裏返しになったものではないのだろうか。豪快と言うよりはむしろ騒々しいマリアッチ、そしてマリンバやハープの悲哀。陽気で明るく楽しくそして悲しい。メキシコの哀愁がそこにあった。それは激しければ激しいほど、そして喜びが大きければ大きいほど悲しみも大きいという失われた愛のように・・・。

M・O嬢。私は彼女と行った後楽園のアイスショーを思い出していた。夏の初め、六月の末頃だったと思う。私はM・O嬢と交際していることが嬉しく、友人に見せびらかすように紹介していた。まるで未来を契り合った唯一の「愛する人」のように。友人は学問はほどほどにし、後楽園でのアルバイトに精を出していた。そして、こっそりと裏口から入れてくれたのだった。鏡面のようなスケートリンク。赤、青、橙、緑、黄といった照明が映えてなんとも美しく、映画のシーンの中にでもいるかのような錯覚を起こさせる雰囲気に包まれ、彼女はうっとりしていた。

煌びやかな飾りを頭に付けた女性だけのラインダンス。スケーティング。ゴテゴテと顔に厚化粧をしたトンガリ帽子のピエロ。可愛い小人たち。転んでは笑わせ滑っては笑わせるだぶだぶ服のピエロたち。そして、悪戯ピエロを捕まえようと勢いよく客席めがけて走って来る男。彼は客席に飛び込む。と思った瞬間、天井から吊るされたロープに素早くぶら下がり空中に弧を描く。ぶつかると思った観客が椅子と一緒に転倒。瞬時の緊張。そして爆笑。客席からの大喝采。私たちも目を見合わせるようにして笑い合っていた。

プログラムは進行しクライマックスに突入していく。もの悲しいメロディー。ブルーの照明。リンクの足元に漂うドライアイスの白い靄。筋肉の張った逞しいインディオの青年。色白のしなやかな恋人。出会い、ラブロマンス、愛の絶唱、愛する人の死、彼方を見渡すインディオ青年の透き通った眼差し、うるんだ恋人の瞳・・・。それはインディオと白人女性の赦されない恋であった。場面ごとにそして場面の雰囲気ごとに切り替わっていく照明技術と相まって、非常に美しい物語だった。

舞台が終わっても席を立つ客は誰一人なく、アンコールの拍手が鳴り響いていた。それは今、目の前で展開されている民族舞踊の「動く芸術、生きた芸術」に対する拍手と、アンコールのそれと同一であった。そしてそれは学生という、収入もなければ確たる将来もない、中途半端な私たちの境遇にも似て「赦されない」という共通の悲しみをテーマとしていた。私たちは手を握り合ったまま暫くは席を立つ気になれないでいた。潤んだM・O嬢の瞳。優しく艶やかな長い髪。小さな肩。抱きしめればそのまま壊れてしまいそうなM・O嬢。

M・O嬢と二人きりで行ったアイスショーの想い出である。

民族舞踊も終わり、M氏家族と二、三階にあるギャラリーを一回り観てからドロボー市に赴く。毎日曜日、ラ・ラグニージャ公設市場（ガッパルディ広場の北東五〇〇メートル）の周辺で開かれる露天市で、昔は盗品まで並んでいたということから別名ドロボー市とも言われ、がらくたから土偶・骨董品・逸品まで、あらゆる雑多な品物が並んでいた。

そしてフロレシータへ。ここメキシコの闘牛は夏季はオフシーズンにあたり、プラザ・メヒコ闘牛場（クァウテモク像の交差点からインスルヘンテス通りを南へ六キロメートル行ったところにあり、五万人を収容できる世界最大の闘牛場）の代替会場としてフロレシータが充てられていた。国道をケンタロ方面に北上、立体交差を降り西へ向かう。闘牛の開始は一六時半からであるが、ファンファーレとともにマタドール（闘牛士）全員が登場する入場式が見たかったので早めに行く。

観光会社の人によると「会場近くの路上にはびっしりと車が駐車しているから」とのこと。私たちは彼の書いてくれた地図を頼りに闘牛場を捜しながら行ったのだが道を間違えたようで、それらしいものは見当たらない。書いてくれた地図を何度も見直したのだが、行けども新興住宅地ばかりである。仕方なく近くのスーパーマーケットで訊いてみる。悪いことに私は旅行ガイドブックを家に置き忘れ、フロレシータの名さえ思い出せない。これでは何を訊けばよいのか雲を掴むようなものである。挙句の果てに、ここでは英語も通じず、家まで取って返す時間もなく、結局闘牛見物は諦めざるを得ない。私の失敗である。

一六時。私の耳の中でファンファーレが響き渡る。華麗な衣装を身に纏ったマタドールたちの入場式。そしてマタドールと荒々しく猛り狂った牛。表がピンク裏が黄色のカパと呼ばれるマントが揺らぐ。ヒラリヒラリ。猛牛の突進。馬に乗り槍を持ったピカドール。ファンファーレとともに二本の銛を手にしたバンデリリェロ、そしてファンファーレ、マタドールの登場、剣に垂らした真赤なムレータ、突進する牛、体すれすれに牛を突進させる華麗な身のこなし、オーレ！オーレ！の歓声、頭を地面に擦るように低くし、やがて前足を揃えて立ち上がりマタドールに立ち向かう牛、瞬間、牛の首と背の間に、突き刺さるマタドールの剣。生と死のドラマ。

今頃、闘牛場では華麗な人と牛との「生と死のドラマ」が繰り広げられているに相違ない。私は帰路の車の中で、ヘミングウェイの小説の場面を思い描いていた。そしてK・Y嬢のことを。

K・Y嬢。私はM・O嬢と別れ、追われるようにして大学を卒業。一年間のブランクの後、友人の設立した会社に入る。会社は順調にいっていたが、同世代の若者の集まりで労力を提供するだけのものだったため将来性に欠けていた。社員同士の漠然とした不満、不安。一人去り二人去り、結局私も他企業への就職を考えていた時、同社にアルバイトに来ていた学生の紹介で就職。防災設備関連の仕事で、建設業の分野であった。設立間もない会社だったが、時流に乗り、関東一円、そして東北六県を手中に収める発展ぶりであった。私は昇格し、当事社内でも役員を除いて一、二を競う高収入であった。やがてオイルショックの洗礼をまともに受け、あえなく倒産。残念なことに建設業界そのものが景気の調節弁の役割でしかなく、不況に突入した途端、設備投資は縮小され、同業他社との値切り競争は激化していき、資本の少ないところは淘汰されていった。

紆余曲折をしながらも日本経済は低空飛行のままではあったが安定し、私は見よう見まねで技術を習得し、資格を取って独立していた。ビル設備には必要不可欠なメンテナンスを伴う分野の仕事だった。月収三、四〇万はあったであろうか。K・Y嬢とはちょうどM・O嬢と別れて一〇年経った頃、知り合ったのだった。

若い頃、某映画会社に誘われただけあってなかなかの美人だった。スタイル、ルックス、男っぽい服装・・・。彼女はいつもジーパンを穿き、上はTシャツかジャンパーといったスタイルだったし、それが不思議に似合う活発な女性で、自動車、バイク、ダイビングなど、まさに男勝りの女性だった。昼間は会社に勤め、月・水・金だけS駅のビルの地下にあるカウンターだけの和風バーでアルバイトをしていたのだった。当然のように彼女の顔を出す曜日はいつも満席だったし、席の空くまで他の店で待つ客が大勢いた。同じ日に二度三度と顔を出しても座れない客たち。私は満席の時、その日は二度と顔を出さなかったし仕事に追われ顔なじみの客からも忘れ去られた頃、ひょっこりと顔を出す。そんな態度がかえって彼女に興味を持たせたようだ。そして仕事のことを一切口にしなかったこと、さして彼女に興味がないといった態度が。事実、当時の私はM・O嬢のことが忘れられず、K・Y嬢のことを子供のようにあしらっていた。

やがて私とK・Y嬢は文学を共通の話題にして、どちらからともなく親しくなっていった。彼女はとりわけへミングウェイの作品を愛読していたのだった。彼女は私の年にも似ない落ち着いた雰囲気や、平静な態度、人を笑わせる技術と知識に、私は彼女のさっぱりとした男性のような気質と、明るく茶目っ気のある子供のような部分に魅かれていった。

それは、閉店後、店のママとK・Y嬢、それに私の友人と私の計四人で飲みに行った時、既に芽生えていたのだろう。

「愛するって、いつもその人のことを気にしていること」

何気なく言ったK・Y嬢の言葉は、今も私の耳に、そして心に残っている。

「いつもその人のことを気にしていること」

それはやがて私たちK・Y嬢と私から消えてしまう言葉。数年後、私たちは些細なことから別れることになったのだった。あれほど兄妹のように親しく、信頼し合っていたK・Y嬢と私。

そして私は今でも、その人の事を気にしているのだが・・・。

親愛なるE・S様

メキシコ滞在も既に二週間にもなろうというのに、見るべきものが多く、その三分の一、四分の一も見終わっていません。それに、スペイン語をもっとしっかり学習しておけばよかったと悔やまれます。

今日は国立芸術院で民族バレエや壁画を見、ドロボー市や土産品店に行き、最後に闘牛を見に行く予定でしたが、私の手違いで場所がわからず見ることができませんでした。ここメキシコでは闘牛もシーズンオフで、一流のマタドールたちはスペインに行っているとのこと。せめてもの慰めです。仕方なく家で洗濯をしました。これがまた傑作です。暫くほとばしてもみ洗いをし、濯ぎは直接水を入れたり排水したりしていたのです。さて絞って干す時にタイマーが勝手に時間を刻むわけですが、なんと電源を入れ忘れていたのです。お陰で姪には笑われるし、時間は遅くなるはでなんとも不手際の重なった一日でした。旅先ならではの想い出になるでしょう。

その後、いかがお過ごしですか？　例の事故も大々的に報道され、搭乗者名簿が掲載されていました。貴女の名が見当たらなかったのでホッとしたところです。一通り目を通しましたが、知人はいないようで安心したところです。

家族を引き裂かれた人々、会社のリーダーや社長を喪った人々、愛を砕かれた人々、様々な社会問題や影響を投げかけていますが、少数の人でも助かったのはまさに奇跡と言ってもいいのでしょう。悲しみや憎しみ、恨みも、やがて時が解決してくれるでしょう。過去と呼ぶにはあまりにも現在に近いのですが、済んだことをくよくよしても仕方ありません。冥福を祈るとともに今後どうするか、再度生活設計を立て直すほか道はありません。原因を究明し、過ちを繰り返さないこと。遺族に対する補償もさることながら、今後どうしたら生きていく力を与えてあげられるかが、残された周囲の人々に課せられた問題ですね。

私たちも短い日数とはいえ、遠く離れて暮らしています。再会を信じて疑わないとしても、万に一つ不幸に遭遇しないとも限りません。その時にあたふたしないように、「生」に対する哲学を持してください。平均寿命は一つの指標ではあっても、人の寿命は「いくつまでは間違いなく生きられる」などという保証はどこにもありません。人間の身体自体、昨日と今日では違っており、新陳代謝をしているのですし、一見それがわからないだけのことです。だからと言って自暴自棄に陥ったり、やけっぱちになることもないでしょう。毎日を精一杯生き、納得のできる生き方をしてください。一日で完成不可能なもの、例えば芸術への夢は計画を立てて、それに必要な知識や技術を身に付けるようにして下さい。貴女のことですから、あまり心配はしていませんが。

なんだか堅苦しい話になってしまいましたが、くれぐれもお体を大切に。

それでは今夜はこの辺で。

互いの愛を信じ、夢に向かって強く生きましょう。

おやすみなさい。

チャーミングなE・S様

ラーゴにて

旅先での一日は短い。子供たちがかくれんぼや泥んこ遊びに夢中になるように、すべてが目新しく好奇心や興味を惹きつけて離さない。私は旅行会社Mの受付でナイトツアーの予約をし、時間が来るまでその近辺を散策し、Kでコーヒーを注文する。メキシコは今、和食ブームで、何時に店に行っても大勢の客が鉄板焼きやしゃぶしゃぶを楽しんでいた。ここKは経営者が日本人で、板前、ボーイ、ウェイトレスは皆メキシコ人であり、かなり上手な日本語を話す。かえって英語やスペイン語を使いなれた（ペラペラではないが滞在日数もかなり経過しているため）私のほうが妙に巻き舌になった日本語を喋り、自分が可笑しかった。

二〇時。予定よりバスは三〇分遅れてツアーに出発。デル・ラーゴへ。総勢一五名。日本人は私だけで他は英・米・仏・メキシコ人の家族や夫婦連れ。ガイドは英語、スペイン語の二か国語で説明していく。

デル・ラーゴはチャプルテペック公園の湖の畔、緑に包まれた閑静な場所にあった。入口で上着とネクタイ着用。ガイドは上着のないもの（約五名）にそれらを取り揃え手渡す。私もその中の一人だった。ツアー予約の折に服装についての確認をしたのだったが。

私たちは慌てて間に合わせのネクタイをし、上着を着る。ツアー参加の婦人たちから微笑むような笑い。そして、にわか作りの紳士たちが互いに顔を見合わせて大仰に両手を広げて笑い合う。

「オー・ノー！」

服がダブダブの者、お腹の飛び出した者、つんつるてんの者。私の上着にはボタンがちぎれたまま付いていなかった。

店内はかなり暗く私はホッとする。これならボタンは気にしなくて済みそうである。私のテーブルの前にメキシコ人の家族。美しいお嬢さん（一四、五歳）を間に挟んで。左側にアメリカ人、右側にメキシコ人、窓際の近くにアメリカ人の中年の夫婦、フランス人たち。そしてメニュー。私がメニューに目を通していると、前の席のご主人が「メニューを取り換えてほしい」と言う。私は何事だろうと思ったが、それはすぐにわかった。彼には英語の、私にはスペイン語のメニューがテーブルの上に置かれたのだ。彼は英語が不得手で、より確実を期するためにメニューの交換を申し入れたのだった。愛する娘と妻のために。

私は快く交換する。なぜなら仮に自分の思った食べ物と違っていたとしても、それは興味ある食べ物であり、旅の慰めにもなりいつも同様のメニューでは味気ない、そんな気持ちもあり、そして彼も入口で上着とネクタイを借りたというある種の共犯者意識もあったから。彼らはメキシコでもかなり上流の家族であろう。上品な顔立ち。テーブルマナー。「ケ・ボニータ！」と言いたいほど美しい令嬢。あるいはスペインからの旅行者であったであろうか。

私は食前酒の代わりにナランハ（オレンジジュース）を頼む。ボニータが微笑む。美しく。彼女には日本人が珍しく、そして食前酒の代わりにナランハ？　そう映ったのであろう。私は澄ました顔をして、それを口に運ぶ。ビールもビノも飽きていたし、気が進まなかったから。後はお決まりのフルコースである。

デル・ラーゴの店内には静かなムード音楽が流れ、客たちはしめやかに語らい、食事を楽しんでいる。夕景に見える噴水・湖。透明なガラス窓の外、遥か彼方をサイドランプを明滅させながら弧を描いて上昇していくジェット・エアプレーン。まるで夢の世界であった（例の上着とネクタイの件を除けば・・・）。

出口で上着とネクタイを返し、バスに乗り込む。ガイド氏の説明の度に挿入される「マイ・フレンズ！」を耳にしながら。夜。普段目に留まらなかった物や風景が、種々の照明を浴びてくっきりと闇の中に浮かび上がる。まるでそこに息づいているかのように。

レフォルマ通りを一路ガリバルディ（マリアッチ）広場へ。そしてプラザ・サンタ・セシリアへ。劇場はガリバルディ広場の北側、いくらか奥まった所にあった。私たちはショーの休み時間を利用して席に着く。中央に半円形のせり出した舞台。その後ろに一段高い舞台。そこにはバンドマンたち。舞台の天井からは無数の蝶の形が吊るされ、原色の美しい色彩が施されている。

賑やかなマリアッチの音楽に乗って、民族舞踊が繰り広げられていく。恋の物語。アステカの踊り。パパントラやプエブラ方面の、頭上に大きな円形に編んだ羽飾りのものを顎で結んで踊る踊り。チャーロの投げ縄の演技など。国立芸術院の民族舞踊を一回り小さくしたものであった。異なったものと言えば、曲芸とセレモニーとも言える三人の男女（一人が女性）による立体アクロバット演技だった。鍛え上げられた肉体。舞台中央に一段高く作られた台。その上で三人の体が様々なポーズを創る。生きた銀色の像である。失意、苦悩、希望、安定、平衡、調和、未来、曙光、力、統一・・・。三人によるスローモーション動作・立体組み立てに合わせて場面転換していく照明、そしてバランスの調和、静止。微動だにしない三つの肉体。まさに精巧に作られたブロンズ像のようである。そして照明によって微妙に移ろう肉体の反射光。その陰影。グリーン・オレンジ・ブルー・・・。本当の生きた芸術である。

メキシコ。この不思議な国、メキシコ。この混沌と調和。一つの舞台の上で、マリアッチから立体モニュメントの静止像まで、何故にかくも調和しているのであろう。日本の舞台で歌舞伎とロックバンドを組み合わせたら・・・。東洋と西洋（中米）の違いであろうか。「静と動」の文化の違いであろうか。否、日本人によって現代劇とこれらのものを組み合わせてみたら・・・。どう組み合わせてみても違和感が付きまとうのだった。

ショーも終わり、ガイド氏は記念にと店名入りのマッチを配る。私は彼にここで別れる旨を告げた。出発の時、M観光の担当者を通じてバスの運転手とガイド氏に申し入れてもらっていた。バスは各ホテルまで客を送り届けるとのことだったが、私の帰るべきところはホテルではなく、シティーからは遠いペトレガル・ラーゴのM氏の家である。ナイトツアーはマリアッチ広場を一回りして、気に入ったバンドでそれを楽しむとのこと。懐中物に注意するよう、そして離れ離れにならないよう再三ガイド氏が説明していた。私はガイド氏に、楽しい時間を過ごさせてもらったこと、そして皆さんの健康を祈る旨伝えてくれるように言ってパーティーを去ろうとしていた。二、三人の人はそれに気付いたらしく、「お気を付けて！」と言い軽く手を振る。そして「また会いましょう」と。

「グッドラック・フォエバー。アンド・ミーッ・ユー・アゲイン！」

旅のささやかな感傷だった。私はサンタ・セシリアのすぐ近くのレストラン・テナンパに待ってもらっていたスアレス氏と落ち合い、彼の車でM氏宅へと急いだ。彼は昼間M観光で会い、今夜のスケジュールに協力してくれた一人であり、流暢な英語をも話せる感じの良いタクシードライバーだった。

親愛なるE・S様

ナイトツアーに参加してみました。日本人は私だけ。ネクタイに上着着用の一流レストランでしたが、普段フリースタイルでいる者にはやはり窮屈なものでした。店内は薄暗く、そこここに置かれた観葉植物、階段状のボックスシートでメキシコの夜を楽しむ恋人たち。初老の夫婦。デル・ラーゴ。ムーディなレストランです。透明な窓ガラス越しに、ほの明かりの空に向かって音もなく上昇していくジャンボ機・・・。
貴女がここにいてくれたら、どんなに素晴らしく感じられたことでしょう。静かに流れる音楽。時の移ろい。愛し合う二人に言葉はいらず、ただそこに貴女がいてくれるだけで充分に寛げ、幸福になれる。美しい世界です。

何もいらない、貴女がいてくれたら。どうぞ愛すること、愛されることを恐れず、二人で幸せな生活を捜しに旅立ちましょう。

明日、人類学博物館を見、二、三日後にユカタン半島への旅に出ます。

健康にはくれぐれも留意され、希望に向かって充実した毎日をお過ごしください。

いつも美しい貴女に

ラーゴにて

第三章

おそらくメキシコ市内見学最後の日になるだろう。

明後日からインディペンデントコースとユカタンコースのツアーが組まれている。本来ならメキシコ滞在第一日目に行くべき場所、人類学博物館。しかし私には私なりの思うところがあり、今日まで残しておいたのだった。それは、子供たちが最後まで一番好きなお菓子や料理を残しておくように。

緑に囲まれたチャプルテペック公園。二階建ての大きな白い建物。ペトロ・ラミレスの設計になる人類学博物館は公園の北端近くにひっそりと佇んでいた。私はレフォルマ通りで車から降りる。入口に巨大な雨の神、トラロックの石像。重さ一六五トンもあるという。地下道を右に曲がり階段を上ると、正面玄関に出る。

「ムセオ・ナシオナル・デ・アントロポロヒア」

横長の白い大理石に刻まれた重厚な文字。噴水。そしてメキシコ国家の紋章。入口ホール左手に参考図書類の売店。右手に入場券売り場と外国人用のガイド通訳の申込受付。

私は英語のガイドを申し込み旅行ガイドブックを片手に、時計と逆回りに館内を見学し始める。

人類学入門室
メソアメリカ室
新大陸起源室　アジア大陸からアメリカ大陸への人類の移動および栽培植物の発見。
先古典期室　農耕文化の出現と発展。
テオティワカン室　テオティワカン文化。
トルテカ室　北部出身のトルテカ族の築いた軍国的色彩の濃い文化の遺物の展示。
メシカ（アステカ）室　アステカの宇宙観を示す巨大な「太陽の石」。生と死の概念を象徴してあるという怪奇な「コアトリクエ」の像。春と詩歌と愛の神と言われる「ショチピリ」の像などアステカ彫刻の傑作の数々。
オアハカ室　サポテカとミステカの文化。

マヤ室　ハイナの土偶。パレンケの「碑文の神殿」と呼ばれるピラミッドの地下から発見された王墓の実物大模型。ヒスイの仮面。チチェンイツアーの「聖なる泉」から出土した黄金細工。ボナンパックの壁画の復元などの展示。

メキシコ北部室　カサス・グランデスの文化。

メキシコ西部室　チェピクァロ、コリマ、ハリスコ、ナヤリーの土器。メスカラの石偶。

一階は一二の部屋に分れ、考古学部門として石器、土偶、石像といった種々の遺跡からの出土品などが陳列されていた。二階はインディオの民族史を扱っており、民族史入門室、コラ族とウイチョル族室、タラスコ族室、オトミ族室、プエブラ山脈北部室、オアハカ室、メキシコ湾岸文化室、マヤ室、メキシコ北西部室、現代メキシコ室、以上の一〇のブロックに分けて民俗学部門の資料が展示され、現在もメキシコ国内で生活しているインディオの生活用具や生活様式、民芸品、織物、土器、衣類などが陳列展示されていた。

人類の出現は百万年前に遡り、現生人類ホモサピエンスが出現したのは、今から三万年前のことである。一八六八年、南フランスで発見され、やがてヨーロッパ各地や北アフリカで相次いで発見されたクロマニヨン人、一八七二年モナコ付近で発見されたグリマルディ人（骨格は黒人的特徴を示す）。彼らは後期旧石器時代に属し、狩猟や漁労をして洞窟で暮らしていた。

二万〜一・五万年前頃。次第に狩猟漁労に要する石器具は洗練され、磨製石器として鋭利になり、弓・槍の道具も発明されていく。日本の旧石器時代にも該当している。

一・五万年前頃。スペインのアルタミラ、フランスのラスコーなどの洞窟に彩色された絵画が描かれ、狩猟の様子が見られる。これらはマドレーヌ文化と呼ばれ、一八六四年、エドワール・ラルテによって彫刻を施したマンモスの牙も発見された。シベリア旧石器文化時代にも当たり、ロシアのウクライナ地方ゴンチで発見されたマンモスの牙は、月の運行に関する数であり観測結果であると言われている（ジェラルド・S・ホーキンズ著『巨石文明の謎』より）。その頃、中国周口店では山頂洞文化と呼ばれる文化が栄え、石器・貝製品・骨格器が使用された。

一万年前頃。漁業や植物栽培が盛んになり、二〜三センチの細石器が大量に作られた。北アフリカを中心に地中海沿岸に起こったカプサ文化での貝塚の発見は注目に値する。それはカヌーや船が既にあったであろうことが想像されるからである（日本では縄文式文化時代、BC八〇〇〇〜BC二〇〇〇年頃）。

BC五〇〇〇年頃。新石器時代に入り農業や牧畜が行われるようになる。狩猟漁労的文化圏としては、北ユーラシア大陸の櫛目紋土器、北欧の貝塚、農耕的文化としてドナウ川流域、地中海沿岸、オリエント、中国があげられ、石斧や彩色土器が特色である。遊牧文化圏として内陸アジア一帯があげられ、細石器をその特色とする。

ＢＣ三五〇〇年頃。青銅器時代に入る。都市国家の発生、定住化による富の貯蔵蓄積、それによる貧富の差、階級の分化と支配層が出現する。この頃、文字が発明される。

ＢＣ三〇〇〇年頃。黄河流域では新石器時代へ突入。三本足の土器で有名な灰陶文化時代となり、青銅器時代の殷・周時代へと繫がっていく。

ＢＣ二八五〇年頃。エジプトではピラミッドが建造されるようになる。太陽暦や下げ振り水準器、水平器が使用されていたという（『巨石文明の謎』より）。

ＢＣ二二〇〇年頃。中国は稲作栽培に入る。

ＢＣ二〇〇〇年頃。フランスを中心に巨石文明が起こる。ストーンヘンジは天文観測用に建てられたとされる（『巨石文明の謎』より）。

ところで、メキシコ中央高原に石器を使用する人々が姿を現し、大動物を狩猟していたのは二万一〇〇〇年も前のことである。そしてバハ・カリフォルニアのサンタ・テレーサにある洞窟画（野生の鹿と抽象的な人間のフォルム）は、やはりＢＣ二万年からＢＣ一万五〇〇〇年頃のものとされ、アルタミラやラスコーの洞窟画と時を同じくし、その手法もさして変わらないのである。

中国に稲作がなされるようになった頃（BC二二〇〇年頃）、メキシコではトウモロコシ農耕を基盤とした定住村落が現れ始める（BC二〇〇〇年頃）。それは気候の変化に伴う大動物の消滅と、狩猟した獲物の保存の問題があったのであろう。

狩猟漁労の労働から牧畜農耕へ、移動生活から定住生活へ。生活様式は変化し始め、植物を貯える土器陶器が作られるようになっていく。やがてBC一二〇〇年頃メキシコ湾岸の湿地帯に文字や暦法を持っていたと想像される、巨石人頭像で有名なオルメカ文化が形成される（オルメカの人頭像は鼻の低い、口唇の分厚い、見るからにネグロイドを思わせるものである）。

さて、北米中米大陸の原住民はどこから来たのであろうか。一説には、遠い昔アジアからベーリング海を越えて南下したとされ（当時地峡だったとされる）、他にはハイエルダールの大西洋横断説がある。そして今一つ、例のサンタ・テレーサの絵はフランスの考古学者ポール・リベットの調査では、ポリネシア系の海洋民族によって描かれたと推定されている（吉田喜重著『メヒコ歓ばしき隠喩』より）。

私にはどの説も正しいように思われるのだ。貝塚や貝製品の発見は取りも直さずカヌーや船があったことを想像させるし、氷河期末期にマンモスや大動物を追ってアジアから、ユウラシア大陸からいつの間にかベーリング海（地峡）を渡り、やがてロッキー山脈沿いに南下したのではないだろうか。そしてユカタン半島やメキシコ湾岸にはハイエルダールの説く、アフリカからの渡来。さらに反対側の太平洋沿いにはリベットのポリネシア系海洋民族の渡来。また時代が進み航海術に長けた北欧人種が、グリーンランド方面から島伝いに南下し北米大陸に入った。

いずれにしても、大航海時代以前に人々が既に生活していたのは事実である。ただメキシコのインディオには乳幼児の頃にモンゴル斑点があると言われ、モンゴロイド系であると言われてはいるのだが。

北米のマウントビルダーと言われる遺跡はBC一〇〇〇年からBC五〇〇年頃とされ、ロッキー山脈からアパラチア山脈・五大湖地方からメキシコ湾まで、巨大な幾何図形的土塁、円形、四角形、互いに組み合わされた完全な八角形等が遺されている。さらにミシシッピー河畔にスー族やアパッチ族のインディアンによる合衆国最大の神殿都市の遺跡があり、それぞれモンクスマウンド（BC八〇〇年からAD一五〇〇年）、ポバティポイント（BC一三〇〇年からBC二〇〇年と呼ばれ、これらはユカタン半島やメキシコ湾南岸に起源を持つと言われている。

過去の歴史を辿ると様々な文化の道が考えられる。アジア大陸からベーリング海を越えて南下、メキシコ中央高原へ。オルメカ文化は北米、メキシコ中央、オアハカ郊外のモンテ・アルバンに影響を与え、マヤ文明はガテマラの密林に花開き、やがてユカタン半島に北上し、メキシコ湾を越えて北米へ。

時代とともに影響し合うのだが、私が一番重要視したいのは既に新大陸と呼ばれる以前の太古の昔から人類が存在していたこと。つまりオルメカ・アステカ・マヤといった高度の文明を持っていたこと。それは西洋中心のものの見方を括弧に入れ、歴史とは侵略や征服の歴史でしかあり得ないのか、侵略のための技術の進歩でしかあり得ないのか、文化や文明とは何なのかという点であった。

博物館にはBC五〇〇〇年頃のプエブラ州テワカンから出土した長さ四〜五センチのトウモロコシが展示されていた。それはやがてBC二〇〇〇年頃には本格的な定住農耕へと移行していくのである。

巨石人頭像で有名な大地と水の神ジャガーを祀るオルメカ文明。ケツァアルコアトルとトラロックを祀り、太陽のピラミッドや月のピラミッド、パパロトルの宮殿を擁するテオティワカンの一大宗教都市（当時人口八万とも二〇万とも言われる）。

その後、北部出身の軍団的色彩の濃いトルテカ族がトゥーラに都を定めAD九〇〇年頃王朝を築く。族長ミシュコアトルはソチカルコへの征服戦争の時に土地の女にケツァアルコアトルを生ませる。ケツァアルコアトルはやがて王になるが部族内に内紛が起こり、彼は人身犠牲に反対だったため国を追放されユカタン半島へ逃れる。九八七年とも九九九年とも言われている。

戦士が神官と同等の地位に就き、支配者層になっていく。

トルテカ室には、戦士の石像や生贄の心臓を載せたと言われる横臥の石像チャクモールが展示されている。トルテカの後メシカ族（アステカ族）がアストランから部族神ウィツロポチトリのお告げを聞いて（一三二五年～一三四五年頃）、テスココ湖上の島テノチティトランに定着。それは現在メキシコの国旗の紋章になっているサボテンにとまって蛇を食べている鷲を発見した場所であった。

メシカ族は一三七六年、トルテカ王家の血を引くアカマピチトリを王に迎え、古代メキシコ帝国最強の軍国的色彩の強いアステカ帝国の基礎を築く。アステカ文明の特徴は独特の宇宙観に立つ人身犠牲と、軍神ウィツロポチトリを祀る軍事的国家である。

アステカ室には直径三・六メートル、重さ約二五トンの玄武岩質の斑岩で出来た、アステカの宇宙観を示す巨大な「太陽の石」が展示されていた。

アステカの人々には、宇宙は過去に四回創造され現在は五度目だと信じられていたという。ここに『ブルー・ガイド海外版メキシコグァテマラ編』の中の「太陽の石」の解説を拝借してみよう。


中央に太陽の顔。空の支配者。黒曜石のナイフの形をした舌は人間の血と心臓を必要としている事を示す。

右斜め上に四つのジャガー。最初の太陽の時代を表し、このころ巨人が住んでいたが最後にジャガーに食べられて全滅。

左斜め上に四つの風。第二の時代は強風によって破壊され、人間は風に吹き飛ばされないようにサルに変えられた。

左斜め下に四つの雨。第三の時代には空から火の雨が降り、人々は鳥になった。

右斜め下に四つの水。第四の時代は洪水で破壊され、人々は魚になった。

太陽の顔の両横に心臓を握った太陽神のかぎ爪。太陽はこれで空中にぶら下がっていた。

太陽の顔の周りの四つの方形の枠と二つのかぎ爪の輪部が第五の太陽の記号で、この時代の最後には地震と飢餓が生ずる。

さらに、石暦に刻まれた東南西北のシンボル、そして二〇日からなる一か月の記号は、左回りに、鰐・風・家・トカゲ・蛇・死・鹿・兎・水・犬・猿・草・葦・ジャガー・鷲・ハゲタカ・動き・黒曜石・雨・花・を表す。

そして宇宙で行われている昼と夜の戦い。最後に一三の葦。これは石彫の完成した年を表し、西暦にすると一四七九年を表している。

アステカ帝国の都テノチティトラン。メシカ室にはコルテスの一行に「夢の世界」と言わせた当時の神殿を再現した模型、そしてその頃のテスココ湖上の市街の様子を表した絵図、生活の再現模型、それらが展示されており、目をつむればそこここから当時の戦士や神官たちが姿を現してきそうであった。

オアハカ室にはオアハカ市郊外にあるモンテ・アルパンの出土品が展示され、オルメカの流れをくむ「踊る人」の石彫やミステカ族の多彩色土器、黄金細工、サポテカ族の雨の神「コシジョ」や農耕神「シペ」、さらに当時の埋葬品や墓室が再現され（地下室にある）、また全能の太陽神の第三の姿、猛獣ハグワルの座像が展示されていた。ハグワルとは、ネコ科の動物で、ナスカでは太陽や月をかじって日食や月食を起こすと考えられていた。他にインカの影響を思わせる幾何学紋様のセラミック（?）の器、中国人の顔を思わせる人の頭をかたどった陶器、三本足の器などが展示され、いずれも茶褐色や黄土色の配色がなされていた。そしてドクロをかたどったセラミック（?）。

メキシコ湾岸文化室にはオルメカの巨石人頭像やトトナカ・ワステカ文化の遺品が展示されていた。

マヤ室。ここには戦士の像の上から左横にマヤ文字のある石彫版や神官たちの石彫版、雨の神チャークの像（象のような鼻・丸い目・四角い口）。眉間から鼻が隆起し始めるマヤ人独特の頭像。パレンケのピラミッドの地下から発見された王墓の実物大の模型（マヤ室の地下に造られている）。チチェンイツアーの聖なる泉から引き揚げられた黄金細工、ボナンパックの壁画（プーク様式と呼ばれる）の復元などが展示されていた。

九時頃に入館してもう一五時半である。ムセオの構内にあるテラス風レストランで軽食を摂ることにした。

若いカップルが来る。団体が来る。そして子供を連れた家族が来る。しかし、ほとんどの人が無口である。誰もが今見学してきた遺品や遺跡の数々に圧倒され、驚嘆し、感動しているのだった。そして二階に展示されていた民族衣装や民具の鮮やかな色彩や美しさに。何かを話すにもひそひそと静かに低く、声を殺して語り合う。そこには美術館や図書館のレストランや休憩室で見かけられる落ち着きと静かな寛ぎがあった。メキシコ杉の間からこぼれ来る午後の日差しが快かった。

私はふと思った。メキシコを代表するアステカ文明やマヤ文明には鉄器がない。鉄器時代をこれらの文明は持っていなかったのである。鉱物資源の豊かなこの国でなぜ？　皮肉にも鉄器時代を有さなかったことが、高度文明を誇ったアステカ帝国が、一握りのスペイン人、コルテス一行にあっけなく滅ぼされる一因になるのである。ちなみに、オリエントに青銅器の出現したのはBC三五〇〇年頃、鉄器時代はBC一一〇〇年頃ギリシャに始まり、日本にはBC三〇〇年頃中国から伝来している。

一五一九年のコルテス一行渡来まで、彼らはそれを目にしたことも手にしたこともなかったのである。それは太古の昔海を渡ってから、羅針盤や火薬、活版印刷の出現する近時代まで、陸続きの文明を除き、まるで西洋や東洋といった他文明との接触がなかった何よりの証明であろう。


ムセオを出てチャプルテペック公園を通り、城へ向かう。

メキシコ杉の大樹の茂る緑の公園「バッタの丘」チャプルテペック。西陽を受けながらボート池で遊ぶ恋人たち。散策する人々。かつてアステカの王族が好んで別荘を建て、狩猟などを楽しんだという「バッタの丘」公園。風船売り、ガム・ジュースの売店、新聞売りスタンド、フルーツ屋、靴磨き。私は葉漏れ陽を浴びながら、なだらかな坂道を上っていった。

一七八五年、副王ベルナルド・デ・ガルベスの城塞兼離宮として建てられた壮大なヨーロッパ風宮殿、チャプルテペック城。それは陸軍学校として完成。後にマクシミリアン皇帝によって宮殿に改装された後、皇帝の失脚後、一九三三年まで歴代大統領の宮廷となっていた。現在は歴史博物館として植民地時代から独立・革命の時代に至る歴史的遺品の数々が展示され、また、カマレナ、シケイロス、オゴールマンなどメキシコを代表する画家たちの壁画や絵画が陳列展示されていた。そしてここからは緑に覆われた公園や高層ビルの立ち並ぶ大都会、メキシコ市の街並みが一望された。しかし、人類学博物館や歴史博物館を見学して来たばかりの私には、それらの風景はまるでメキシコとは関わりのない、どこか遠い他国のように思われるのだった。

ゆっくりと坂道を下り、ディアナの噴水や米墨戦争の犠牲となった英雄少年記念碑を見ながらM観光に寄る。ぽつりぽつりと降っていた雨もにわかに激しさを増し、土砂降りになっていた。レフォルマ通りにたたきつける雨。独立記念塔の上で震えている黄金のエンジェル・・・。一時間もするとぴたりと止む激しい雨、スコールである。私はユカタンツアーの打ち合わせを済ませ、M氏の車の来てくれるのを待った。

親愛なるE・S様

今日はメキシコの歴史についてお話ししましょう。

「翌日の朝、我々は幅の広い堤防状の通路に到着した。そしてイスタパラパに向けて行進を続けたが、湖水の中には多くの町や村が建ち、陸の上には都市があった。そして通路は平らに、まっすぐメキシコに続いていた。我々は驚いて、これはまるでアマデスの物語にある魔法のようだと話し合ったが、それは湖水の中に聳えている石造りの塔や神殿や建物の為である。兵士の中には、自分たちが見ているのは夢ではないかと言う者すらいた。」

「湖水の上のカヌーや塔や神殿には人がいっぱいだった。土人たちは馬や我々のような人間を見たことが無かったのである。こういう素晴らしい光景を見ながら、我々はそれを語るべき言葉も知らず、目前にしているこの光景が現実とも思われなかった。片方の陸上にはたくさんの町が有り、湖にはさらに多くの都市が有る。また、湖の上にはたくさんのカヌーがあり、通路には間隔を置いて多くの橋がある。」

(カーネギー研究所『幻のアステカ王国』より)

これはエルナン・コルテスのメキシコ征服のクロニスタ(記録筆記者)、ベルナール・ディアス・デル・カスティジョが書き記した当時のアステカの王都、テノチティトランの情景を写したものです。

祖神ウィチロポチトリのお告げに従い、サボテンに停まって蛇を食べている鷲のいる場所、豊かな水の谷アナワクに北方から南下してきたと言われる一小部族、テノチカ族の定住の地、テノチティトラン。それはテスココ湖上に浮かぶ小さな島。

到着当時（一一六八年頃）約三〇〇〇人だった人口が三五〇年後の一五一九年には二〇万からの人口を擁する大都市へと成長し、活況を呈していた様子は想像もつかないことでしょう。テノチカ族が来た頃のテスココ湖周辺には種々の部族が生活しており、彼らテノチカ族の生贄の儀式のために捕獲された人々を巡る戦が後を絶たず、ついにテノチカ族は湖上の島へと追いつめられる。しかし、人身犠牲（生贄）は中止されなかった。テノチカ族の若者が他種族の娘をさらって妻とした事件をきっかけに、クールワ族や他種族の連合軍に破れ、ほとんどの者が奴隷にされた。しかしクールワ族が他部族と戦争をしたとき、奴隷だった彼らは兵士として起用され、戦勝を収め、功績を認められる。が、その功績としてクールワ族の酋長、コシコシの娘を自分たちの酋長の妻に迎えるのだが、婚礼の当日、この美しい処女は生贄としてウィチロポチトリに捧げられてしまった。コシコシは怒りと恐怖に身を震わせ全軍に命じてテノチカ族を一人残らず殺そうとした。わずかに逃れたテノチカ族は湖上の島に落ち延び、そこに隠れていた残党と合流する。

狂信的で、闘争と血こそ軍神ウィチロポチトリを喜ばせるものという信念を持っていたテノチカ族。テスココ湖上のこの島には当時、トラテロルコという商業都市国家が栄えていた。

彼らは中米の広い地域に商業ルートを持っており、これら交易商人の護衛などに利用され、次第に勢力を蓄えていく。

その後、強力な兵力を持つテパネカ族がアナワクの谷間に侵入してくる。湖の東岸にいたテスココ族もトラテロルコもテパネカ族に滅ぼされてしまう。テスココ族の王子ネッサルコヨトルは捕えられたが逃れ、やがてテノチカの酋長イツコアトルと手を握り、湖の西岸にあったテパネカの都アッカポサルコを襲撃し、これを落とす。テパネカの王マシトラは捕えられ、アステカの祭壇では生きながら心臓を繰り抜かれた。

こうしてテパネカ族は滅び、アナワクの谷間にはテスココの新王ネッサルコヨトルを盟主に、テノチカ、湖の西岸の小王国トラコパンとの三国同盟が成立する。ネッサルコヨトルこそ、滅び去った名族トルテカの血を引く青年だった。この王は人身犠牲を嫌い、内政に力を尽くし、学問芸術を奨励する反面、同盟国の王を招いてその強化を怠らなかった。しかし、武力に力を注がなかった悲しさに、この賢明な君主の没後、テスココの国力は衰微していく。

一方テノチカのイツコアトルは一四四〇年までの在位の間に神殿を建立してテノチティトランの都の基礎を築き、宗教上・行政上の階級を規定し、本土に領土を得て島との間に提道を建設するなど、着々と国力を蓄えていく。このテノチカ族こそ後にスペイン人がアステカ族と呼んだ部族である。軍神を祖霊神とする以上戦士の地位は高く、神官と同等であったのは言うまでもない。

やがてモンテスマ一世の時代に入りメキシコ中央部をはじめ、かなりの領域を戦争によってその勢力の下に治める。戦争の理由らしい理由もないまま。それは神への生贄として捕虜を手に入れるための戦争であり、花戦争と呼ばれる模擬戦まで存在していた。

王、その下に四人の司令官。そしてその下に虎、鷲、流れ矢と呼ばれる戦士の三階級が組織され、彼らは野獣の頭をかたどった兜やそれらの皮を身に着けて出陣した。武器は黒曜石や銅製の穂先を付けた投槍、投石器、弓矢、剣、こん棒などで剣は木製である。

アステカの軍隊は日が暮れれば必ず戦闘を中止した。後にコルテスのスペイン軍を首都から追い落した時、スペイン人が「悲しき夜」と呼んだ夜戦で二昼夜にわたる戦闘を経験した以外は。

アステカ軍は独特の軍歌を歌いながら行進していく。その歌を遠くから聞いただけで敵軍は震え上がった。「それは全く素晴らしい眺めだった。彼らは驚くばかりの統率力によって一糸乱れず、しかも非常に陽気に前へ前へと進んでいく」（前掲書より）。当時この様子を目撃したスペイン人の言である。

アステカの戦士は敵を何人殺すかということよりも、何人捉えるかということに重点を置いた。殺してしまっては新鮮な血を喜ぶ神の生贄に捧げられないからである。従って捉えた捕虜は神への供物として大切に扱われた。アステカ族は戦争で命を失った戦士は幸福な楽園に運ばれるものと信じていた。それはまさに神の手足でしかなかった存在が、神の膝に取り縋れるといった感じであったであろう。

モンテスマ一世はこうした戦士たちを従えて各都市を攻略、それと同時に首都テノチティトランを整備していく。下水や汚物の処理を考えたり、テスココ湖の水は塩分を含んでいたので、良質の飲料水を供給するために、対岸のチャプルテペックの泉から水道が引かれた。治水にも努力し、町の外側に大きな掘割を作り、湖の水が溢れて街に流れ込むのを防いだ。こうしてアステカ族は三国同盟の中でも次第に頭角を現し始める。

一四六九年、アハヤカトルが王位に就く。この頃のアステカは、南はオアハカからテワンテペク、東はタラスコ族の近辺まで勢力を伸ばす。また、テスココ湖の北半分にあった復旧後の商業都市トラテロルコをアステカに合併し、統治していく。有名な「太陽の石」もこの頃製作された。この石自体が一個の巨大な暦になっていた。

その後、チソックそしてアウイツソトルが王位を継ぎ、神殿の完成を急ぐ。その間にも人身犠牲は止むことがなかった。北はベラクルス地方のウマステカ族、グァテマラのキチェ族あたりまで遠征したが、残酷無惨な性格で勢力下の各種族から恨みをかい、反乱も相次いだ。

一五〇三年、テノチティトランは大洪水に見舞われた。

その後、アハヤカトルの子が王位を継ぐが、彼こそアステカの崩壊に直面する悲劇の王、セマナワック・トウトアニ、「世界の王」と謳われ、恐れられたモンテスマ二世であった。悲劇、それは一五一九年四月二一日。アステカ暦で三番目の一の葦の年。モンテスマ二世の誕生日であった。

長々と書き連ねましたが、感想は如何ですか。
最初から最後まで人身犠牲に血塗られた野蛮な歴史だと思われたことでしょうね。しかし、私が言いたいのは、アステカでは「神への生贄」を供えるための戦争であり、多民族や他部族を根こそぎに殺したり、生き残った部族、民族を徹底的に奴隷化したり、領土を占領するためのものではなかったということです。支配下の部族からは朝貢させこそすれ、従属国としての支配権、主権は認められていたということです。つまり、必要以上の殺人行為ではなかったということ。彼らアステカ族には次のような信仰があったのです。すなわち、「太陽は毎日天上で無数の星と戦っており、太陽が勝利を得るためには人間が太陽に栄養を与えなければならない。そうしないと太陽は力を失い人類も死滅してしまうだろう。神が自ら犠牲を払って人間を創造したように、人間もまた神に対して犠牲を払わなければならない。さもないと宇宙の秩序は乱れ、世界は破滅する」のです。そして、彼らの世界では宇宙は四回創造され、現在は五度目だと認識されていたのです。捕虜は手厚く扱われ、やがて時が来ると神に丁重に捧げられたのです。感情がらみの、損得ずくめの戦争ではなかったことが理解できるでしょう。

陽気に前へ前へ進んでいく、とスペイン人を驚かせたのはそこにあったわけです。「戦士」として死んだ戦士は幸福の楽園に運ばれるとは、神命を全うし、己の力を出し切って尚且つ敗れたのなら神も認め、赦してくれるという発想でしょう。つまり戦士としての勝敗は彼らアステカの戦士にはあまり重要ではなかったのでした。

神に捧げる生きたままの人間の生贄、それは他部族にとっては、現代に生きる私たちと同様、脅威であり畏怖されるものですね。価値観があまりにもかけ離れ過ぎていますね。

今まで書き記してきたのはメキシコの戦国時代から封建時代と言ってもいいでしょう。人身犠牲や好戦的な資質は他部族から恐れられ、そのこと自体が他部族を服従させる権力構造へと変化していきます。つまり下手に逆らうよりも朝貢したほうがましというわけです。学問や知識よりも武力が上位に置かれた時代です。

神への絶対服従。神との合一。それは捕虜の捕獲としての戦争。そして生きた人間の心臓をえぐり抜く、人身犠牲だったのです。まさに稀に宗教などに見られる「狂気」ですね。

ファシズムに見られるユダヤ人の大量殺戮、一億総玉砕に見られる人間魚雷や片道の燃料しか搭載していない特攻攻撃機。

もちろんこれらは時代がかけ離れており、同一視するのに問題が有るかも知れませんが、このような行為に対し、人間の心、内面において反対する声はたくさんあったのです。

話を戻しますと、テスココ湖畔を巡る戦争、そして勢力範囲の拡大といった図式は、その規模や統率された軍事力支配、朝貢制度などから見て、戦国時代からやがて全国を統一する安土桃山・江戸時代への図式と何ら変わらないと言えそうですね。群雄割拠の中から鉄砲という強力な武器を背景に、他の勢力を手中に収めていく戦国武将、信長、秀吉、家康への時代。禁教令や刀狩り、年貢や朝貢制度といった末端にまで発達した権力集中のための統治機構。それはアステカに見て来た戦士の階級制や諸部族からの朝貢制度、掟、結果的には権力集中を容易にさせることになった人身犠牲と変わらないでしょう。

直接敵軍の統領の首を撥ねなくとも、自刃させたり、その首を獲った部下や武将に一国を与えた日本の戦国時代とアステカの人身犠牲。血の掟。

安土桃山時代と違うのは「神」の存在。そして強力な鉄製兵器のなかったこと。アステカでは神（太陽）に死なれたら全人類も死滅してしまうのだという、健気な恐るべき宗教心がすべての原点になっていたということです。我々現代に生きる者から見れば他愛ないことですが、西洋では「太陽が地球の周囲を回っている」とか、中国では「地球の果ては断崖絶壁だ」と言われていた時代があったのですから、アステカを未開だ、野蛮だなどと笑えないでしょう。科学と合一する哲学ではなく、真理からは程遠く、むしろ真理に近づくことを拒む立場にあると言ってよいのです。また鉄製兵器のなかったことは後述しますが、西洋スペインとの出会いにおいて重要な意味を持ちます。

血の掟と書きましたが、キリスト教の統率点に、十字架にかけられ血を流しているイエス・キリストの像のあることも注目に値しますね。キリスト教については何れ触れることになるでしょう。

テスココ族。武よりも学問芸術を奨励する。室町時代。一時の安らぎ。
アステカ族。文武両道だが武を上位とする。安土桃山から江戸時代。全国統一と武士道や農・工・商の階級制の確立。

さて、アストランから来たというウィチロポチトリを祖霊とするアステカ族。アストランとは水の豊かな土地を意味するそうですが、彼らこそ昔、神のお告げで、あるいは戦の敗北でテスココ湖を追われるように去り、北方の流浪の民と化し、やがて舞い戻り、テスココ湖に一大帝国を築いたアステカ族であり、アストランはアナワクのテスココ湖だったとしても何の不思議もないでしょう。それは中南米の歴史を見ると気付くと思いますが、テオティワカンを築いた人々にしてもマヤ族にしても、忽然と姿を現し、忽然と人々がどこかに去ってしまうことからも、また遺跡の上に遺跡を重ねる（ピラミッドの中に古いピラミッドがある）ことや同じ場所に戻ってくることなどから考えても（ユカタン半島のチチェン・イツァー）、何ら不思議はありません。

こうしてみますと、紀元七〇年頃、流浪の民と化し、第二次世界大戦後にエルサレムに帰り一国を築いたイスラエルと相似する図式が成り立ちます。もちろん想像でしかありませんが・・・（アストランは失われた謎の大陸・アトランティスであるとする説もあります）。

選民思想の強いユダヤ教と人身犠牲のアステカ。多少視点を変えれば同一視することさえ可能なのです。

ところで、人間の心、内面では反対する声があったと書きましたが、それは近隣部族や従属国の中にわだかまり、やがてコルテスの征服を助ける結果を招くことになります。アステカの伝説を取り上げてみましょう。

「翼ある蛇、ケツァアルコアトルは遠い昔、天から降って人間の形をとり農業や暦やその他、いろいろ役に立つことを人々に教えた。しかし、血を嫌って人身犠牲をやめるように説いたので軍神ウイチロポチトリと衝突し、アステカの土地を追われタバスコの海岸あたりから筏に乗って海の向こうの東方の国へと姿を消した。その時彼はこんな予言を人々に残した。

『私は再び戻って来る。その時この国の人民に災厄が降るだろう。その年とは葦の一の年で

ある』。かれは白い肌をしていて黒い髭を生やしていた」（前掲書より）

つまり彼らアステカ族は、ケッアルコアトルとウイチロポチトリの二神を持っていたのですが、ウイチロポチトリに従属したことになるわけです。そしてアステカ族が二神を持っていたということは、後で見ますが、アステカ族がトルテカ族を滅ぼした可能性があります（テオティワカンをトルテカ族が滅ぼしケッアルコアトルの伝説を吸収。それをアステカ族が踏襲した可能性があります）。

ケッアルコアトルは創造神の象徴または使徒として中米の各種族に広く信仰されており、マヤ族ではククルカンと呼ばれ、元来は啓蒙と文化の神、言ってみれば平和の神だったのです（アステカ族が遥か北方から来たとしたらケッアルコアトルの神話は持っていなかったことになり、またテオティワカンやトルテカに関係なくその神話を有していたとしたら、やはり昔テスココ湖を後にして軍神を戴く軍事部族になって、舞い戻ったという一つの推理が成り立つでしょう）。

一五一九年四月二一日。スペイン人エルナン・コルテス一行がアギラールとマリンチを伴いウルフ島に姿を現した日。それはアステカ暦第三の一の葦の日、モンテスマ二世の誕生日であった。そして白い肌黒い髭。アステカ族が最も恐れていた、東方に去ったケッアルコアトルの再来。誰もがそう思ったはずです。そして誰よりも恐れていたのは他ならぬモンテスマ二世だったわけです。

アギラールとマリンチの略歴を記してみましょう。

トロニモ・デ・アギラール。

一五一一年、南コロンビアから黄金を積んでイスパニオラ島に向かう途中、船が暗礁に乗り上げ大破。二週間漂流を続けユカタン半島に漂着。その後インディオに捕えられ四名は神殿の生贄に捧げられ、残りの者は監禁された。檻から辛うじて脱走し他の部族に奴隷として捕えられた二〇人中、漂流中に七人死亡、スペイン人が来たという知らせを耳にした時には既に二人になっていた。そしてアギラールと行動をともにしていたゴンサロ・ゲレーロはインディオと結婚し、子供を儲けており土地に残ることになる。アギラールはユカタン半島の東沖合にあるコスメル島（現在は高級リゾート地になっている）からコルテスの船に乗り、通訳として活躍することになる。

ドンニャ・マリーナ。

インディオ名マリンチ。美しさと気品を備えた女性。彼女の両親はパイナラという町の首長だったが彼女が子供の頃父親に死なれ、母親は別の首長と結婚し息子を儲ける。マリンチは邪魔者扱いされ、ヒカランゴに住む人へ貰われていく。薄幸なマリンチはさらにタバスコの者の手に渡った。そして美しく成長し、貢物としてコルテス一向に捧げられた。マリンチはユカタンのマヤ語やタバスコのナワ語を知っており、アギラールも同様であり、彼はスペイン人だった。（同掲書より）

偶然が重なるとそれはもはや偶然ではなく必然であると言われるが、まさに偶然が幾重にも重なっていく。

まとめ

ユカタンに去ったトルテカの王子・ミシュコアトルの子ケッアルコアトル。

人身犠牲と重税・朝貢制度に対する他部族の嫌悪と不満・反抗。

ケッアルコアトルの伝説。

コルテスの出現。

アギラールとマリンチの通訳としての活躍。

コルテスとマリンチの間に息子の誕生。

大航海時代の、羅針盤、火薬、大砲、馬、鉄製の剣、銃。

コルテスの侵略は開始されていく。五万人ものトトナカ族を援軍として。キリスト教の御旗のもと、エル・ドラドを夢見て。スペイン国王カルロス五世の許可のないまま・・・(征服後追認される)。

メキシコの大半を傘下に収めたアステカ大帝国。しかし、さしもの武勇に優れた戦士たちも、その武器と戦に対する発想の相違(捕虜を生け捕りにすることや日没と同時に戦をやめること)、スペイン人の奴隷のもたらした天然痘等、次第に追い詰められていかざるを得ない。湖上の白亜の塔、神殿、建物。それらがまるでアマディスの夢と謳われた自然の城塞。アステカの帝都、テノチティトランはコルテスがケツァルコアトルではないと気付いた時は既に遅く、若きクワゥテモク王の反撃もむなしく崩れ落ちていく。それは一五二一年八月一三日のことである。

「悲しき夜」とは一五二〇年六月三〇日。コルテス軍がアステカ軍に包囲され壊滅的打撃を受け敗走した日を指し、やがて帆船をしつらえてテノチティトランの再攻撃の準備を考えた夜でもある。彼らの軍は出発時の五分の一にも満たなかったのであり、アステカ軍が皆殺しを考えて深追いしていたら、単に殺人鬼として戦闘に臨んでいたとしたら、クレオパトラの鼻と同様、歴史は変わっていたでしょう。

ちなみに、現在メキシコでは若くして逝ったアステカ帝国最後の王クワゥテモク(当時二五歳）は、勇気と反抗の象徴として、真の英雄として称えられているそうです。

長々と書いてしまい飽きたかも知れませんね。もう眠くなりましたか？

もう少しですから我慢してくださいね。

さて、アギラールとマリンチの項で気になるのは、当時の結婚についてです。アギラールの片棒ゴンサロ・ゲレーロは酋長の娘と結婚して既に子供が三人おり、マリンチの母親も夫と死別後、別の酋長と結婚し息子を儲けます。やがてマリンチはコルテスとの間に息子を儲けることになるのですが、当時の社会の法・掟が理解されない限り、インディオのマリンチがなぜスペイン人のコルテスと結婚したのか納得されないでしょう。マヤ語やナワ語を理解し使いこなす聡明な女性であればケツァルコアトルの伝説は知っていたであろうし、人身犠牲に対する自分なりの考えを持っていても何ら不思議ではなく、さらに異邦人であるコルテス一行に捧げられた二〇人のインディオ女性（その中の一人がマリンチです）。彼女たちは単にセックスの対象ということだけではなく、それなりの知性や教養を身に付けていたのではないかと思われます。何故なら貢物を捧げるということはタバスコの酋長たちが、コルテス一行を認め、服従なり尊敬なりをし、彼らに誠意を誓うという意味であり、それらの意思を伝えるための貢物だからです（モンテスマ二世からコルテス一行へは女性の貢物はなかったように思われます）。

残念ながら資料不足のため、類推でしかものが言えないのですが、コルテスの野望はさて置いて、私の推理が正しければマリンチも救われるでしょう。すなわち、インディオでありながらコルテスと結婚したり、通訳をしたのはインディオを裏切ったのではなく、主体的に反体制の側に付いた。つまり人身犠牲や重税・朝貢制度によって引き起こされる部族内の不満や不和、平和の崩壊に対し、もっと簡単に言えば、現体制の打倒・打破・反抗としてのコルテスの側に立ったということであり、マリンチはアギラールを通じて当時のスペイン（インディオから見れば夢のような）が語られていたとしても何の不思議もないでしょう。やがて来るインディオのスペイン人に対する絶対的服従や忍従といった、暗黒の時代を夢想さえできないまま（マリンチが結ばれるのは、コルテスの部下エルナン・デマペルト・カレーロに与えられた後、彼がスペインに帰国後である）。

夢とは、現実が正確に把握されていない限り、いつも優しく、そして儚く消え去るものです。ここで注目したいのは混血という点ですね。一般的に世界の歴史を見てみると征服者・被征服者の関係でこのようなことがあったでしょうか。ほとんどの場合が土地を奪われ追われたり殺されたりし、良くても奴隷の身分ではなかったかと思われます。北米での植民者とインディアンの関係、南アフリカの植民者と黒人の関係を見れば一目瞭然でしょう。

私が考えていたのは同系色人同士の結婚はあり得ても、征服・被征服の関係で有色人種と白色人種、それもまるきり異宗教同士の結婚は、かつてなかったのではないかということです。もちろん、白とか黒とか黄・赤・青・褐色など色別すること自体無意味ですが。

さて、今は正に地球時代。人種を超えた人間としての世界、まさしく新世界を築くためにも、混血化は喜ばしいことです。その意味では理由はどうであれ先鞭をつけた中南米、とりわけメキシコに期待するものは大きいし、犯す・犯される（インガール・チンガータ）の発想は捨て、マリンチを再認識し、過去は過去として、未来に向けて出発してほしいものです。

話が反れてしまいましたが、征服後のコルテスとマリンチと子息、そして下士官に与えられた他のインディオの女性たちは、その後どうなったか興味のあるところですが、私の手元には資料がなく、何も語れないのが残念です。

さて、歴史にとって真実は一つだけです。夢の世界と讃えられたテノチティトランは跡形もなく破壊され、テスココ湖は次第に埋め立てられ、次々に教会や家や道路が造られていく。それは、歴史に見る新教旧教の対立という宗教戦争のあおりでもあり、大航海時代に突入した植民地主義政策のあおりでもあった。

六〇一年、グレゴリー一世の布教令に則り、アステカの祖神ウィチロポチトリの祀られていた場所に十字架のある荘厳な教会が建てられ、植民と布教が平然と強化されていく。かつてのメキシコの主人、アステカ族や他部族のインディオはスペイン人に隷属し、インディオ的な文化の上にスペイン風文化が移植され、接ぎ木されていきます。一七世紀には混血化が進められ、一八世紀には固有な特徴を持つ国としての形態をなしていく・・・。

ところで、キリスト教とは、その本質において、奴隷制度を認めないものとされますが、それを容認しやすく作られており、「我に付き従え　汝　人を漁（すなどる）者にせん」とか「たたけよさらば開かれん」「来る者は拒まず」といった風に、入門入会の仕方の簡単さから、一大権力構造へととって代わられることが非常に容易であることを検討してみなければならないでしょう。宗教と呼ばれるものの大半がそうですが、ここではキリスト教に問題を絞って話しましょう。

キリスト教の本質は、信じること、主の名を口に出して呼ぶこと、行ずること。信じ行ずることとは、一四の欲望俗念を捨てて、ひたすら神に身を任せること。すなわち現世的には一切の主体性を放棄し、神の御意「愛」を行使することとされます。ここでいう「愛」とは、打算の一切含まれない一〇〇パーセントの奉仕であり、何一つ見返りを求めるものではなく、それらを求める者は、神の子イエスの説く「愛」とは無関係です。そして、神に仕えるための訓令（おしえ）とは「殺すなかれ」「犯すなかれ」「盗むなかれ」「姦淫するなかれ」「隣人を愛せよ」といった自然法であり、報復主義と言われる「目には目を」とは損害賠償のことであったはずです。突き詰めて考えれば、相手が納得できるまで説得するための非暴力主義であったはずです。何故なら「隣人を愛せよ」とは「汝を愛する如く」とあり、付帯条件が謳われていることに注意しなければなりません。己の人間としての立場、己にしてほしくないことは他人もしてほしくないであろうという、必然的自然法、己を照らし顧みて初めて「隣人を愛せよ」であり、父母を愛し、兄弟を、親族を、すなわち人間すべて、生きとし生けるもののすべてを「愛せよ」であり、仏教の「慈悲」に通じます。「奢るなかれ」とは「人は二人の主に兼ね事（つか）ふること能わず。あるいはこれを憎み、かれを愛し、あるいはこれに親しみ、かれを軽しむればなり。汝ら神と富とに兼ね事（つか）ふること能わず」（マタイ伝）にあるように、必要以上に動植物を殺したり、贅沢や華美、俗欲を排し、全能の神の前では人間はいかにも小さく無知であり無能であり迷える子羊でしかないことを戒めた言葉です。

すなわち、この地上における罪（アダムに発する）と死（イエス・キリスト）と天国（新生）における永遠の生命こそキリスト思想の根本構造であり、ロマ書に見るパウロの言葉「凡ての人、罪を犯したれば、神の栄光を享（うくる）に足らず。功無くして神の恩恵により、キリスト、イエスによる贖罪によりて義とせらるるなり」とあり、「自らを救う力を有しない人間は、ただ神の恩寵によってのみ救いに与（あずか）ることが出来る」と説かれます（増谷文雄著『仏教とキリスト教の比較研究』より）。

神の愛・キリストの贖い・信仰。これがキリスト教の求めるものであり、知恵の道を歩み、真の法、真の理性、普遍的理性を求める釈尊の歩みと異なり、信仰の道の立場にあることが理解されるでしょう。理論的な問題としてではなく実践的な問題として説かれる「良心の峻厳」こそ、キリスト教の求めるものだったのです。仏教もキリスト教も互いに相通ずるもの（哲学として、信仰として、混同されること）であるが、仏教は多分に実存的であり、キリスト教は飛躍的であると言ってもよいでしょう。

さて、先ほど自然法と述べましたが、裁きは神の手の中にあり、人間には何一つないことが説かれていることにも注目しなければならないでしょう。姦淫をした女性の問題を取り上げた条には、モーゼが「かかるものを石にて撃て」と言っていますが、イエスは「汝らのうち、罪なきものまず石を撃て」と答えます。すなわち凡て罪人であるのに誰が石を持って彼女を撃つことが許されるのか。「凡て色情をいだきて女を見る者は、既に心のうちに姦淫したるなり」とあり、彼女を裁けるのは神のみであり、人が人を裁けないことが明確に謳われています。

ここに懺悔の重要な意味が置かれていることに気付くはずであり、懺悔と信仰告白の場でもある教会の場が用意されていることに気付くはずです。さらに「汝の義、学者パリサイ人に勝らずば、天国に入ること能わず」（マタイ伝）とされ、それは律法に固執し人間性を失ってしまったパリサイ人よりもさらに深く厚い一途な信仰心を求め、「もとめよ、しからばあたえられん。尋ねよ、さらばみいださん。門をたたけ、さらば開かれん。すべて求める者は得、たずぬるものは見出し、門をたたく者は開かるるなり」とされ、「この信仰の不思議な力の拠って流れいずる源が、人にではなくて、ひとえに父なる神に存するものである」（『仏教とキリスト教の比較研究』より）こと、そして、その道は「狭き門より入れ、滅亡に至る門は大きく、その道は広く、これより入る者多し。生命に至る門は狭く、その道は細く、これを見出す者少なし」（マタイ伝）と言っている。

また「神に依り頼むのは容易である。だが一切の他の想い煩いを捨て去って、ただ神をのみ信じ、神にのみ依り頼むことは、よういなことではない。だが、それをなし得た時、不思議な力の泉は天なる父のかたより流れいで、彼の全身を洗うのである」（『仏教とキリスト教の比較研究』より）とされ、「神は忍耐をもて過ぎ越しかたの罪を見逃し給ひしが、おのれの義を顕さんとし、キリストを立て、その血によりて信仰によれる宥（なだ）めの供物となし給えり」（ロマ書）という。すなわち神は「おのれの子を罪ある肉の形にて、罪のために遣はし」「罪なくして死を受けしむることによって、われらの罪をあがない給うたのであって、このことこそ神の人類にたいする愛をあらわしているというのが、イエスにたいするパウロの理解であった」(『仏教とキリスト教の比較研究』より)とする。

また「イエスは『神の国は近づいた』と説いた。だがパウロにあっては、その福音は既にイエス・キリストの贖罪によって成就せられたのだと考えられる。したがってパウロにおいては、福音とは神の国の良き知らせであることから、その中心を、イエス・キリストによって成就せられた救いの実現という良き知らせに転じたものとなった。そのことは同時に、福音はもはや未来の救済の音信ではなくして、既に実現せられたる救いの音信として把握せられていることを意味する。すなわち、神の国の福音はキリストの福音となり、未来の希望は現在の実現に道を譲ったのである」(『仏教とキリスト教の比較研究』より)とする。すなわち、キリストのように生きることが救われることになるわけです。「なんじの口にてイエスを主と言いあらわし、心にて神のこれを死人の中より蘇らせ給いしことを信ぜば、救わるべし」(ロマ書)。ここに、「一人類の救済の業は既に為されたのである。イエスのたっとき業によって果たされているのである。人はただ、そのことを心に信じて義とせられ、口に言ひあらわして救われるのである。人々によって為されるべきことは、ただ信仰のみである。ここに従来の教会的信仰のいしずえが、パウロによって揺るぎ無くおかれている」(『仏教とキリスト教の比較研究』より)とされ、ここにはキリストの死を介して「死の弁証法」が描かれていると言ってよいでしょう。

「パウロの説明をもって申さば、一人の人（第一のアダム）によって罪は世に入り、また罪によって死は世に入った。そのために、すべての人が罪を負い、罪を負うがゆえに彼のうえに死が来るのであった。しかるにいま、一人の人（第二のアダム・イエス）の大いなる正しき行為によってすべての人の罪が贖われ、すべての人のために、生命にいたる道がひらかれた。「それはひとりの不従順によりておおくの人の罪人とせられし如く、一人の従順によりておおくの人、義とせられるなり」（ロマ書）」（『仏教とキリスト教の比較研究』より）

そしてこの著者（増谷氏）は浄土仏教が言わんとすることも、その構造やその他多くの点で本質的に相通ずるものがあるとしていますが、仏教については別の機会に譲ることにし、先に進みましょう。

さて、注目したいのは、人が人を裁く権利のないこと。ひたすら懺悔と主を口に出してあがめること。懺悔と祈りの場として教会が用意されていること。

教会とは信者と神との仲介の労をとる場所ですが、先に見たように、教会までの道は短く、門は広い。すなわち、幼児でも教会に入れるのであり、善人も悪人も懺悔し、信じ、行ずれば、神の国への入場切符は手に入るのです。もちろんキリストから見れば、悪人こそ善人であり、善を取り繕うものこそ悪人であり、すべての者が悪人であり、神のみが「全き」であるがゆえに善であるのですが、信に入った教会員から見れば善悪は無に化すのであり、ここに現世（俗世間）との大きなギャップが存在しています。

信ずる者には天国に至る道は教え諭すのですが、世俗的学問や教養は無意味と言ってもよいのです。先述した基本的な自然法こそ最上のものであり、他は俗世の垢でしかないからです。同一の唯一神キリストの前では、信・行とは隣人を見、批判することではなく、ひたすら愛することですが何分にも真なる神の子、「全き人」に至る道は細く狭いのですから、そこに世俗的な比較、批判は生まれやすく、来世天国にも上下や尊卑の差異を持ち込みたくなるのが現実としての人間存在というわけです。芥川龍之介氏の『蜘蛛の糸』を一読していただければ納得できるでしょう。人を束ね「人を漁（すなど）る者」は信者を仔羊と見、彼自身は牧人と化す関係に陥りやすく、次第に神の前での平等から隔たっていくわけです。管理する者とされる者、「我・汝」の関係ではなく、「我・それ」の関係へと転落し現実的世界に立たざるを得ないのであり、縦の構造が作られ、彼らの頂点に教皇が統率者として君臨することになるのです。それは、すべての権力構造がそうであるように、ピラミッド状に構成され、やがて統率者も「愛」の論理によってではなく数の論理によって、その座を左右されるようになっていきます。

神の前では、各人が等距離で無距離であるものが、つまり、水平位置に坐する者が、（あたかもイースター島のモアイが頂上に来る太陽から等距離であり、ほとんど等距離の水平線の彼方を見つめているのと同様なのに）現世では、ピラミッド状に構成されることによって、つまり組織づけられることによって、狭き門よりさらに狭き門を入るのを断念してしまうというわけです。ある種の共犯者意識とも言える連帯感から支配感へと転落するのであり、これらのステップはすべての権力構造に言えることであり、現在の自由主義・社会主義・共産主義・諸々の宗教団体といった団体、組織のすべてに言えることでしょう。そして、落ちこぼれた、道を踏み外した管理者たちは、懺悔すること、刑に服することによって出直します。しかし、信仰の場合、刑を科すのは己であり、よく言えばこれほど自己規制、自己練磨、良心の峻厳さを要求される道もなく、悪く言えば、うわべだけ懺悔したことにすればそれで済むということになります。もちろん彼が真の信者であるなら、一生自責の念に駆られ続けるでしょう。これら悪しき道はやがてみる、人を人とも思わず、人を奴隷のように見て憚らない、階級制へと連なっていくのです。

昔、一休上人の名の由来は「有漏より無漏への一休（ひとやすみ）」から取ったということを聞いたことがありますが、仏教でいう有漏の善とは、煩悩のある、俗欲のある、代償を求める善、有所得の善とされ、無漏の善とは、無欲の善（宇宙の秩序、すなわち法との直接の対面においてなるところの善）とされ、釈尊の道は「よく法を見、法を知り、かくして確実に把握せられたる法に準じて一切を行ずること」とされ、神により頼むのではなく、法を把握して立つとされますが、この時点において法イコール神の真意（心意）とさえ言えるのですが、片や他力、片や自力の道とはいえ、どちらも道に達するのは至難の業であることが理解されるでしょう。前掲増谷氏著書には、「私の理性が、私の理性であり、私の思惟が、私の思惟である限り、それはあくまでも否定せられるべきものであった。私が私の理性の支配を受け、私が理性的な存在として振る舞うことが出来たならば、その時、私の主観は単なる主観では無くて一つの普遍的な主観であることが出来るであろう。そして釈尊は、その様な人間の在り方を指向して、そこに法と堕法とに依り」なる人間の生き方を説いたとし、「自己の依拠は自己のみなり、他にいかなる依拠あらんや」「自己のよく調御せられたる時、その時、人は、得がたき依拠を獲得する」（同著）とし、それは「ラクダが針の穴を通る」ことよりも難しいとされます。してみれば仏教界もキリスト教界もそのピラミッド型構造の体制をとった時、既に権力構造へと変わりやすいことは先に述べた通りです。

「仏教における宗教的実践の人間関係に関する第一の項目は、『慈悲』でありキリスト教におけるそれの要は、『愛』」（同著）と説かれ、キリスト教においてはすべてを裁くのは神であり、仏教では、悟りに達し得ないのは、自己研鑽の不足であるとされます。

ところで、己の信・行が不十分としても、自己研鑽が不十分としても、アステカにおける征服者や司祭・植民者たちを告発することは許されるでしょう。それは大航海時代の、否、有史以前からの今世紀（二〇世紀）の世界大戦や、今もなお世界の各地で繰り返されている戦争や、諸々の政治体制、数の論理のみによって支えられている自由資本主義や、真の自由には程遠い社会主義、共産主義体制への告発へと連なるものでもあるわけです。特に、宗教者の仮面を被った者たちを激しく告発しなければならないでしょう。其れは、〝心の峻厳〟をこそ問われる人々であり、信じる者の心を踏みにじるものであり、信仰とは一切の代償を求めないところに出発点があり、大いなる裏切りだからなのです。

それでは告発の原点とは何でしょうか。

「・・・愛は寛容にして慈悲あり。愛は嫉まず、愛は誇らず、驕らず、非礼を行わず、己の利を求めず、憤らず、人の悪を念はず、不義を喜ばず、心理の喜ぶところを喜び、おほよそ事忍び、おほよそ事信じ、おほよそ事望み、おほよそ事耐ふるなり。愛は長久（いつ）までも絶ゆること無し。されど予言は廃れ、異言は止み、知識もまた廃らん。・・・。げに信仰と希望と愛と、この三つのものは限りなく存（のこ）らん。しかして、そのうち最も大なるは愛なり」（コリント前書）とあり、

「汝らたがいに愛を負うのほかになにをも人に負うな。人を愛する者は、律法（おきて）を

まっとうするなり、それ『姦淫するなかれ』『殺すなかれ』『盗むなかれ』『貪るなかれ』といえる。このほか訓令（いましめ）ありとも、『己のごとく隣を愛すべし』と言う言葉の中にみな籠めるなり。愛は隣を害わず、このゆえに愛は律法の完全なり」（ロマ書）とあり、さらに唯一の神であることが説かれ、最大の訓令（いましめ）として、「己を愛するごとく隣を愛すべし」とされるからです。

つまり、愛は律法の完全であり、隣人を愛することは、愛のいまだ見えぬものに対し、愛を諭し導くことであり、それは決して驕りではないはずです。「おごるなかれ」とありますが、律法も訓令も、すべてその結果を神のみぞ知るでは、すべてが赦されることに、お前は神ではないから関係ないということになり、このような神や仏だったらまさに「豚に食われろ！」ですね。つまり、愛を諭し導くとは潜在的正当防衛として、「我・それ」の関係を「我・汝」の関係にまで愛を高めることに他なりません。それは、あくまでも「己を愛する如く隣を愛する」中にあって、潜在的正当防衛としてであり、おごりでもなく、無抵抗非暴力主義へと連なるものであり、反戦思想へと直結されるものです。他者を覆い包み従属や隷属をさせることではありません。そこにあるのはまさに「対話」なのです。愛することの中に喜びを感ずるとき、真の自由を得ることができるでしょう。

愛とは、代償を求めないものであると同時に、常に人間として対等の関係にあるのです。

善にも悪にも、貧にも富にも、「我・汝」の関係として、また、「我・汝」の関係になり得るものとして、対等の、一つの人格として、対しているということです。いかなる時にも根気良い対話者として「そこにある」のですから攻撃者として立つことはあり得ず、正当防衛者の立場にあることに気付くはずです。

すなわち愛とは、「我・汝」の関係として、すべてのものの前にあり、己を愛するごとく隣人を愛する故に、防衛者の立場であり、無抵抗非暴力主義であり、反戦の立場に立つものであり、真の自由を得ることができるということです。真なる愛には、寂しいとか孤独とかはあり得ないことです。俗念に付きまとわれるが故に、それらの感情にさいなまれるわけです。「人は愛のために死ぬことができるか」とよく言われますが、愛とはそれを試すことではなく、（それは代償を求めるが故に）それを育てるものであり、人を愛まで高めてやることであり、そして、真の愛とは、死の前で心の微動だにしない状態であり、なにものよりも自由な状態であり、最大の幸福の中にあることに気付くことでしょう。

私はキリスト者でも仏教者でもないことを言わねばなりません。これらの思想は、「己を愛する如く隣人を愛する」ところより自然に流れ出る思想であり、それは先にも触れた、自然法であり、「我・汝」「我・それ」の関係としてすべてを把握し、普遍化したものです。あえて宗教者ではないというのは、そう呼ばれること自体パターン化され、組織化され、それらに組み込まれる危険性があるからです。ここまで見てきたように、隣人を愛するところから、彼らを告発しなければならないことがわかっていただけるでしょう。

何はさておき、話を先へ進めましょう。もうかなりお疲れになったことでしょうね。もう少しですから、お付き合いくださいね。

戦国時代を経て、軍事王国へ。その上に瞬時に接ぎ木されたキリスト教文化。その接点に登場したアステカ帝国の王モクテスマ二世。勇気と反抗の象徴、若きアステカの王クワゥテモク。大砲と馬でエル・ドラドを目指すコルテス。インディオになれず通訳となったアギラール。インディオに同化しやがてスペイン軍と戦うことになるゲレーロ。コルテスの通訳の役として、またのちに彼の子を産むマリンチ。なんとも象徴的であり、これだけでも大長編ロマンが書けそうですね。それはそれとして、「神々の座」「セマナワック・トラトアニ」「世界の王」その座に就くものは、二〇世紀以降世界と人間に目覚めた「真の人間」であってほしいですね。マリンチには自分を捨てた母親と弟に再会した時、金銀の土産品と、彼らに優しい言葉をかけてやった旨の美談があり、クロニスタの証言か、この書の著作者（幻のアステカ王国）の新たに書き加えたものかはわかりませんが、どこか厳かな雰囲気が漂っており、心の平安さえ見て取れるのですが、それが何によるものかは別の機会に検討しましょう。

さて、山に囲まれたアナワクの谷間。その中の湖の一つに浮かんだ首都テノチティトラン。その王宮に住むアステカ王の威令は、大西洋、太平洋の海岸まで、さらには鰐の棲む湿地帯、灼熱の砂漠、ジャングルの奥にまで、届かないところがない。そして、奴隷があり、駅伝制（飛脚）があり、朝貢制度があり、トラテロルコを起点とした交易路がある。刑法があり、学校があり、チョコラトルがある。収税吏があり、警護の者があり、カヌーがあり、その他ありとあらゆるものが存在していた。ないものは「鉄と馬と車輪」だけだったのです。

奴隷＝百姓、飛脚＝飛脚・隠密、朝貢制度＝年貢・上納金・参勤交代、通商路＝諸国の産物交易路・参勤交代・上納金。刑法（極刑だった）＝割腹・遠島。学校（貴族などの指導者層にはカルメカック、一般にはテルポチカリ）＝藩校・寺子屋。刑法＝掟・法、チョコラトル＝茶の湯（貴族階級や将軍・王室だけのものとして）。王・戦士・神官・工商農民＝皇室・将軍・大名（武士階級）寺社・神社・工商農民。

一六世紀初頭のアステカ王国と、武士階級の台頭から江戸時代。相違点を探す方が困難と思われるほど似ていないでしょうか（多少、視点のずれはあるかも知れませんが）。

最大の違いと言ったら人身犠牲を伴う宗教と、王権を頂点とする神官やトップクラスの戦士たちによる合議制の軍事組織（皇室＝王）。湖上に整然と区画整理されたように造られた清潔な石造りの街。そして、何を取り上げればよいでしょう。

人身犠牲。それはあくまでも崇める宗教の相違です。世界大戦で現人神として祀られた天皇の名のもと、どれだけ人命が失われたことでしょう。そして、キリスト教国であるアメリカ（連合国側）によって、投下された原爆。まさしく人間は社会的動物であり、その生まれ育った環境によって、ものの見方まで規制されるという適例だと思います。神々の旗のもとに集結し、神々の旗のもとに行われる戦争。信ずることが狂気へとエスカレートした悪しき見本です。人身犠牲。それは最高神（将軍）、あるいは彼に代わる大名や武士階級に対し、権威を委託された者への違反・反逆者として自刃させられたり割腹させられたりしたこととどれほど異なると言えるでしょうか。もちろん人身犠牲は神への贖いであったとしても。

王・神官⇓神の代理人⇓人を贖う
将軍・大名⇓人⇓人を死に至らせる

現実問題として、人が人を死に至らせることについて、宗教（倫理）と道徳は異なるなどと言ってはいられないはずの問題です。

ただ私の今言えることは、悪しき神々（神格化されているすべてのもの）を正視し、それらにとって代わる、それらに対応する、人間が人間として納得できる生き方が必ずあるはずであり、それを新しい「神々の座」に据えなければならないということであり、かつて世界中に宗教国家が実在したのと同様に、権力者の権力者による権力者のための国家ではなく、「人間の人間による人間としての社会」「人類の人類による人類のための快適な社会」が出現しても何ら不思議ではなく、既に非暴力無抵抗主義はガンジーによって先鞭が付けられており、現実にはキブツという社会体制がイスラエルに存在することも付記しなければなりません。

さて、アステカ王国を未開・野蛮と決め付けなくても済むためにも、当時のテノチティトランをカーネギー研究所『幻のアステカ王国』から引用し、貴女への手紙（長くなってしまいましたね。お許しくださいね）を終わりにします。

湖上の都テノチティトランと本土を結ぶ提道は三本あった。一本はテペヤカク、一本はタクバ、もう一本はイスタパラパへ通じていた。中には三〇歩以上の幅のある広い道もあり、真っ白に舗装されて直線的に延びていた。そして湖岸には島を囲む形で衛星都市が発展していた。アステカの都からは各方面に向かう幹線道路が延び、これらの道は玄武岩などで舗装されていた。アステカ族は湖水とそれを巡る水路を小さなカヌーで縦横に走り回っていた。湖上に影を映して聳えるピラミッド。神殿や宮殿。その周囲を行きかう小舟。

メキシコの町はもう一つのベニスのようであった。その住民たちもベニスの市民たちにくらべても劣らないほど洗練されていて都会的だった。

そして、湖上の菜園、チナンパ。（省略）

人々の服装は華美で豪華だ。高級な綿織物で作ったチルマトリという外衣。腰には広幅の飾り帯、すこし寒いと毛皮や水鳥の羽で作ったマントを着る。女性のスカートは踝にとどくほど長く、絞り染め、ろうけつ、刺繍などで手が込んでいた。宝石をちりばめた長衣を着た貴族。黒衣を着た神官が輿で行く。金銀のサンダルもこの都では珍しくない。

商業の中心地トラテロルコ。市場の周りは柱廊で囲まれていて扱う品物の種類によって店の場所が決まっており、一日に六万人が取引をしたといわれ、スペインのサランカの大市場の三倍はあったといわれる。この市場にはアナワクの谷間はもとより中南米各地から、さらにはマヤ族の商人などによって海を越えて運ばれてきた珍品までが集まっていた。豪華な毛織物や生皮、ナメシ革、金銀の装飾品、鏡、剃刀、銅に錫を混ぜて作った手斧、各種の武器類、陶器類、民具、木彫りの金粉を塗った花瓶。

山と積まれた各種の果実、魚、肉、野菜、等、生鮮食品、トウモロコシ、豆などの穀類、トウモロコシでつくった菓子類、バニラの芳香をぷんぷんさせながら泡立っているチョコラトル。リューゼツランから取ったプルケの飲み物。

薬草、薬品、医療器具、樹皮やパピルスで作った象形文字の本や地図、家具類、柱廊の真下には、犬、七面鳥、アヒルなどの家畜、家禽がつながれている。また裸同然の男女の一群。奴隷であり、首枷にその値段が付けられている。

取引には、物々交換の他、カカオの実、木綿の小布、砂金、丁字型の銅銭、錫の薄片などが貨幣として使用された。市場は一見雑然としていたが盗みとか喧嘩とかいう騒ぎが起こらない。広場の一方に立派な建物があってそこにはいつも警官が詰めており、また不正取引を監視する役人が常にパトロールしている。

トラテロルコの中央広場には大ピラミッドが聳えている。一一四段の階段を上がって頂上に達する。ここからは首都のほとんど全部が一望のもとに見下ろせる。南の方、延々と連なる石造りの家並の向こうに、このピラミッドよりさらに大きなピラミッドが聳えて見える。それがテノチティトランの中央広場であり、その東側にひときわ壮麗な石造りの建物が固まって見えるのは王宮である。そこはテオパン〝神々の場所〟と呼ばれる市の中心部であり、運河はそのあたりまで通じている。上から見るとこの島は一辺が四キロくらいの四角形をしていることがわかる。この島を覆いつくして石造の建物が立ち並び、その所々に大小のピラミッドが聳えている。建物はすべて石灰を塗った上に磨き上げてあるので、さんさんと降り注ぐ日の光に目が痛いほど眩しく輝いて見えた。

市の東側テスココ湖の沖に面した方には、大堤防が望まれる。洪水を防ぐためにモンテスマ一世が（中略）完成したものである。それは北のアツァコアルコという地点から南の丘まで一六キロにわたるもので粘土と石とを土台にしてその上へ粗石を積みあげたものだ。

市の西側にクエパポンと呼ばれる高級住宅地。中央広場に大ピラミッド。その頂上の二つ並んだ塔。一つにはウイチロポチトリもう一方には闇と空の神テスカトリポカが祀られている。日が暮れるとピラミッドの四隅に何段にも灯した聖火が赤く夜空に映える。ピラミッドのまわりは高い壁で囲まれ、その内側に七八の建物と四〇に及ぶ塔がある。これらはすべて修道院や神官の宿舎、貴族の子弟のための学校などである。

そしてこの都市は、「人間は手と同じく足も汚す心配なく道を歩くことが出来た」とスペイン人に言わせたほど清潔だった。その人口密度を持ちながら、さらに水道設備があり、また、湖の要所要所には船の為の公衆便所が設置されてあった。市場や町角などには無論それが設けられ、汚物は肥料用に売却された。さらに朝風呂の習慣があった。

当時のテノチティトランはヨーロッパのどの首都にくらべても、現代のどこの国の都市と比べても清潔で、住み心地の良い場所であった。

（後半は勝手にピックアップして記しました。悪しからず）

それではまた・・・。

大切なE・S様

ラーゴ　にて

睡眠不足のせいか、いくらか外気が冷たく感じられた。

（E・S嬢への手紙は無事に日本に届いてくれるだろうか）

H氏家族、T氏家族、そして私を含めたM氏家族で、旅行の下見を兼ねて独立コースと言われるケンタロ、グァナファト、サン・ミゲル・デ・アジェデ方面の旅へ。このコースには興味があったので一人でも行くつもりだったが、偶然M氏から誘いがかかり、私は喜んで便乗させてもらうことにした。

八時。例のM氏の勤務先の前庭に集合。国道五七号線に乗り、一路ケレタロを目指す。このコースは、一八一〇年にイグナシオ・アジェンデやミゲル・イダルゴによって独立運動が企てられたのをはじめ、一八六七年のベニト・ファーレスによるマクシミリアン皇帝の処刑（ヨーロッパで悲報を知った皇后カルロッタは発狂したという）、一九一七年の現行憲法の起草など、メキシコ史の重要な舞台になった場所である。

快晴。青い空。白い雲。遮るもののない一直線の道路。アンツーカーの側道。草原。トウモロコシの畑、サトウキビの畑、所々に防風林と所有境界線を兼ねたメキシコ杉の林。そして、草原、牛、馬、ロバ・・・。逃げ水が現れては消える。ロングのトラック。高速長距離バス。それらは国境を越えてロサンゼルスやシカゴ、ニューヨーク方面にまで足を延ばすのであろうか。時折逃げ水の下のほうからヘッドライトを点けて対向車が姿を現す。陽炎に揺れるゆがんだ車体。まるで車体がリニアモーターカーのように道路の上を浮いたまま走行しているように見える。

三時間も経ったであろうか。前方右手に水道橋が見え始める。かなりの高さに弧を描くいくつもの橋脚。全長八キロを超えるという水道橋は一八世紀に構築され、今も立派に機能しているという。やがて教会のドーム。

ケレタロ。海抜一八六五メートル。人口約一六万人。メキシコシティより北西二二〇キロに位置し、メキシコオパールの産地としても有名である。

我々はサン・フランシスコ教会に足を運ぶ。一五四〇年に起工されたタイルの美しいドームと塔。そして、かつて修道院だったという博物館。そこには市の西端「鐘の丘」でベニト・ファーレス軍によって一八六七年に銃殺されたマクシミリアン皇帝の処刑の資料や、中世の美術品などが展示されていた。また独立広場には市長婦人の家があった。かつて女主人のホセファー・オルティスが、イダルゴ神父やアジェンデなどと独立の密謀を交わした場所は、現在は市庁舎に生まれ変わっていた。水道橋の設計者トレスゲーレスによって一七五二年に建立されたというサンタ・ロサ教会。それはバロックとオリエント風の混交された外観、内部はチェリゲレスク様式といった風変わりな建て方。そして絢爛豪華な祭壇。大壁画が我々を出迎えてくれた。

我々は水道橋の見える丘の上で昼食を摂ることにし、小さな公園にたどり着いた。淡いレンガ色や小豆色のピンコロイシの敷き詰められた石畳。メキシコ杉や緑樹の植え込み。そして遠景の水道橋を装飾するかのように紫紅色のブーゲンビリアの花々。水道橋の彼方に小高い丘がなだらかに横たわり、その上を純白の雲がゆっくりと流れていく。M夫人が早起きをして作ってくれたおにぎり、おひたし、漬け物、鶏の唐揚げ、ジュース・・。長閑な午後のひと時である。

近くのユースホステルで用を済ませ、一路コマンヒージャを目指す。今夜の宿泊先である。

それはアトトニルコの近くであったかサンルイス・デ・ラパスの付近であったのか、私には知る由もなかった。今回の旅のスケジュールはH氏に一切を任せ切っていたのだった。

　直線の道路。単調な風景。小さな村。忘れた頃に突然現れ、すれ違う対向車。低草木。サボテン・・・。やがて右手山頂に十字架のようなものが見え始め、道はそれを中心点として大きく右にカーブしていく。車は途中を右折。舗装の切れた土埃の道へと入っていく。ウチワサボテン。石灰石。矮木。草木。砂漠との境界地でもあろうか。一〇分・・・、二〇分・・・。ホテルらしいものは一向に姿を現さず、標識さえ立っていない。西に傾きかけた太陽。そしてメキシコの大地。右折してから四〇分も経ったであろうか。灌木の林の中に忽然と椰子やメキシコ杉の林立する森が姿を現し、そして、白い壁・赤い屋根の、柱と柱の間をアーチ型にした壁の建物。レンガ色の舗石。卓球台の置かれたベランダ・・・。コマンヒージャのホテルであった。

　ホテルの入口左手には、椰子の林に囲まれたブルーのプール。右手の植木鉢に活けられた原色の花々。そこここに人々が寛いでいる。水飛沫を上げる若い人たち。卓球を楽しむ子供たち。散策を楽しむ老夫婦。ベランダの籐椅子で本を読む婦人（鼻眼鏡を掛けたらもっと可愛く映るだろう）。

　チェックインを済ませ、部屋へ案内される。コの字型に建てられた三棟の二階建ての白い建物。赤い屋根。私たちは中庭を通り、奥の建物の二階に一夜の仮の宿を得た。芝生の植えられた中庭に、ブルーのプール。そしてプールと建物の間に、棟に沿うようにして点々と連なるポプラの並木。西陽を受けた木々の影。フロント、食堂の裏手に湯けむりを上げる鉱泉の池。サボテンと草を食む二頭の馬。手入れの施された裏庭。かすかに漂う硫黄の臭い。ホテルと呼ぶよりは、堀辰雄氏の作品に出てくるサナトリウムと言えばよいであろうか。ここ、コマンヒージャはメキシコの国民保養地の一つでもあった。

それぞれの部屋に分かれ、M夫人がコーヒーを入れる。高原。二階のバルコニー。中庭に影を落とすポプラの木々。草むらからこぼれ来る虫の声。コーヒー・・・。初秋の軽井沢のような佇まいであった。

M・O嬢と別れた翌年の夏、湖でのアルバイト。フィリピンから来た少女ビビアン。少女と日本人の伯母と二人を乗せて湖で舟遊びをしたこと。釣りをしたこと。一匹も釣れなかったこと。ビビアンに（叔母様に）コーヒーをご馳走になったこと。再会を約束して別れたこと。美しい少女ビビアン。明るく活発でものおじしない少女、ビビアン。今思えばスペイン人との混血であったかも知れない。そして高校時代の友人S君、N君、同じ宿に宿泊していた女性たちとみんなで登った浅間山。噴煙、薄の白い穂、鶯や山鳩の鳴き声・・・。あれから既に十有余年の歳月が流れている。それぞれ結婚し、社会的にも重要な地位に就いていることだろう。まさに「歳月人を待たず」である。

私は外に出てみた。裏山で乗馬を楽しんでいる少年。テニスをしている少年少女。その中にT氏の姿があった。T氏は体育大の出身とかでスポーツは万能であった。スペイン語と英語を取り混ぜて少年たちとテニスを楽しんでいるT氏。二〇歳近くになる長男を持つとはとても思えない身のこなしである。

あちこちにサボテンを見ながら裏山に上ってみる。ウチワサボテンの実。これは町中でも売っていて食すると美味しいとのことである。できるだけ大きめのを一つもぎ取ってみる。棘を避けてもいだはずが、右手の指という指は棘だらけである。仕方なくそれを放り出してテニスコートまで戻り、T氏の令嬢に棘を取ってもらう。しかし、それは取るというよりもさらに深く刺さるようだ。部屋に戻り事情を話すと、H氏が夫人に指示して刺抜きとメンタームを持ってきてくれる。私は二階の西側の吹き抜けになっている廊下で、暫く刺抜きに専念することになった。初秋とも思える穏やかな西陽の中に抱かれるようにして。小さな子供たちを持つとはいえ、やはりH氏夫妻の細やかな心遣いに、感心させられた一幕である。

手紙を書くのも忘れて眠ってしまったようだ。やはり昨夜の夜更かしとテキーラが利いたのであろうか。朝、煙草を買いに行ったついでにフロントで両替をしてもらう。アカプルコでは一ドル三三〇ペソ。ここでは一ドル三四〇ペソであった。

H氏の車に先導してもらい、途中ドローレス・イダルゴを抜けグァナファトを目指す。独立戦争の舞台になった町で、それは一八一〇年九月一五日、クリオーリョ（新大陸生まれのスペイン人）のミゲル・イダルゴ神父によって始められた。彼はドローレスにある教会の鐘を打ち鳴らし、植民地政府打倒の叫びを上げた。政治の実権がペニンスラール（スペイン本国人）に独占され、クリオーリョたちがそれを不満としていたのも原因の一つだった。

イダルゴの指揮する反乱軍は政府軍と戦い、アロンディガ・デ・グラナディタスで若い鉱夫ピピラの特攻により突撃の突破口が開かれ、勝利を収める。その後、現在のモレリアを経てグァダラハラに着く。しかし、やがて敗北し北部に逃れたが捕らわれ、一八一一年七月三〇日に銃殺される。イダルゴ神父の後継者はバリャドリー（現モレリア）出身メスティソ（スペイン人とインディオの混血）のカトリック司祭、ホセ・マリア・モレロスだった。一八一三年、チルパンシンゴで議会を開き、独立を宣言。しかし彼も一八一五年に捕虜となり、処刑された。メキシコが独立を達成するのは植民地政府軍の司令官アグスティン・デ・イトゥルビデが寝返って独立解放軍と結びついた一八二一年のことである。

メキシコ独立の父として尊敬されているのは言うまでもなく、グァダラハラで大陸最初の奴隷制廃止令に署名したイダルゴ神父であり、独立戦争で活躍した志士たちの亡骸は、メキシコ市にある独立記念塔の地下の納骨堂に手厚く葬られているのは市内散策の時に見た通りである。奴隷廃止令に署名したということは征服後三〇〇年近く経ったこの時まで、奴隷が存在したということであり、その後も奴隷に等しい存在があるのだから、やはり教会員はじめそれを許しているキリスト教の構造体質を告発しなければならないだろう。

車は右へ左へカーブを描きながら坂道を上っていく。突然視界が開け、街が姿を現す。海抜二〇〇八メートル。人口約七万。山間の街グァナファトである。植民地時代世界最大の金銀鉱山町だった頃には人口一〇万余を数えたという。タスコの街と同様に銀鉱石が敷き詰められた舗道。そして入り組んだ家並み。起伏に富んだ街並みである。さらに坂を下り、急勾配の坂を上り切ったところ、市の西端に市営墓地（パンティオン）があった。ここにはロッカー式の棺桶入れが四方の壁に三〇〇〇近くあり、死体を入れ密封すると四～五年で自然にミイラになるという。ムセオ・デ・ラ・モミアス（ミイラ博物館）には、老若男女合わせて二〇〇体以上のミイラが不気味に立ち並んでいた。古いものは衣服も傷み、骨ばった体を露出させている。金歯をした者、上や横を向いた者、丸坊主の者、ふさふさした頭髪の者、露わにされたままの男女の陰部、そのままの陰毛・・・。人間としての男女の機能の違い、そこから敷衍される互いへの思いやりや平等といった性教育の出発点、そこに人間教育の原点があるようにさえ思えるのだった。

「死んでまでこんな姿になりたくないですね」とT氏。

日本人的発想だと私は思った。どこかに漂っている美意識。人目に晒されているといった羞恥心（恥の感覚）。しかし、それらは「生」があって初めて成り立つものであり、死んだ者にはあり得ないことである。「生あるうちに己の道を歩め」と私は思う。自分に納得のできる生き方。納得のできた生涯。それは目の前にしているミイラの数々の姿の中にも表れているように見えた。堂々と立っている者、前かがみの者、空ろな視線を投げかけている者、腕をだらしなく垂らしている者、腰の角度の違っている者（片方の足に力点があり、どちらかの肩が下がっている）。穏やかな安らかな顔（ドクロ）。それらはもちろん納棺の仕方や時間にも大きく左右されるに違いない。

しかし、私にはその人が現実に生きている時の生き方に、問題があったように思われてならなかった。私は人間の死体の実物を見るのは初体験だったのだが、奇妙なことにこれらのミイラはまさに生の延長という感覚に捕えられていた。ごく自然な当たり前の事象としての死。出生が一つの点であるのなら死もまた一つの点である。土葬や焼葬にはどこか来世信仰が付きまとい、死者に対する哀れみや過去を美化するものが付きまとって離れないのだが、ミイラのようにこうあっけらかんとあからさまにされると、現実の人生をどう過ごそうかと戸惑う考えも多数出てくるのではないだろうか。土葬や焼葬のように死後の行方もわからないといった、人間の感覚の内部に残る「未死感」、やがて廃土と化したり煙になって空に立ち上ることよりも死後の世界が歴然としているし、「こんな生き方をするなよ」とか「こうやって生きなさいよ」と亡骸たちが語りかけてくるようであった。「ミイラ博物館」と呼ぶよりは「人生思索博物館」「思索の館」「自己反省の館」と言ったほうがいいように思えるのだった。もちろん、わざわざ死んでまで人目に晒す必要もないのだが、死を凝視し死と対話するには手頃であり恰好な場であった。

「怖い！」

H氏の五つになる男の子がおどけながら言う。

「怖い！」

兄の真似をする三つになる少女。

そして両親の腕の中に甘えて逃げ込むおチビちゃんたち。それは生の延長線上にある死よりも、むしろフランケンシュタインやノートルダムの背むし男、狼人間といったお化けや怪物の仲間の一つとして、彼らには映っていたに相違ない。だが誰もがいつかは直面しなければならない問題であり、逆に「死を凝視することによって今をいかに生きるべきか」ということはH氏夫妻が正しくリードしていってくれることだろう。

「四〇分後に車に集合しましょう」とH氏。

各人はぐれないようにムセオの一画にある土産品店に入っていく。店はムセオの脇から駐車場を取り囲むようにしてコの字型に並んでいた。

H氏の男の子は父親と、女の子は母親と手をつないで。T氏も家族で出向く。

皮の水筒（西部劇に出てくるものだ）。籐のかご。ワンピース。金銀細工。黒曜石の小像。オニックス製の灰皿。チェスのセット。陶器のコーヒーカップ。取手のある湯飲み。ソンブレロ。ドクロの貯金箱。財布・・・。それらは天井から吊るされたり台の上に並べられたりしていた。

景観が素晴らしい。谷を挟んで前方遥かに岩山の連山。西部劇に登場するインディアンとの戦闘場面、そんな感じである。私は土産品店の女主人（二〇歳くらい）に頼み、写真を一枚撮ってもらった。感じの良いセニョリータであった。

喉が渇く。H氏が子供たちと手をつなぎながら歩いてくる。私たちは広場の入口にあったフルーツ店でそれを買うことにした。パパイア、マンゴー、スイカ、それらのカットされたものが入ったカップ。それにフォーク。乾き切った空気。澄み切った青空。色鮮やかなフルーツたち。美味である。食べ終わったカップを店の所にあるごみ箱まで捨てにいくH氏の子供たちについていく私。

車は急勾配の坂道を降り始める。グァナファトの市街が一望される。一幅の絵のように美しい小さな町である。四、五頭のロバに荷を積んだ少年とすれ違う。通り過ぎるまで停車して待つ。荷が車の脇腹をこすったようだ。しかし、何事も起こらない。寡黙に坂道を上っていくロバと少年。長閑な午後のひと時である。車は町中に入り、地下道へ降りる。アーチ形の天井。石組の横壁。町の端から端まで続く地下道。それは増水期の排水路として作られたものだそうであるが、今では自動車道と遊歩道になっていた。右手の地下駐車場に車を預け、石段を上り地上へ。ハルディン・デ・ラ・ウニオン（市の中心部にある公園）を右手に、サン・ディエゴ教会、ファーレス劇場を左手にしてイダルゴ市場へ赴く。

山と盛られた色とりどりの果実（リモン・トマト・バナナ・パパイア・マンゴー・スイカ・リンゴ・・・。新鮮な肉。野菜。魚。小麦粉のお菓子。玩具。ノートブック。化粧品。貴金属。煙草。ガム。二階には衣料品。日用雑貨品。家具。寝具。ソンブレロ。・・・。さながら在りし日のテノチティトランを思わせるように、ありとあらゆるものが山と積まれ、あるいは陳列されていた。これらの品物は、近郊はもちろん遠くユカタン半島や海沿いのベラクルス、カリフォルニア半島などから来ているという。

メルカード（市場）は、学校の体育館をそのまま市場に改造したような雰囲気である。かって、その建物は教会だったとも言われている。鉄製の骨組みをした簡単な作りだったのだが、言われてみるとそう思えるから不思議であった。

H氏がレストランの場所を尋ねる。もっと西のバスターミナルのほうだという。しかし、それらしいものは見当たらず、今度はグループで歩いてきた女性たちに尋ねる。それならもっと東（ファーレス劇場）のほうだという。そして我々が日本人だとわかると急に親しくなり、店まで案内すると言ってくれた。グァナファト大学の学生たちだそうで、私たちはコミーダ（昼食）を頼み、彼女たちは各々ジュースを注文。

大学は一七三二年にイエズス会によって創設されたもので、建物は淡い緑色の石で造られているとのこと。そして町の広場を舞台にセルバンテスの古典劇を演じたり、エストゥディアンテーナと呼ばれる男性コーラスグループが中世スペインの学生のユニフォーム姿で夕方の町に繰り出し、美しい合唱を聴かせるという。また、革命にゆかりのあるピピラの像やアロンディガ・デ・グラナディタス（独立戦争の時に植民地政府軍がここを要塞として立て籠もったがピピラの決死の特攻で革命軍が勝利を収める。しかし、その後政府軍に落ち、革命の志士イダルゴ神父たちは処刑され晒し首にされた）、そして内部を金で装飾したラ・コンパニーア教会、さらにポシトス通りにはメキシコ壁画界の巨匠ディエゴ・リベラの生家があるとのこと。

市からドローレス・イダルゴに抜ける国道一一〇号線を四～五キロ行ったところにラ・バレ

ンシアーナ教会があり、それはチュリゲレスク様式の装飾が見事で、金色の祭壇の華麗さは必見だという。その教会は、インディオを酷使して世界の銀の四分の一を産出していた銀山王バレンシアーナ伯爵が、巨費を投じて建立（一八世紀後半に）したものであるという。

残念ながら私たちにはそれらのすべてを見学する時間はなく、彼女たちと楽しく語らい合えただけでも充分に雰囲気が理解でき嬉しかった。料理の出来てくるまでの短くも楽しいひと時。「東京で会いましょう！」と言い残して去って行く彼女たち。大きな黒い瞳・瞳・瞳・・・。そこには、夢と希望と未来に向かう溌溂とした明るさが漲り、若々しく生き生きと感じられたのだった。

一路、サン・ミゲル・デ・アジェンデに向かう。

狭い道。カーブ。起伏。カーブ・・・。これらの連続である。車は坂道を喘ぐようにして上っていく。やがて先導車を務めるH氏から停車の合図。T氏の車が右の路肩に徐行。続いて私たちの車も徐行し、停車。

「どうもエンジン系統がトラブルらしい」とH氏。

「ガス欠では・・・」とM氏。

「ガソリンは半分はあるはずです」とH氏。

ボンネットを開けて覗き込む男性たち。

「吹かしてみて・・・」とM氏。

H氏は何度もエンジンを吹かしてみる。しかし、一向にエンジンはかからない。

「オーバーヒートするといけないから後ろから押しましょう」とT氏。

「すみません」

恐縮しながらH氏は、T氏の申し入れで再スタートする。なだらかに続く上りのスロープである。五分・・・、一〇分・・・。しかし、H氏の車はついに自力で再スタートすることはできず、「少し休みましょう」というM氏の言葉で、一同小休止する。その間もH氏をはじめM氏T氏は車のメカニック部分を覗き込んでいる。

「どうもガソリンが噴霧状態にならないみたいですね」とH氏。

「町まで修理工を捜しに行ってきましょうか?」とM氏。

「グリーン・エンジェルを待ちましょう」と私。「この天気だし、少しくらい待ってもそのうち通りかかるでしょう」

しかし五分待っても一〇分待っても車は通らず、峠道を反対から上ってきた若者が二人、私たちに軽く挨拶して町のほうへ降りていったきりである。やがて腹部にオレンジ色の矢印のある急行バスが町のほうへ下りていく。そしてトラック。町から上ってきた乗用車。なぜか町へ下りる個人所有の車は通りかからない。

三〇分は過ぎたであろうか。フォードの小型トラックが通りかかる。私たちはみんなで手を振ってそれを止め、H氏が事情を話す。車から二人の男が降りてきて、ボンネットの開けたままのエンジン部分を覗き込み、エンジンを始動させるように合図する。原因はH氏の考えていたことと一致したのだが、部品がない。町の修理工場まで案内するからとのこと。油に汚れた手・手・手・・・。しかし彼らはH氏の差し出す謝礼を受け取ろうとしない。困った時はお互いさま。同じドライバー仲間。それも彼らから見れば外国人の。そういった気持ちのようである。H氏はM氏の車で彼らのフォードを追って下山する。暫くの休憩である。

山頂に取り残された二台の車と私たち。西に傾きかけた日差し。幸運なことに私たちは道路を通すために切り開かれた山を背にすることで、日陰の中にいることができたのだった。近くには小さなウチワサボテン、灌木の林。遥か彼方にグァナファトの市街が見える。谷間を堰き止めて作られたダムが見える。数日前の豪雨のせいであろう、黄土色の水を満々と湛えていた。

三〇分もすると、H氏とM氏がメキシコ人の修理工を伴って戻ってきた。彼はH氏の説明で故障個所の見当が付いていたらしく、その部分の部品を外し分解してみせる。確かにガソリンは噴霧状にならず、その中に溜っていた。修理工は手際よく部品を取り換え、エンジンの再始動を指図し、四、五回テストをし、OKのサインを出す。そしてエアーの取り入れ口が詰まっているとのこと。近々交換したほうがよいとのことであった。

Ｈ氏は直ったばかりの車にＭ氏と修理工を乗せて、町まで下山。往復一時間もあれば戻ってくるだろう。私は車の中でＥ・Ｓ嬢への手紙を書き始めていた。それはコマンヒージャの風景やグァナファトのミイラや革命のこと、教会に関することなどであった。

・・・・・

・・・・・

銀山の開発や採掘にインディオの奴隷が酷使されていたことには脅威を覚えますね。何の権利もないカトリック教徒のスペイン人たち。同じ「神の子」としてインディオも既にグアダルーペ聖母を礼拝していたはずです。ちなみにグアダルーペ聖母図像がファン・ディエゴによって告知されたのは一五三一年のことであり、コルテスによるアステカ征服の一〇年後のことですし、イダルゴ神父によって新大陸で初の奴隷廃止令に署名されたのは一八一〇年頃のことで、三〇〇年近くもの歳月が流れ去っていたのです。

スペイン植民地時代の市街や建物はその大半が彼らインディオの血と汗と涙で築き上げられたと言っても過言ではないでしょう。毎年スペイン本国から人々が渡って来たのだとしても、たかが知れているからです。まず何よりもスペイン人の布教活動によって同一の宗教を信じている者が、酷使したりされたりの立場にあったこと自体が問題ですね。白い聖母のマリア。褐色の聖母グァダルーペのマリア。そして同一の宗教カトリック。さらに奴隷の存在。(もちろんカトリックに同化しないインディオのいたことも想像に難くないのですが)。一体これらは何を語ろうというのでしょうか。まさに同じ宗教を信じながら、同じ宗教を信じさせられながら、インディオたちには、神の名を呼び続ける以外、どこにも救いがなかったということです。

視点を変えれば、奴隷の存在を許した司祭があり教会があり教皇があったということであり、それらは時既にキリスト教の本質、イエス・キリストの訓令・教えを離れ、巨大な権力機構として君臨していたということでしょう。

喜望峰の発見（一四八八年）。新大陸の発見（一四九二年）。インド航路の発見（一四九八年）。ブラジルの発見（一五〇〇年）。マゼランの世界周航（一五一九年〜一五二二年）など。

地理上の発見に伴う紛争解決のために境界線を定めたのが、他ならぬ教皇アレクサンダー六世だったのです。

一四九三年、スペイン、ポルトガル両国の通商植民活動上の争いを調停するために、アゾレス諸島の西方を通る子午線を境に、東をポルトガル、西をスペインの範囲とし翌年境界線は西に移動。ポルトガルが東洋、スペインが新大陸で活動する基礎を作ったのです。そして、新約聖書コリント前書にあるように、異教の神はデーモン、つまり悪霊だとして厳しく排斥され、征服者（キリスト教）に逆らうものや同化しないものはすべて邪教であり悪魔とされ奴隷化されたのです。

一体彼ら征服者たち（教皇を含めて）は、自分たちの発見した土地には誰も住んでいないとでも思ったのでしょうか。それとも、ここは神の土地であり自分たちだけが神の子であるから自分たちのものだ、とでも思ったのでしょうか。それとも、インディオは人間ではないと思ったのでしょうか。はたまた、自分たちこそ人を漁（すなどる）者だと考えたのでしょうか。それにしても思い上がりも甚だしく、「驕るなかれ、殺すなかれ、隣人を愛せよ」などと説くキリストの言葉は一片もなく、どう見ても人間の心さえ失っているとは思いませんか。

救いがあるとしたら、遅まきながらもクリオーリョのイダルゴ神父がこれらの欺瞞や偽善に対し立ち上がり、叫びを上げたことです。何故なら、体制の欺瞞や偽善のからくりを一番よく知っているのは他ならぬ体制側にいる者であり、また、彼が一声叫びを上げれば外部の者も同調しやすいからです。悪く言えば神父であった彼が叫びを上げたのは、まともなキリストの教会員であり信者であれば当たり前のことであり、一般の人々にさえ奴隷の生活やその過酷な労働の姿を見たら黙っていられない心というものがあったはずです。また一介の、それも名もないインディオの奴隷が反旗を翻したところで、仲間のインディオに取り押さえられるかスペイン人に即座に銃殺されたことでしょう。ともあれ、教会内にもまともな神父がいたということについては、メキシコ独立の父イダルゴと呼ばれるのに異存はないでしょう。ただ一点を除いて・・・。それはスペイン本国からの独立ばかりではなくて、カトリック教から独立した、宗教から独立した「人間」の国の樹立を目指しての独立をしてほしかったということです。

独立戦争の後継者にメスティソの司祭、ホセ・マリア・モレロスがいたということも、この戦に光を投げかけてくれるでしょう。スペイン人とインディオの混血のメスティソ、そして司祭。一五二一年頃、既にコルテスによって子息に流れていたインディオ女性マリンチとの血。混血。それが、三〇〇年後には司祭という社会的地位を得ていたということは素晴らしいことです（イダルゴ神父同様宗教からの独立をも含めて戦ったのだとしたならですが・・・）。

当時クリオーリョやメスティソはスペイン人からもインディオからも疎外されていた（インディオからはスペイン人として、スペイン人からは植民者の子として）のですが、一七〇〇年、スペイン本国がハプスブルグ王朝からブルボン王朝に移り、メキシコがフランスの影響を直接受けるようになった時、ブルボン王朝の数々の改革の中で彼らはその場を与えられていきます。中でも植民地防衛を強化するためにとられた軍政の改革によって設置されたミリシア（民兵制）が彼らに門戸を開いたため、それまで植民地統治機構から締め出されていた彼らを引き付け、その結果多数のクリオーリョやメスティソが民兵に参加し、やがて独立戦争で活躍することになるのです。一八〇〇年頃にはクリオーリョ人口は一〇〇万人を超え、一部上流階級ではモンテスキューの『法の精神』やジェファーソンの『アメリカ独立宣言』など、啓蒙思想に満ちた時代の夜明けを告げる書物が読まれ、それらについて意見交換をしたりするクリオーリョの会があったのです。またメスティソは二五〇万人に達しており、当時の総人口は六〇〇万人くらいでした。

いずれにしても、この権力としての偽善に満ちたキリスト教会側から、キリスト教から独立しない限り、この世での幸福は永遠に訪れて来ないでしょう。

（先日貴女に送ったキリストに関する部分を読んでいただければおわかりになると思いますが、諸々の宗教や政治体制についても同じことが言えるでしょう。何故なら一度出来てしまった機構や習慣はよほどの刺激なり力が加えられない限り、次の体制へも移行され継続されるからです。それらは多少変形されることがあっても）。

もう一度キリスト教を振り返ってみましょう。

「キリスト教はゲルマン人（異教徒）の冬至の祭りを取り込んでクリスマスに変容させ、

チュートン人の春分の祭りを受け継いで復活祭に変容させた。（中略）一般的に言って新しく入り込んだ高等宗教が土着の宗教を征服した場合、新しい宗教は古い宗教を何らかの形の記憶として自らの中に取り込むかそれとも古い宗教の記憶をすべて消失してしまうかのどちらかである。しかし、キリスト教が異教の祭りに対してとった態度はともかくとして、神々に対してはそのどちらとも違う第三のものであった」として、「記憶に対する呪詛」をこの本（山下正男著『動物と西欧思想』）の著者は採り上げています。つまり「民主の記憶にあった異教の神々はここでは悪魔に変身させられるのである。ところで悪魔とはもともと神に楯突くものと言う意味である。（中略）日本の場合、八百万の神といわれるが、キリスト教では確かに神は唯一ではあるが悪魔の数は実に一億を超えているのである」。

これは、山下正男著『動物と西欧思想』からの抜き書きですが、キリスト教会の他宗教への対し方が述べられており興味を惹かれますね。

つまりクリスマスや復活祭は異教からの移入に手を加えたもの（日曜日も他からの移入ですが）であり、アステカの神々は悪魔に変身させられたのであり、坊主憎けりゃ袈裟まで憎い式に原住民は蔑視され、疎外され続けたのです。そして、グレゴリー一世によって古い祭儀の行われた場所に教会を建てよと命じられたのは紀元五九〇年頃のことであり、これらのことを考えればグアダルーペ図像はまさに捏造されたものではないかと言えるのです。星々の散りばめられたマント。これはアステカの貴婦人が纏っていた宝石を散りばめたマントからの着想であり、白いマリアをインディオに相応しく褐色にしたらグアダルーペ図像は出来上がるのです。ちなみにグアダルーペ寺院の立っている場所は、かつてアステカの人々の信仰の地でもあったとのことです。

前後しますが、テノチティトランや諸々の都市が破壊され、その祭壇のあった場所に教会が建てられたのは、コルテスや従軍司祭の発想ではないということです。既にゲルマン諸国を教化して、その勢力を背景に東ローマ帝国に対し教皇権の独立と首位性に努めたグレゴリー一世の命令に則り、それを遵守したに過ぎません。先に述べたトルテカ族がテオティワカンを滅ぼしアスニーカ族がそれを踏襲したのではないかという推論は、ここに根拠があるわけです。つまり、ケツアルコアトルとウィチロポチトリの二神があったということは、テオティワカンの時代は軍神ウィチロポチトリはなくテスココ族の王子ネッサルコヨトルはトルテカの血を引くにもかかわらず人身犠牲を嫌い、さらに遡るとミシュコアトルの子ケツアルコアトル（この名を命名した時、父王は戦士的生き方や当時の思潮に懐疑的であり、心底では平和を望んでいたのではないだろうか）にたどり着きます。もちろんアステカ族にもトルテカの血を引く軍国的なアカマピチトリを迎えたことがありますが、武勇に優れ、知者ですべての民に信頼されるトルテカ族の血を重んじてのことでしょう。山下氏の論を敷衍すれば、同時に二神を持ったということは先にあった異教の神々を同化しようとしたことになるわけです。

同著には注目すべき一つの例として、七世紀の東イギリス王は一つの寺院の中に二つの祭壇を所有していたことを記し、一つはキリストに対する献身のための祭壇であり、一つは悪魔（今までの自分たちの神）に対して犠牲を捧げるための祭壇であり、つまり、その王は二つの主（神）に仕えたのだとしています。こうしてみますとグレゴリー一世の論と山下氏の論の上に絶えずケツアルコアトルの再来にびくびくしていたモンテスマ二世の姿が浮かび上がってくると思います。伝説上の善神ケツアルコアトル、実在した善人ケツアルコアトル、そしてトルテカの血を引くテスココ族の善王ネッサルコヨトル。テスココ族は三国同盟後やがてアステカ族に滅ぼされます。もちろんテオティワカンをトルテカ族が滅ぼし、アステカ族がそれを踏襲します。アステカ族がトルテカ族を滅ぼしたというのは推論でしかありません。

ついでですからもう一つ。テノチティトランでの人身犠牲、そしてキリスト教会での毎日のキリストの十字架に張り付けられた像の礼拝。どちらも人々の視線を集中させる、つまり、注目させるにはうってつけの対象物であり、どちらも血を伴う死によって象徴されているのは興味深いことです。アステカでは明日もまた太陽が空に昇ってきてくれるように、つまり、太陽の生命（運行）を続けさせるために、キリスト教では人々のすべての罪の贖いのために。一人の死刑者によってすべての人間の罪を贖い、新生として生存を続けさせるために犠牲になったのです。アステカでは毎日それは続けられ、キリスト教ではその後十字架に張り付けにされ、血を流しているキリスト像、あるいは単なる十字架、あるいはキリストを生んだマリア像が現れ、あがめられるようになります。

十字架とはまさに枷のことであり、拘束のことです。やがてキリスト教徒を拘束し、それに反対する者を悪魔として退け、過激なものは戦士となり軍隊を組織（十字軍など）し自分たちの意に反するものは打ち倒すといった巨大な権力機構へと変貌していきます。人身犠牲がある種スポーツのように行われた「陽」の部分だとしたら、キリスト教の礫は人々の心に沈潜し拡大していく権力の「陰」の部分と言えないこともないでしょう（もちろん私のここでいう権力とは、ある種の力によって人々の気持ちを結束させることですが）。

それはピラミッド上の神殿から太陽に向かって捧げられるおおらかな太陽神賛歌と、俯いて懺悔する惨めな仔羊儀式の相違なのでしょう（同じ天にいます父を祈るにしては態度が違い過ぎるのに驚かされますね）。

ちなみに、アステカ王国の滅亡後も太陽は昇り、伝説は終わりを告げインディオの大半はキリスト教に改心させられていくのですが、キリスト教の場合は長崎の隠れキリシタンのように弾圧されても抑圧されても深く潜行していきます。

人間の感覚は、繰り返しそれをされることによって麻痺してしまうものです。毎朝人間の血の捧げられるのを見ていればそれが当然のこととなり、血を恐れなくなり、毎日キリストの磔の図を見せられたり、その状況を語りかけられたら嫌でもそれを覚え、条件反射的にそれらに追随するようになるものです。「あなたの罪そして私たちの罪をキリストは一身に引き受け血で贖ったのです」と毎日繰り返し聴かされたら、誰一人としてキリストに頭が上がらなくなるでしょう。その言葉を伝道する、みずからを「人を漁（すなどる）もの」と思い込んで疑わない、祭職者、教会関係者を除いては。つまり大人が子供に怖い話を聞かせ、子供を諭すのと同様に大人や教会員は、その裏側で笑っていられるのです。「可愛い子供たちよ！」「従順な仔羊たちよ！」と言って。

他の神々や宗教を嫉むエホバの神が、神の姿に似せて人間を創ったのですから、人が人を嫉んだり邪心に走ったりしたとしても何の不思議もないのでしょう。

エスパニョーラ島でコロンブスが行ったこと、この世の楽園であったインディオたちの平和で長閑な共同体生活。何か事件があれば酋長たちが集まり、会議の末一つのことに当たったというきちんとした情報システム、そして裁量システム。さらに必要以上に物を欲しがらないといった彼らの生活。それらをことごとく破壊し、原因を原住民であるインディオに押し付けたことの罪は決して忘れられてはならないことであり、彼ら征服者たちは曲がりなりにもクリスチャンであり、メキシコ征服を画策したコルテスもこの島に滞在していたことがあり、これらの生々しい事件やそのやり口を既にこの島で身に付けていたことを知ってほしいのです。

エスパニョーラ島では、一年間でインディオの一〇パーセントが死に、一四九二年から一五一六年の間には二〇〇万人いたインディオは〇人になり、一五五〇年頃にはアフリカから連れてきた黒人奴隷が一〇万人いて、サトウキビの栽培に使役されたと記録されています。

何よりも「新大陸」とか「新世界」という呼び方自体、西欧中心の発想であると言っておきましょう。何不自由ない暮らし。犯罪もなければ食することにも困らない、より以上のものを求める必要のない人々を、原始人呼ばわりすることほど醜悪な思い上がりはないでしょう。「必要は文明の母」と言われますが、石・銅・鉄・（合金）・核融合への科学の進歩の道はまさに人が人を殺す大量殺人の発展段階に呼応しているのです。否、それらは人を殺傷するために発見・発明されたといってもよい位です。

メキシコ征服時代のスペイン人の持ち込んだ大砲・銃・馬・帆船・蒸気船、その尻馬に乗った教会・クロニスタたち。対するインディオの棍棒・石矢・弓・投石器・木刀・・・。子供に訊いてもどちらが勝ったか歴然としているでしょう。コロンブスやコルテスそして彼らの部下たちにとって重要なのは、いかなる理由をつけて彼らに戦を仕掛け挑みそれを正当化させるかだったのです。そして教会員は頭から彼らを野蛮人と決めつけ異教徒と決めつけてかかったことに問題があったのです。

そういえばアギラールの片棒、ユカタン半島に残ったゲレーロはなぜ現地に残り、インディオに同化したのでしょうか。身体に入れ墨をし、既に妻子がいたというただそれだけの理由からでしょうか。私には彼が文明から逃避したとも思えません。何故なら後に彼はスペイン人侵略者たちとインディオを率いて勇敢に戦うことになるからです。逃避だとしたら戦わずに密林の遥か彼方へ逃げ去ったことでしょう。彼、白人のゲレーロを迎え入れ一緒に暮らしたインディオたちこそ、原住民を殺したキリスト教徒のコロンブスやコルテスよりよほど人間的であったと言えるでしょう。

・・・・・
・・・・・

心地よい温もりの中で、いつしか私はまどろんでいた。

H氏、M氏が戻ったのは、出かけてから二時間も経った頃だった。途中、故障があったのではなく、ついでに例のフィルターを取り換えたり点検整備をしてきたとのことだった。しきりに恐縮しているH氏夫人そしてH氏。私はかえってグァナファトの遠景を心ゆくまで堪能でき、独立戦争について思索することもでき、都合が良かった。自動車にはトラブルがつきものであり、ごく自然なことだったし、何よりも澄んだ空気、青空の下でひと時を過ごせたことがかえって嬉しかった。

我々のキャラバンは一路サン・ミゲル・デ・アジェンデを目指す。一六時を少し過ぎていたであろうか。低草木の大地。行けどもトウモロコシやサトウキビ、豆類の畑・畑・畑・・・。そしてメキシコ杉・・・。湖を右手に見ながら車は疾駆する。周囲は次第に明るさを失い、暗闇の世界に覆い包まれていく。西空を染めるオレンジ色の光。真赤な太陽。遮るもののないメキシコの大地。こんなに美しい日没があったであろうか。澄み切った空気の為せる業であり、故障事故のためにかえってこのような美しい風景に出会えたことに感謝したのだった。

日没とともに、疾走する車のスピードに比例するかのように冷え込んでくる外気。先導車に遅れまいと追走する二台の車。我々のキャラバン以外、前方にも、後方にも車の灯りはなく、外灯もなければ対向車も来ない、まさに暗黒の中への疾走であった。

道はなだらかな上り坂にさしかかり、次第に家々が側道に建ち並ぶ舗装された道につながっていく。家は外国特有のもので、道に沿って壁面が連なり、入口だけがぽつりぽつりと道に面してその扉を閉ざしていた。後でわかったのだが、入口から中に入るとぽっかりと広い中庭があり、樹木や花々が植えられていた。

　車は町の中心部に出る。海抜一八七〇メートル。人口六万人を擁するサン・ミゲル・デ・アジェンデの町である。この街は一五四〇年、ファン・デ・サン・ミゲルという僧侶によって建設されたのだが、その後、この街からメキシコ独立の立役者の一人、イグナシオ・アジェンデが出たので、彼の名も町の名に付け加えられた。

　ソカロでは演奏会が賑やかに繰り広げられ、町のそこここから人々が集まって来て、歩いて来る者自動車で来る者でごった返しており、車道と歩道の際にはびっしりと車が駐車されていた。我々はポサダ・デ・サン・フランシスコに宿を予約してあったのだが、ほとんどの道が一方通行のためなかなか目指すホテルに到着できず、さらに駐車場を探すのに一苦労だった。ホテルはソカロのすぐ目の前にあったのだが。

　部屋で一休みし、二一時頃食事に出かける。外は涼しいというよりも肌寒いくらいである。ソカロでは相変わらず賑やかにバンド演奏が続いている。イタリア料理店ママミアはホテルから歩いて五分の所にあり、露天の中庭をレストランにしたものであり、大変な賑わいである。ギターの弾き語り。それに入れ替わって、ギター・ベース・笛（ケーナ？）のトリオによる生バンドの演奏。次々にメキシコの有名な曲や音楽が奏されていく。時に静かに、時に激しく、シックに、そして情熱的に。カンツオーネの数々も・・・。

中庭という切り取られた空間が闇と相伴って、私たちを夢の世界へと運んでくれるには充分だった。ここママミアまではソカロの喧騒も届かず、自分たちの好きな曲をリクエストすることもできたし、我々東洋人をあえて意識する人もいない。思い思いに食事を楽しみ、音楽を楽しむ人々。若い恋人たち。中年のアメリカ人の夫婦。四、五人の団体客・・・。自由とは他人のプライバシーに干渉しないことである。

私は「コンドルは飛んでいく」をリクエストし、そして私たちは食べきれないほど種々のものを注文し、ビノやセルベッサを楽しむ。美しいセニョリータ、ウェイトレス。でっぷりと太って逞しいイタリア系のウェイトレス。ハンサムなボーイたち。手際よくメニューを処理するコックたち。若々しいギタリストやバンドマンたち。椰子の樹やブーゲンビリアのある庭の植え込み・・・。親しみやすく感じの良い店だった。

ホテルの中庭を通り、各自の部屋に分かれる。ソカロでの演奏会も一段落したようである。人々の姿もまばらに、植え込みの木々が黒々と闇に閉ざされようとしていた。もうすぐ午前〇時であった。

私はE・S嬢へ手紙の続きを書こうと思った。

さて、コルテスの征服から三〇〇年、イダルゴ神父や今泊っているサン・ミゲル・デ・アジェンデの地名にもなっているイグナシオ・アジェンデやホセ・マリア・モレロス（彼も地名として名を残している）の決起により始まった独立への戦いは、政府軍司令官アグスティン・デ・イトゥルビデの寝返りにより一〇年後には一応成功します。しかしそれは一八二七年にクリオーリョたちがペニンスラールを国外追放しただけであり、体制そのものが大々的に変革されたものではなく、メスティソやインディオの生活が急激に豊かになったわけではなかったのですが、次第にメスティソが社会的に進出していく基盤と社会的に目覚めたことが強調されるでしょう。ここに独立時の死者数とアステカの人身犠牲の数の概算値を記してみましょう。

独立戦争で死亡した者　六〇万人

アステカの建国からコルテスの侵入までの人身犠牲　一三万人（一日一名として）

（一一六八年～一五二一年）

神殿の完成祝いなど特別祭典などの犠牲　二万人

他部族との戦での死亡　X人

スペイン人入植後のインディオの人口は
一五二〇年頃　二五〇〇万人
一六二五年頃　一〇〇万人（出典不明）
差し引き二四〇〇万人はどこへ・・・？

独立戦争の一〇年間で死亡した者の数のほうがアステカの人身犠牲より遥かに多く、アステカ滅亡一〇〇年後のマイナス二四〇〇万人のインディオは、その大半が鉱山の開発や都市造りの過酷な重労働で死に追いやられたことになります。それらの虐待行為はコロンブスのエスパニョーラ島における書物、ラス・カサスによって著されたものを一読すれば類推できるでしょう。エスパニョーラ島では僅か一〇年間で二〇〇万人もいたその島の原住民は一人残らず死に追いやられたのです。

メキシコを含めたアメリカ大陸は、コロンブスによって発見されたのではなく、スペイン人によって発明されたといった歴史学者がおりますが、まさにその通りだと思います。それもエル・ドラドを夢見る一握りの悪しきスペイン人。そしてそれを追認した教会員や管理職のキリスト教徒たちによって。まさに改心しなければならなかったのは、彼らのほうだったと言えるでしょう。

このように書くと「質が違う」とか「時代の為せる業」だとか、アステカの人身犠牲を認めるのかと思われるでしょうけれども、何人も他人の生命を故意に奪う権利は赦されていないということです。「汝を愛する如く隣人を愛せよ」という教えこそ、宗教を超えて人間としての本道だと思うからです。ちなみに現在（一九八五年）の純粋インディオの人口はメキシコ国内で三〇〇万人と言われています。

メキシコの独立戦争に先立ってアメリカの独立、フランス革命があり、ルソーの社会契約論、エミール・アダム・スミスの国富論があり、中でもアメリカの独立宣言に謳われた基本的人権、それを擁護しない政府に対する抵抗権などは、クリオーリョや社会的富を蓄えつつあったメスティソの知識階級に相当な刺激を与え、発奮させる元となります。もちろんアメリカへのイギリスやフランスからの入植者たちにも、スペイン人同様の問題があったのも事実です。それは原住民の土地を奪い彼らを次第に僻地に追い詰め、逆らう者は虐殺するといった行為、そしてアフリカからの黒人奴隷の問題があったことなどですが、ここではメキシコに話題を絞ることにします。

世界史的に見れば、一八、一九世紀は世界全体が大動乱の時代だったのですが、メキシコで救いのあるのは混血が進められていったことです。メキシコには「チンガール（犯す）」、

「チンガータ（犯される）」、と言った混血を揶揄する（主としてマリンチについてそう表現されるようです）言い方があるようですが、脈々と続いているインディオとスペインの混血という血は決して卑下するには当たらないでしょう。かつてベーリング海峡（地峡だったとも）を越えたモンゴロイド（東洋）の血と大西洋を渡ったスペイン（西洋）の血がミックスされたということであり、むしろ誇りに思ってもよいのではないでしょうか。

太古の昔はどこの国でも「犯す」「犯される」の関係のものでしかなく、少数民族では子孫を残すため、近親結婚が行われていたことを思えば、血をつなぐことにかかわる以上それはメンデルの法則に逆行することになり、なんら恥ずべきことではなく、インディオ＝野蛮・未開といった西洋中心の高度文明中心の発想でものを見ているからこそ、そう思われるのでしょうが、メスティソ＝新時代の血と考えれば何も恥じることはないわけです。むしろ恥ずべきは過去の殺戮行為や征服行為そのものであり、全世界共通の恥なのです。真なる正当防衛は赦されても、攻撃は赦されないからです。

ラス・カサスは植民地主義者のすべて（参画した各国や教会員・クロニスタたちを含めて）を告発しますが、我々の時代はグローバルに全人類を告発し、過去は過去としてそれを教訓として残し、未来に向かって、血で血を洗う行為、戦争を含めた「目には目を」式の誤った報復主義（損害賠償主義であったはずです）や一切の暴力行為を否定しなければならないのです。それにはまず宗教をこそ捨て、牧人と羊といった主従関係を人間として対等な関係に修正することから始めなければなりません。未開、未文明と蔑む以前になぜ子供を諭す父親や母親の立場に立てなかったのか残念ですし、キリスト教の強化方針に問題があり、それは取りも直さず教会の縦構造、権力としての構造に問題があるということです。

飛躍してしまいましたが、メキシコはその後、共和制に移行。独立後の半世紀は中央集権主義派と連邦主義派の対立が続き、国内は混乱。サンタ・アナ大統領の時に国土の半分を失います。

一八三六年、アラモ砦の戦い。
　　テキサス州の独立。
一八四五年、テキサスのアメリカ併合。
一八四六年、アメリカがメキシコに宣戦布告。
一八四八年、国土の半分をアメリカに割譲。
一八五五年、サンタ・アナ大統領退任。

その後ベニト・ファーレスが大統領の座に就き、自由主義憲法を発布したり政教分離を断行。カトリック教会の莫大な不動産を没収。レフォルマと呼ばれる近代化への一時期を画します。しかし、一八六一年、外債の支払いの停止をきっかけにイギリス、フランス・スペインの武力干渉が始まり、フランスのナポレオン三世はメキシコの保守派と組み、メキシコ皇帝としてオーストリアのマクシミリアン大公を置きます。


一八六七年、マクシミリアンの銃殺、ベニト・ファーレス、大統領に。

一八七二年、ベニト・ファーレス大統領、心臓麻痺で急死。

一八七六年、ポルフィリオ・ディアス、大統領に就任。

一八七八年　大統領の再選禁止規定。

一九〇四年、大統領の任期を六年に改正。ディアス大統領七期に就任。

一九〇七年、ベラクルス州リオ・ブランコの紡績工場で大労働争議。

一九〇九年、フランシスコ・マデロ、反再選党を結成。

一九一〇年、マデロのサン・ルイス・ポトシ計画に基づき全国蜂起。ディアス大統領の追放。

一九一一年、マデロ大統領に。

一九一三年、マデロ大統領暗殺される。
一九一七年、新憲法発布（二月五日）。
一九二二年、壁画運動活発になる。
一九三八年　石油産業の国有化を宣言。
一九六八年、オリンピック開催。

独裁者ポルフィリオ・ディアスは途中四年ほど中断しますが一八七六年から一九一一年まで政権の座を占め、この間に外国からの資本と技術を移入し、発展も見られたのですが、一方では大土地所有制など封建的な制度がさらに強固にされ、共有地や小所有地が吸収されるという現象が見られ、それにより一部の支配階級は益々豊かになり、逆に庶民は貧困に苦しみ、これらを不満としてメキシコ革命が勃発。

メキシコ革命の父と謳われるフランシスコ・マデロは一八七三年コアウィラ州の富裕な家に生まれ、一九一〇年独裁者ディアス大統領再選に反対し国民の蜂起を呼びかけます。北部では義賊あがりのパンチョ・ビージャが、そして南部ではモレロス州でエミリアーノ・サパタが貧農たちを伴いマデロに呼応し立ち上がったのです。ディアス政権はもろくも崩壊し、亡命。一九一七年、革命の成果である新憲法がついに採択されました。これは当時世界で最も革新的な憲法と言われ、メキシコ国家の民主的な姿勢と、農民や労働者の権利が高らかに謳われています。

マデロや革命に参画した志士たちの遺骨は現在メキシコ市にある革命記念塔の地下納骨堂に手厚く葬られており、そして、ベニト・ファーレスはオアハカ周辺のサポテカ族の純粋インディオの出身ですが、現在アラメダ公園に記念碑が建てられています。

ついでですからその頃の世界情勢も記してみましょう。

一七七六年、アメリカ独立宣言。
一七八九年、フランス大革命勃発。人権宣言。
一七九六年、ナポレオン戦争。
一八〇四年、第一帝政の成立。(フランス)
一八一四年、ウイーン会議。
一八二三年、アメリカ・モンロー主義宣言。
一八四〇年、アヘン戦争。
一八四二年、南京条約。
一八五一年、太平天国の乱。

一八六〇年、北京条約。
一八六一年、アメリカ南北戦争。
一八六三年、リンカーン、奴隷解放宣言。
一八六八年、明治維新。
一八六九年、スエズ運河開通。
一八七一年、パリコンミューン。同ドイツ帝国の成立。
一八七七年、インド帝国成立。
一八七八年、ベルリン会議。
一八八一年、アフリカの分割。イギリスの縦断・フランスの横断政策。
一八九四年、日清戦争。
一八九八年、義和団の乱。
一九〇四年、日露戦争。
一九一〇年、南ア連邦の成立。
一九一一年、辛亥革命。
一九一二年、中華民国の成立。
一九一四年、第一次世界大戦、同パナマ運河開通。

一九一七年、ロシア革命。

一九一九年、ベルサイユ条約。ワイマール憲法。ガンジー・非暴力不服従運動開始。

さて、人は生まれた時は裸であり、環境によって育まれていくものです。すべてとは言えませんが、キリスト教国ではキリスト教徒に、イスラム教国ではイスラム教徒に、仏教国では仏教徒に、そしてウィチロポチトリのアステカ軍事国家では戦士に。

しかし、人間とは何か。人間はこれで良いのかを問いただすことのできるのも、人間が他の動物と異なるところです。火を使うこと、言葉を使うこと、道具を使うこと、立って歩くこと、それればかりではなかったことを記しておかなければなりません。

人間が社会的動物であることは前にも話しましたが、それは善にも悪にも変わり得るということです。しかし、連綿と、滔々と、続く人間の生命の中には、死を悲しみ、他人の不孝を悲しみ、人々の幸せを喜び、様々なことを楽しみ、笑い、嘆き、怒り、叫び、泣き・・・、といった感情や心があることを忘れないでほしいのです。それは他者の存在、自己の存在に気付き、その本質において何一つ自他の異なっていないことに気付く心の成長の問題です。

豊かな教育。学問ばかりではなく人としての豊かな心の教育こそ、今後、世界に向かって問われなければならない問題です。

人に対し、「我・それ」の関係をではなく、「我・汝」の関係をより広く発展させていくことこそ、豊かな未来社会を築き上げる第一歩になるはずです。

私はここまで書き、続きは後日書くことにした。H氏、T氏、M氏の家族も深い眠りについているようである。物音一つしない静かな夜であった。


人々の足音。話し声。タガネで石を削る工事の音。メキシコの人々の仕事に取りかかる時刻は早い。朝七時頃であろうか。教会の鐘が鳴り響く。狭霧の、高原の町に・・・。

M氏夫人もこれらの物音に目覚めたのであろう。ポットでお湯を沸かしていた。カーテンの開かれた窓外にはソカロの緑樹を挟んでラ・パロキア（教区教会）の堂々とした姿が一望された。それは一九世紀末、インディオの血を引くセフェリーノ・グティエレスがフランスの一枚の絵ハガキをヒントにして、杖で地面に設計図を描きこの偉業を成し遂げたと伝えられる、淡いピンクの色の、まるでケーキで作られた小人の国のお城といった、トンガリ帽子の尖塔のあるゴシック建築の傑作であった。

M夫人にコーヒーを入れてもらう。高原の所為か室内はひんやりして肌寒いくらいである。

M氏も姪も起き出し、T氏夫人、H氏夫人も顔を見せる。一日が動き始める。

食事までの時間を利用し私は煙草を買いに出た。日本から持ってきた煙草は一本残らず喫ってしまったのだった。開店したばかりのストアでは釣り銭がないため、仕方なく例の新聞雑誌スタンドで購入する。ついでにドラッグストアに寄り、フィルムを購入。日本の二、三倍の価格に驚かされる。

朝食後、我々はラ・パロキアを振り出しに市内の見学に出かける。教会内では既に夫人や子供たちが両手を合わせ朝の祈りを捧げていた。H氏の説明で今朝の鐘の音はここ、ラ・パロキアで鳴らされ、それとともに町中の教会の鐘が鳴らされることを知った。やがて教会の管理人らしき人が現れ、何を思ったのか我々に地下の納骨堂を見せてくれることになった。周囲の壁面そして足元にも教会建立に力になった人々の名や、歴代の神父の名が刻まれており、私は死者を踏みつけているような錯覚に陥り、そそくさとその場を後にした。

教会の西側にイグナシオ・アジェンデの生家があった。メキシコ独立戦争の初期に活躍した人物であるが、残念なことに家の中は改修工事中で見学することができなかった。

イグナシオ・ラミレス文化センターに赴く。ここ、ラ・コンセプシオン教会の東に隣接する、二階建ての回廊を持つもと修道院は、現在国立芸術院傘下の文化センターとなっており、アートギャラリー、コンサートホールなどがあり、美術や音楽の公開講座が開かれているとのことである。アートギャラリーには現代的なモチーフの人間の心理を描いた作品が展示され、それらはよほどの絵画ファンでなければ理解できそうもない抽象的な、ピカソやダリのタッチに近い作品群であった。二階には音楽教室や絵画織物舞踊などの公開講座に使用される教室が無数にあり、回廊式の建物の中庭には竹、杉、楡、夏みかん・楓そしてブーゲンビリアが植えられている。中央に花弁の形をした受け皿を持つ噴水がしつらえられており、外部とはっきりと仕切られて別の世界を現出させていた。また一階のカフェテラスでは柔らかな葉漏れ陽の中で、初老のアメリカ夫人が何か手紙のようなものをしたためているのだった。

町外れには、古い建物を改造し都市生活を逃れ、静かな美しい町で美術を勉強しながら過ごすという、アメリカやカナダの金持ちの若者たちの集まるインスティトゥト・アジェンデと呼ばれる場所があり、芸術家の町としてもサン・ミゲル・デ・アジェンデは有名である。

帰路、テキスキアパンに立ち寄り、アルゼンチン料理の店でコミーダ（昼食）を摂る。何を思ったのか、店の主人がクリスマスソングをかけてくれる。確かに南半球は冬なのであろうが、メキシコは真夏であり、なんとも奇妙な「ホワイト・クリスマス」であった。テキスキアパンは民芸品、特に籠などの藤製品が有名なのであろう。食後にショッピングに出たのだったが、それらの品物がどこの店先にも飾られ、ところ狭しと陳列展示されていた。こぢんまりとした静かな美しい町であった。

私はM氏宅に帰ると、Ｅ・Ｓ嬢への手紙を書き上げることにした。

・・・・・
・・・・・

アステカの征服に関するコルテスやマリンチ、それに付随してコロンブスのこと。グァダルーペのこと。スペインからの独立。奴隷の存在。ディアス大統領の独裁に対するマデロの革命。ベニト・ファーレスの施策。キリスト教会に対する批判などを長々と述べましたね。

　マデロの蜂起に呼応したパンチョ・ビージャやエミリアーノ・サパタの活躍により革命は一応成功したのですが、マデロ自身は富裕層の出身でディアスの再選阻止と独裁への批判に重点が置かれ、地を這うようなインディオの生活や貧困にはさほど目が注がれず、サパタは大農場制から締め出されて貧窮する農村民の訴えにその重点が置かれ、どちらもメキシコ国民全体の欲求とは隔たっていた。言ってみれば「人間とは何か」「人間にとって幸福とは何か」という基本的な哲学が欠けていたように思われます。

　北部地方ではアメリカとの資本投入や提携で大荘園大農場や工業化が進み、一部の富む者と富まない者を生み、サパタの不満はプレッシャーグループとも言い得る貧窮した農業者の利益のためといった欲望の論理でしかなく、全体の幸福という人間の原点にあるものが置き去りにされ、そこに一党独裁とも言われる現在のメキシコ政治の萌芽が内在していたと言ってもよいでしょう。

つまりキリスト教の言うおごりをもって、「人を漁（すなどる）者」、支配する者と支配される者、牧夫と仔羊といった関係が継続されたと言ってもよいと思います。「我・汝」の関係ではなく「我・それ」の関係がそのまま継続され、現在すべての国に見られる政治機構がそこにあるということです。そして、現在の社会主義国や共産主義国でも同じであり、いわゆる階級制の存在に他ならないということです。

真の愛とは、真の自由とは、真の幸福とは、なんと遠く、なんと難しいことでしょう。しかし、悪しき宗教や宗教者、政治家が現実として存在したのと同じくらいに、真の人間としての国がこの地球を一つの国と考えた時、必ず実現できることを認識し、それに向かって努力した時、人間が人間として快適に暮らせる世界の構築は可能であることを記さなければならないでしょう。

マルクス主義（共産主義、社会主義）、資本主義、仏教、キリスト教、イスラム教、ユダヤ教、それぞれ、どれもその奥義、本質には人間の自由や幸福を追求したものであり、もう一度「人間とは何か」「自由とは何か」「幸福とは何か」を問いただささなければならない時代が来ているのです。キリストの説く愛。仏教の言わんとする慈悲。マルクス主義や資本主義。

それらを原点に立ち返って浄化してみる必要があります。それには、我々が「人間とは何か」という命題に対して腰を据えて見つめ直さなければならないということです。

個とは何か。振り返ってみた時、すべてが歴史的社会的総体としてあることに思い至るはずです。衣食住を取り上げただけでも、それらは他者によって作られ代価を支払い入手することであり、本を読んだり物事を考えることさえ社会のルールとしての文字があり教育があり思考すること自体歴史的社会的総体でしかないのです。代価とは何か、貨幣とは何か、疎外とは何か、聡明な貴女のことですからお解りになるでしょう。「自己としての個」＝「他者としての個」が把握できれば、その相違は単に諸個人の知的哲学的発達段階のバラツキでしかなく「我・汝」の関係は理解でき、「我・汝」の関係にすみやかに入ることができ、そこに教え諭すことや真の愛は生まれ、「我・それ」といった他者を物として捉える発想は自ずから消滅し、すべての人間が人間として向かい合い、同じ方向を見据えて交わる（交際する）ことができるはずです。

どうぞ幅広い知識と、何が真なのかを把握し、それを実践していただきたいと思います。そして、差し伸べたこの手を貴女の柔らかい温かなその手で握り包んでください。私もそっと貴女のその手を握り返すことでしょう。

貴女への愛。そして貴女からの愛の音信を待っています。

それでは今日はこの辺で・・・。

私の貴女へ

ラーゴにて

追伸

もうすぐユカタンの旅に出かけます。健康にはくれぐれもご留意され、元気でお過ごしください。また連絡いたします。

第四章

メヒカーナ605便。メキシコ空港七時一〇分発メリダ行。

ユカタン半島への旅の始まりである。

空港には朝六時頃までに到着してほしいとのこと。M氏に送ってもらう。早朝のメキシコ市は肌寒いくらいである。しかし、人々は既に一日の仕事に取りかかろうとしている。バスを待つ人々。ポンコツ車を平然と飛ばしている人。夜間の仕事を終えて家路に急ぐタクシー。道路に沿ってどこまでも続く点ったままの水銀灯。世界が動き始める。

727型機に搭乗。雲上へのフライト。

ここ数日間の歴史散策に疲れていた私には、肉体の疲労と心の疲れを癒してくれる願ってもない機会となるに相違ない。それは現状からの脱出にもつながることだろう。機内に東洋人は私だけである。太古の昔、ベーリング海峡（地峡）を渡って来たモンゴロイドの血を受け継ぐメキシコ人を別とすれば。

アメリカ人、フランス人、メスティソの人々。そして喜ばしき無関心。それは言語を介しての意思の疎通の不確かさや、早朝の未だ覚めやらぬ心身のせいばかりではなく、あえて干渉する必要のない各々個人としての自由と、他者を一人の人格として尊重する態度、立場であっただろう。

メリダ空港。午前八時四〇分。定刻の到着。

外は蒸し暑い。日本の真夏の暑さである。機内とは雲泥の差。天国と地獄である。一気に体内の水分が肌に流れ始める。ホテル、ホリディ・インに向かう。そこにはM観光のサムディオ氏の紹介してくれた旅行会社があるはずである。

途中タクシーは婦人客を乗せ、中央病院で降ろす。平べったい清楚な町。広い道。白い壁。瀟洒な住宅街。赤い花を一面に咲かせているネム科の木。カレサと呼ばれる観光馬車の蹄の音。野口英世博士が一九一九年の暮れから、オラン病院で黄熱病の研究のために滞在した町。メリダは白い町と呼ばれるように、明るく清潔な町である。

ホテルのフロントで旅行会社を尋ねる。確かにこのホテル内にあるはずなのだが、どうもはっきりしない。電話をする。社はここから一ブロック先を右折し、さらに一ブロック行った交差点の近くだという。引っ越したのだ。やれやれである。来てしまった以上引き返すわけにもいかず、それに私はカリブ海側のカンクンからの帰りの航空券を所持していたのだった。

途中すれ違った婦人に道を尋ね、なんとか観光会社までたどり着く。

M観光の紹介で来た旨を告げ、ウシュマルからチチェン・イツァーまでのタクシーの手配の折衝をしてもらう。冷房の効いたこぢんまりした事務所である。私は今夜遅くてもチチェン・イツァーに宿泊しなければならない旨を告げ、ホテルの予約券を見せる。事務所長はあちこち電話であたりを付け、料金の折衝をしてくれる。一本目駄目、二本目不可、三本目・・・、多少高くなるがどうだろうという。土曜日ということもあったのであろう。所長はそれを断り、次々にタクシー会社を当たっていく。平均料金表を見せ、「一人だと割高になってしまう」と言う。

事務所の入口の透明な扉が開き、ずんぐりした青年が入ってくる。サムディオ氏の友人のファン氏だった。私は今までの経緯を説明。彼は了解し、手際よくあちこちに連絡を取り始める。所長は「一万九〇〇〇ペソならあるが」と言う。ファン氏が電話を替わり一万七〇〇〇ペソに交渉してくれる。M観光では「二万ペソくらいかかる」ということだったので、了解する。コースはメリダ（事務所前）からウシュマルそしてチチェン・イツァーまでとし、ドライバーの食事代やガソリン代などはすべてタクシー会社の負担とし、チップは絶対に支払わないようにしてほしいという。癖になるしすべての面で値上がりになり困るのだという。日本人的思考とはかなり異なっていると思う。ただし、仕事範囲以外の要件を依頼する時はチップの必要がある旨旅行ガイドブックで読んだ気もするので、それはそれで後で考えることにした。

タクシーが来たので、簡単に自己紹介と打ち合わせを済ませ出発する。

タクシーと言えば日本では冷暖房付き乗用車を想像するが、来たのは天然式冷暖房の小型トラックである。それも客は私の一人きり。負けてもらった上に貸し切りなのだから、来てくれただけでも有難いと言えるだろう。ちなみに天然式とは暑ければ暑いなりに、寒ければ寒いなりに窓を開け閉めしてそれを調節するだけの、いかにも前時代的な代物である。

メリダ。美しい花の町。広い通りを抜けソカロにあるモンテホの家に向かう。入口の壁面にはスペイン人征服者がインディオの頭を踏みつけている彫刻があった。メリダは一五四二年、フランシスコ・デ・モンテホによってマヤの都トゥホの跡に建てられ、半年後四～五万のマヤ連合軍に包囲されたがモンテホの指揮のもと、二五〇人のスペイン軍が銃と大砲の威力をもってこれを制圧した。それ以降ユカタン半島ではマヤ族の反乱はほとんど後を絶ったのである。

モンテホはコルテスの使者としてスペイン王カルロス五世に接見した時、自費でユカタン半島の征服をする権利を王から授かっており、一五四〇年、息子のモンテホがカンペチェの町を攻略し、その後メリダを陥落させたのだった。現在のソカロの近くにはマヤの大神殿が聳えていたという。コルテスによるテノチティトランの征服と同様のプロセスを経ていることが窺われるだろう。

車は一路メリダの南八〇キロにあるウシュマルの遺跡を目指す。一直線の道が広がり、どこまでも続く。両側に熱帯林。色の濃いダークグリーンのジャングルが空の果てまで続いている。注意するのは道端で草を食む、牛・馬・ロバや道路を横切る野獣そして道路の起伏だけである。逃げ水が現れては消え、消えては現れる。突然ふわっと対向車が出現したりして一瞬驚かされる。アップダウンの多い道のせいである。カーブはほとんどないと言ってよくスピードを落とすほどではない。

そう言えば、どのくらいの速度で飛ばしていたのであろう。オレンジアロー（弓矢）印の高速バスをも追い越して走行していたのだから、時速一〇〇キロ以上は楽に出していたに相違ない。我ら（運転士と私の二人だけ）の天然冷房車も大したものである。

いくつもの町や村を抜ける。それらの近くになるとわざと道路をウエーブさせてスピードを落とさせるように工夫され、そのままのスピードでは車は空中に放り出されて、ジャンプに失敗すれば車の腹部を嫌と言うほど擦ってしまうように造られていた。町や村を抜けるには二度ほど、つまり入口と出口でスピードを落とさなければならないのだった。

「マヤ人の家だよ」

流暢な英語でドライバーのフリーオ氏が言った。彼は英語を話すことのできるガイドを兼ねたメキシコ人のドライバーだった。

家は屋根を椰子の葉で覆い、家の周囲は竹で編み上げたり木片で囲い、白やグリーンのペンキで塗装し、入口から向こう側が筒抜けになった、なんとも素朴な住居である。おそらく床はそのまま土間なのであろう。家の中では、人々がハンモックに揺られ惰眠をむさぼったり本を読んだりしていた。

屋外では闘鶏用の軍鶏や七面鳥が餌をついばみ、ロバが草を食み、犬はと言えば、暑さのせいか椰子の葉陰でまるで石ころのように地面に横たわっていた。

幸福って・・・。ふと脳裏をかすめていく。

人間にとって幸福って・・・。生きている意味って・・・?

コロンブスやコルテス、モンテホ、ピサロ（ペルーの征服者）。大航海時代の征服者。国では当時英雄のように持て囃され名を成した彼ら。しかし、その栄光の裏で現代まで、否、未来永劫まで永遠にラス・カサスによって告発され続けられる彼ら。その残酷さ、非人道的行為、クリスチャンとして、人間として、あるまじき行為として・・・。

赦されること、赦されないこと。して良いこと、いけないこと。歴史・時代・時間。子供・少年・青年・壮年・老人。男・女。過去・現在・未来。文明。狩猟・採取・牧畜・農耕。機械・電気・原子力。種々の視点・指標。・・・。いま、眼前に見られるマヤ人のヤシの葉葺きの民家。おそらくマゲイやジャガイモ・トマト・トウモロコシ・豆類を栽培する農民たちであろう。彼らと、メリダからウシュマル、チチェン・イツァーまで案内をしてくれるフリーオ氏。そして私。

農工業従事者といったブルーカラーの肉体労働者を下位に、商業、貿易従事者といったホワイトカラーの事務職労働者を上位に見る価値観。それは差別意識に育まれた偏見ではないだろうか。一番肉体的に精気のある年代に学問ばかり詰め込む日本の教育制度。この辺りにも問題があるのではないだろうか。大学を卒業して世の中を見ないまますぐに教職に就く人々。心理学を受講した程度で、本当に人間をリードし育てていけるものであろうか。疑問符だらけである。そしておそらく、他人をうらやむ程度に誰もが幸福であり誰もが不幸なのであろう。

「疲れたかい？　もうすぐだよウシュマルは」

言いながらフリーオ氏は急ブレーキを踏んでいた。ムジナに似た動物が道路を横切ったのだった。

走行に次ぐ走行。大きな鳥がフロントガラスにぶつかるようにして遠ざかる。蝶が、羽虫がガラスにぶつかりそうになっては上空に瞬く間に遠のいていく。生命を落としたものたちの残骸がフロントガラスに点々となってこびりつく。

空が低い。どんよりと曇り始める。そして、ポツリ、ポツリ。にわか雨である。雨雲の位置のせいであろう、道路の部分部分を黒々と濡らし、あるいは雨に濡れずに白く、あるいは雨に濡れて黒く、降っている所、降っていない所、まちまちである。実に、メキシコは広くウシュマルは遠い。

一〇時三〇分。行けども一本のそして一直線の、白い道路だけが果てしなく密林の奥、空の彼方に消えているばかりである。人も車も通らないウシュマルへの道。密林を左右に二分する白い一直線の道路。時折、ほとんど忘れた頃に楕円球のスイカを積み込んだトラックに出会う。それもほんの一瞬。

密林。無人。低い空。高温。湿気。沈黙・・・。

かつてマヤ文明隆盛の頃、何キロも人の波が後を絶たなかったという幹線道路も、その栄華は夢のように、今は遺跡を訪う観光バスやタクシーが時折通り過ぎるばかりである。人類の英知、高度文明を誇ったマヤ文明をも嘲笑うかのように繁茂する植物群。時折響く野鳥の叫び声。再び襲い来る沈黙。

確かに、植物群も幾年月その世代の交代はなされたであろう。新陳代謝や気候の変化で分布も変わり、絶滅したものもあるであろう。しかし、マヤ文明のように忽然と後を絶った人類の爪跡。その後再び大自然に還ってしまった文明もタイやビルマ、ペルーを除けば実に珍しいと言えるであろう。そして大自然を前にして、人間のなんと小さく見えることであろうか。

我々の車もガス欠（ガソリン不足）にでもなったら、それこそ他の車が通りかかるまでじっと忍耐強く待つ以外に方法はないのだ。この車には無線機もなければ途中電話ボックスさえ皆無であり、町までは気の遠くなるような距離である。歩いたのではいつジャングルから猛獣が現れるとも限らないのだ。もちろんドライバーのフリーオ氏はそのような危険は承知で、整備万端、ガソリン満タン、ポリタンクに予備のガソリンともう一つ、水のタンクを用意して積んでいたのだったが・・・。


「我々の遠い祖先はベーリング海を渡って来たんだ。太古の昔は日本人も中国人も同じ血を持っていた。東アジア、中央アジア、あの辺に起源があるんだね」とフリーオ氏。

「そう。モンゴロイドのね」と私。

「ほら、私の口の周辺を見てごらん。君とよく似ているだろう」

そう言われて、私はしげしげと彼の横顔を覗き込む。

確かに彼はメスティソのメキシコ人であり、メリダに居を構えているとはいえ、マヤ人とは思えなかった。何故ならマヤ人は例の戦士の像やレリーフで見る、眉間の辺りから鼻の隆起し始める独特の顔立ちである。オルメカ文化にしても、あの巨石人頭像はネグロイドのそれに瓜二つであり、モンゴロイドとは言えそうにないのだ。

種々の学説の中でもベーリング地峡（氷河期時代は海中の水位が今より一〇〇メートルも低かったという説による）を渡り南下したという説が一番説得力があるとしても、人類の文明の誕生がほとんど時を同じくして、ナイル、チグリス・ユーフラテス、インダス、黄河に起こったように、中南米、それもジャングルに近い河口で起こっていたとしても何の不思議もないであろう。

遺跡や人骨が発掘されないとしても熱帯密林とても新陳代謝は繰り返され、すべてを病葉や廃泥土の下に埋め尽くしてしまったとしてもなんの不思議があろう。今我々が目指すウシュマルの遺跡やチチェン・イツァーの遺跡にしても、他のほとんどのユカタンの遺跡は、天然ゴムの樹林からその液を採取する人たち（チクレロ）によって知られるようになり、考古学者や探検家が案内されたものであり、未だに発掘されていない遺跡はたくさんあるのである。

忽然と姿を消したテオティワカンの人々、そしてものに憑かれたかのようにどこかに消えてしまったマヤの人々。彼らの墳墓や死骸はどこにあるのであろうか。歴史学者でもない私にはすべてが謎である。北米ミシシッピー河畔のポバティポイントには、マヤの影響が見られると言われているが、それはナスカの地上絵との関連としての把握と思われるし、やはり謎のままである。マヤ文字やアステカ文字の解読はまだ始まったばかりであり、グレゴリー暦よりも正確な暦法やゼロ（零）の概念の発見も、インドよりも五〇〇年も古いとさえ言われているのである。

神聖文字ではなくアルファベットや漢字のように単純化された文字、それも神官や上級支配者階級ばかりのものではなく、一般大衆的に浸透し得る文字があったなら、そして後世に残されていたとしたら（かなりの書画が征服者たちによって燃やされたようである）、どんなに優れた文明であったか一目瞭然だったに相違ない。しかし、それら文字の発達を拒んだのもおそらく密林や中央高地という立地条件や、地中海域の文明に見られる交易、すなわち他民族との交流が皆無に近かったからであろう。ここメキシコのアステカやマヤでは異部族ではあっても異民族という意識は欠けていたであろうし、宗教にしても太陽神と農耕や戦士の神が中心であり、人間としての疎外感はなかったと思われるのである。

一口で言えば、スペイン人の侵入まで真にどの部族からも忌み嫌われる部族はなかったと思われるのである。アステカ族にしても朝貢制度や征服した部族の神々の座にウィチロポチトリを据えたとしても、彼らの全生活を根底から変革するほどの破壊は行っていないのである。一部族の男女を問わず、すべてを奴隷にした形跡はなかったように思われるのである。

「あと、どのくらいなの？」

王道と呼ぶには何一つ煌びやかなもののない、果てしなく続くジャングルの中の一本道である。

「もうすぐさ」とフリーオ氏。

例のメキシコ流アスタ・マニヤーナのことかと思われるほど、単調な景色である。

彼はゆっくりとブレーキを踏む。木立の中に洋服を干すようにして陳列している女性たち。色彩鮮やかなポンチョや綺麗な縁取りのあるワンピース。そして小さな売店。てっきり用足しにでも立ち寄るのかと思ったら、ここがウシュマル遺跡の入口であるという。

なんとも当て外れの場所まで来たものだと思ったものの、車の鍵をロックして彼について木々の下の石段を上がっていく。いくらか高台になった所に全くと言って良いほど忽然と姿を現す遺跡たち。旧知の友人に突然町中で出会ったかのように私は飛び上がりたいくらいであった。

眼前に魔法使いのピラミッドが端麗な姿で私たちを待ち構えていた。

「ようこそ、ここへ。さあ魔法にかけてあげましょう」

まるでそう言っているかのように美しい姿である。そして今までと打って変わって、きちんと手入れのされた芝生やピラミッドは、技術の粋を集めたと言える美しさである。

「私はここか車で待っているよ。二時間もあれば充分だろう。写真、撮ってあげよう」とフリーオ氏。

私は魔法使いのピラミッドを背景に一枚撮ってもらい、「約束の時間までには戻るから」と言って彼と別れた。

このピラミッドは、卵から生まれた魔女の子供が一夜にして創り上げたという伝説を持つ。そのせいか頂上の神殿部分を除いて全体が丸みを帯び、ちょうど跳び箱の全体をいくらか膨らませ、その腹部に階段を設け、上部に神殿を据えたといった感じである。伝説はそれとして三〇〇年をかけて造られたという高さ三〇メートルのピラミッドは急勾配の階段と高温多湿の気候のため上るのが一苦労であった。頂上からは遺跡の全容が俯瞰され、遺跡を除いて他のすべてが黒々と広がる密林と、雲の低く垂れ込めた空ばかりである。そして、細く白くどこまでも続く一本の道ばかりであった。ピラミッドの裏庭には雑草が茂り、旺盛な生命力を誇示していた。ここウシュマルの遺跡群に言えることは、雨の多いせいか全体が緑がかって見えることであり、植物に侵食された跡がはっきりと見て取れることであった。

裏手の尼僧院へ赴く。多くの内室を備えた四つの細長い建物。階段を下りればグリーンの芝生の生えた美しい四角い中庭。スペインの尼僧院に似ているところからそう呼ばれるようになったとのことであるが、何に使用されたのかはわかっていない。建物の上部に施された幾何学模様の石組装飾はプウク様式の極致である。また、象のような鼻、丸い目、四角い口を持つマヤの雨神チャークのマスクは可愛らしくさえ感じられた。南側建物中央にある入口は上端が尖った典型的なマヤの疑似アーチとなっており、その後方には目を見張らせられるものがあった。

中庭に降りる階段、あるいは建物の屋根、石組の間には雑草が芽を吹き、既に侵食が始まっていた。年に数度の手入れでは追い付かないのであろう。とはいえ建物の明るい黄土色、緑の鮮やかな芝生とのコントラストの美しさは、ここが熱帯の真ん中であることを忘れさせ、太古の夢の中へと誘ってくれるのには充分である。

語らい合う恋人たち。ガイドブックを片手に何かを話し合っている学生たち。石段に腰を下ろし、茫洋とした地の果て、ジャングルに視線を投げ、時の過ぎゆくままに身を任せている老夫婦。ゆっくりと散策を楽しむアメリカの中年夫婦。

熱帯樹林の中にぽっかりと口を開けた人類の爪痕、マヤの遺跡。それはまさしく植物群の大海の中に、人間の英知を誇示する構築物と言ってよかった。

おそらくここウシュマルの遺跡の周辺では大規模な農耕村落が築かれ、トウモロコシや豆類、トマトなどが焼き畑式農耕によって栽培されていたことであろう。ここユカタン半島では石灰質の地質のため、雨は地下に吸われ、ここかしこに大きなセノーテ（泉）があったと言われ、決して恵まれた大地とは言い難く、そのため暦学や数学が発展したものと思われる。それは農耕の種まき時の計算の必要性からであっただろう。しかし単なる計算に留まらず、やがて宇宙を志向するようになる。おそらくナスカの遺跡や北米マウントビルダーは電波技術や宇宙衛星の技術のなかった当時の、宇宙へ向けた地球からのメッセージであったのかも知れない。

忽然と現れ、忽然と姿を消したマヤ文明。それは神官階級を農民が支えきれなくなったとも、痩せた耕地のため焼畑農耕の収穫が激減したためだとも言われているが、すべて謎のままである。美しい恋。幸福な家庭。煌びやかな神官階級。王。勇敢な戦士たち。土と埃と泥にまみれた農民たち・・・。それぞれの生活が営まれたことであろう。いかなる権力や政治体制の下であれ・・・。

球戯場を抜け、総督の館、亀の館に回る。墳墓群や大ピラミッドが眺望される。あるいは草木に侵食され、あるいはそれらに半分覆われたままの遺跡群・・・。

自然を前にして、人智のなんという非力であることか。私はまざまざと知らされたのだった。

「カバーの遺跡にも行くかい?」とフリーオ氏。

私は時間的にきつくなるからと言い、コミーダにしようと返す。

「そうしよう。チチェンまでノンストップで行くから」

カバーまではここから四〇キロ。到着し見学して、最低でも二時間は必要である。

ここウシュマル遺跡では、室内の壁面がかなり油煙に染まり天井なども黒々としていた。三角形に造られた神殿内の天井や平面的な天井、それらの大半が黒みがかっており、暖を取るためにあるいは何かのまじないや照明のために、松明のようなものが使用されたのであろう。しかしそれは、その当時のものか近年になってから天然ゴム液の採取人（チクレロ）たちによって点されたものかははっきりしない。おそらく古代マヤ人の居住した当時のものと言ってよいのであろう。

時折、ツバメが室内にまで飛来してくる。こうした光景も太古の昔からの一つの風景なのであろうか。遺跡は後古典期マヤ文明の特色のトルテカの影響が多少見られるのだが、純粋の古典期のマヤ遺跡と呼んでもよいだろう。

車を駐車したホテルでコミーダを済ませ、チチェン・イツァーに向かう。ウシュマル遺跡から約三時間。来た時を思えば、やはり密林の中の走行であるに相違ない。メリダの外れを右折し国道一八〇号線に乗る。窓を開けたまま疾駆する我らのタクシー「軽トラック」。それでも暑いくらいである。

時折やって来るスコール。途中、ヤシの林やマゲイ、タバコの畑が見られる。そしてマゲイの工場。フリーオ氏のガイドによれば、サイザル麻としてマゲイから作られたロープは一九世紀に世界中の市場を独占し、メリダに億万長者を誕生させたという。船舶の停泊に使われるロープも、ここの製品なのであろうか。

　変わらない風景。変わらない空。飛び交うツバメたち。視界に飛び込んできては遠ざかるマヤ人の集落。単調そのものである。高温多湿の熱帯性気候の中で、動いているものといったら遊びに夢中な子供たちや鶏くらいである。

　豚もロバも牛も犬も眠る。シエスタの時間を疾走する我らのタクシー。

「明日はどうするの？」とフリーオ氏。

「チチェンを見てカンクンに出るよ」

「車で？　バスで？」

「バスの予定なんだ」

「予約したの？　よかったら送るけど」

「時間が当てにならないんだ。カンクンに明日中に到着すればいいんだけどね」

「東京から来たの？　大阪？」

「東京。メヒコに滞在中の知人の家に世話になっている。この旅行が終わったら日本に帰るんだ。もう三週間になるよ」

「仕事は？　マシンのエンジニアかな？」

「マシンとエレクトロニクスといったところさ」

フリーオ氏は種々のことを訊ねてくる。日本そして日本人に興味があるのであろう。

「時計、カメラ、自動車、日本製は品質がいい。でも・・・、働きすぎだよ」

「いやいや、八時間労働だし、土日曜は休み。うまく競争の原理が働いているだけさ」

「そうかなぁ・・・」

「高性能・高品質じゃないと国内では売れないよ。それに機能と美がマッチしていないとね」

「変な話をしてごめん。日本からどのくらい時間がかかるの？」

「メキシコ市まで一五時間くらいかな」

「日本は治安がいいんだって？」

「猟銃も許可制なんだ。それに島国だから銃を持ち歩く必要もないし」

「疲れてないかい？」

「ありがとう。大丈夫だ。ユーのほうが風邪気味だね。サルーン！だね。」

「やぁ、ありがとう」

言い終わるか終わらないうちにフリーオ氏はくしゃみを一つして、我々は顔を見合わせて笑い合うのだった。

サルーンには「乾杯」の他に「健康に気を付けて」とか「お大事に」の意味があるとM氏から聞いていたし、思わぬところで役に立つものであった。プリーズ・テイクケア・ウィズ・ユアー・ヘルスでは長ったらしいというものである。もっとも英語でも他の言い回しがあるのかも知れないのだが・・・。


チチェン・イツァー午後五時着。

ホテル・ミシオン・イン受付でチェックインを済ませる。

「お疲れ様。コーラでもどう?」と私。

「ありがとう」とフリーオ氏。

結局、私は契約額の他にチップと昼食代を負担してあげたのだった。

彼フリーオ氏は風邪気味だったし、それにもまして気を使ってくれ、その行為が嬉しかったし、私のささやかな感謝の気持ちだった。チップの件は誰にも、そう、特に旅行会社の人には絶対言わないように念を押し、互いの健康と再会を約束して別れる。

「グッドラック・フォレエヴアー・エンド・サルーン」と私。

「エンジョイニング・ウィズ・ユァ・ヴァカンス!」

「ミーチュユー・アゲイン・イン・トウキョウ!」

別離はいつも辛いものである。

二階の部屋に案内され、まずシャワーを浴びる。早朝の肌寒いメキシコ市から蒸し暑いユカタン半島へ。シャワーを浴びて浴衣でもといったところであるが、Ｔシャツに着替えて寛ぐ。

窓の下にブルーのプール。その向こう側にヤシの葉で葺いた日除け。デッキチェア。背の高い椰子の木。ブーゲンビリアの紫紅色の花々。カフェテラス。プールではアメリカ人のハイスクールくらいの年齢の学生たちであろうか、賑やかに飛び込んだり泳いだりしていた。時折姿を現すカラフルな色彩の野鳥。どこからともなく聞こえてくるその叫び声。まさに熱帯を思わせるものであった。

食事までの時間を利用して、Ｅ・Ｓ嬢へ手紙を書こうと思った。

いつも楽しいＥ・Ｓ様

ユカタン半島。ウシュマルの遺跡を見学し、いまチチェン・イツァーの遺跡の近くのホテルに投宿したところです。忽然と現れ忽然と姿を消した謎の文明マヤ。高度な暦法と神聖文字。インドよりも早くゼロを発明。独特な建築様式（プーク様式と呼ばれ幾何学的な美しい文様が描かれています）。そして突然空から降ってきたかとも思われる風変わりな魔法使いのピラミッド。テオティワカンの広大さ、悠久さもさることながら実に素晴らしい遺跡の数々です。時間のないスケジュールが残念です。

その後、K・Y女史には会いましたか。彗星のように現れて彗星のように姿を消したK・Y女史。謎だらけの女性と言ってもよいほど自分の過去を語りたがらない女性。まるでマヤのように・・・。

貴女と同様に苦労して大学を出たこと。男性のような性格のこと。自活していること。T・K女史の酔いコンのこと。それに幼い頃に実兄を山で亡くしていることも、貴女に話した通りです。ところで喧嘩の理由（いつも他愛ないことなのです）ですが、実は彼女のアルバイト先に、ある若い女性を連れて行ったのです。偶然K・Y女史は休み（旅行中）で、それがいけなかったのです。店のママにその女性をある会社に就職させてくれるように依頼していて、その帰りに店に挨拶に連れて行ったのですが、どこで食い違ったのか、私が若い美しい恋人と現れたことになってしまったわけです。

弁解するのも面倒だったので、そのままにしたのが尚更いけなかったのでしょう。まさかK・Y女史が嫉妬（?）をするとは思ってもみなかったのです。おそらく女史には本当に心を裸にして語り合える友人はいなかったのではないでしょうか。一緒に飲みに行ったりどこかに出かけるには素晴らしい女性（もちろんルックスも頭脳も）だとしても、いざ結婚となると大半の男性が尻込みしてしまうのではないでしょうか。その美しさ故に。ある意味では最も不幸な女性とも言えるでしょう。私はK・Y女史の心の中を十分に理解していたつもりだったし、互いに一切生活には干渉しないこと、自由を尊重することを約束した交際でしたし、私は漠然と結婚してもいいくらいに考えていたのです。

彼女には友達と呼べる異性がたくさんいたし、私はその中の一人でしかなく、互いにスケジュールの合う時にだけ会っていたわけです。私のほうがもっと強引に彼女の交際関係にあれこれと注文を付け、嫉妬をすればよかったのかも知れません。すべてを赦せる年齢でも器でもないのに、すべてを赦したのが却っていけなかったようにも思われます。彼女が同棲すると言った時（貴女も知っているでしょう）、私はそれを引き留めるでもなく阻止するでもなく、無視したのです。どうせ同棲などできないことがわかっていたからです。半年後に女史から連絡があり、I駅の近くで会ったのです。昔と何一つ変わった様子もなく、元気そうでした。私に気付くと小走りに近寄って来る（ほんの二、三歩）K・Y女史。

私にはそんな彼女がいじらしく見え、可愛くも思えたものです。二人で飲みに行き、私は彼女が少しでも大人になってくれていることを心に思っていたのですが、半年やそこらでそう簡単に性格まで変わるものではありません。私は何一つ彼女に影響を与えられなかったことを残念に思いました。そして、赦せなかったのは彼女の引っ越し先のことです。私も含めてすべての者がO線のS駅と伝えられていたのですが、実はT線のK駅だったと彼女の口から語られた時でした（どこでもいいのにつまらないことです）。この時ほど人に裏切られたと思ったことはありませんでした。それだけ私はK・Y女史を信頼していたのです。

「会わなければ良かったね」

「もっと大人になってから再会しよう」

私たちはそのまま別れました。おそらく私の言った言葉の内容は当時、彼女には理解できなかったでしょう。そして永遠に。

後日談になりますが、その当時、彼女はストーカー被害に遭っており、そのため誰にも言わずに転居したとのことでした。


私を愛し始めてくれていたK・Y女史。貴女を愛し始めていた私。例の若い女性の件が微妙に影響し、私たちの歩む方向を決定してしまったのです。若い女性とは貴女も知っているR女史のことで、彼女ともそれ（就職の件）以来一度も会っていません。体が大きくなった分だけ人生の汚れを背負って生きるのだとしたら、大人になるということは淋しいことですね。「愛することとは、いつもその人のことを気にかけていること」と言ったK・Y女史の言葉が今でも忘れられません。今のK・Y女史の場合は、すべてを拘束するかすべてを放任するかのどちらしか愛する方法はないのでしょう。そのような逞しい男性が現れ、彼女を幸福にエスコートしてくれることを期待しています。K・Y女史もそして貴女も、幸福になってほしいと思います。

そろそろ夕食です。今夜はライト・アンド・サウンド・ショーを見にいきます。ピラミッドに照明を当てながら歴史が語られるものだそうですが、時間的にも間に合いそうです。

湿っぽい話はこの辺で。明日はチチェン・イツァーからカンクン（カリブ海側）に抜けます。酷暑に負けずに自分の目指す道に進んでくださいね。

それではこの辺で・・・。

お茶目な妹へ

ユカタン・チチェンイツアー　ホテル・ミシオン・インにて

ライト・アンド・サウンド・ショー。それはチチェン・イツァーのカスティージョ（一番大きなピラミッドの呼び名）で催行された美しいショーであった。

闇の中に浮かび上がるピラミッド。その稜線を走る光り。語られる内容によって変化する色とりどりの照明。ウシュマルと兄弟や恋人のように呼び合うチチェン・イッァーの遺跡。次々に歴史が語られていく。ドラマ仕立ての光と音のショー、そしてそれらの洪水。奔流。瞬く間に時は過ぎていく。まさに真夏の夜の夢であった。

ホテルへの帰路、日本人の若いカップルに会う。待たせておいたタクシーでホテルの近くまで送ってあげ、再会を約束して別れる。

K・Y嬢。幸福になってほしいと思う。


早朝、けたたましい鳥の声に目覚める。

窓を開く。プールの向こう側、高い木の枝を伝わって二匹のホエザルが姿を現す。黒光りした毛艶が美しい。手も足も長い野生の猿。まさかホテルの近辺にまで・・・。そう思ったのだが、ここは熱帯の密林地帯。遺跡周辺やホテル、道路を除けば彼ら野生動物の天下である。

朝食を済ませチェクアウト。フロントにバッグを預け、午後一時半頃までに戻る旨を伝え、遺跡見学に出かける。

八時。萱や葦の小さな谷。雑草。約二〇分の道のりを朝露を踏みながら徒歩で目指す。遺跡の入口を入り少し行くと、広大な芝生の上に端麗なカスティージョが姿を見せる。それは城を意味するピラミッド型神殿で、高さ二三メートル。底辺の一辺が五五メートル。ピラミッドの四面には九一段ずつの階段があり、これに神殿の祭壇を加えると計三六五となり、一年の日数になる。また九層の基壇が階段で二分され一八となるが、これはマヤ暦の一年の月数（一か月は二〇日）を表している。さらに毎年、春分秋分の前後数日間は太陽の照射角度により、北階段の側面に基壇の影が天降る蛇、ククルカンの姿として投影され、階段の下の蛇の頭像と合体する。ピラミッド全体がマヤ暦を表象しており、それは昨夜のライト・アンド・サウンド・ショーで説明されていた。

ちなみに太陽の一年の周期は三六五・二四二二四日とされ、マヤ暦では三六五・二四二一日。グレゴリー暦では三六五・二四二五日とされ、マヤ暦のほうが遥かに実際の太陽の運行周期との誤差が少ないことに驚かされるだろう。これは一万年に一日の差しかないということであり、月や金星火星の運行周期まで複雑な計算に用いて得られたようであるとのこと。

北階段脇から内部に続く六二段の階段を上るともう一つ別の神殿があり、赤いジャガーの玉座（斑点を模して紅玉をはめ込んだ）とチャクモール像が安置されているという。これらを鑑賞するには指定時間があり、それには早すぎたため、とりあえずピラミッドに登頂する。

三六〇度、遺跡群を除けば何一つ視界を遮るもののない景観。果てしない広漠とした熱帯密林が広がっているばかりであり、むしろこのような地に数々の神殿を築いた人間の力は驚異であり、何がそうさせたのかさえ不思議であり、謎を深めるばかりであった。

カスティージョから正面に臨める三本のフリーズ（帯状彫刻）で有名な戦士の神殿、その正面に向かって、右側にずらりと建ち並ぶ戦士の彫刻の施された石像。それは三国同盟の破局後、トルテカ方面の文化の影響を受けて建てられたものと言われ、三層の基壇の上にはチャクモールの石像と高さ五メートルの翼のある蛇、ククルカンをかたどった一対の石柱が佇立していた。

それらの一番奥に、祭壇であろうか長さ五メートル、奥行き四メートル高さ一メートルの台座を支える一九の小立像（アトランチマン）があり、それら小立像や台座は内部の神殿から掘り出されたものを再構築したものだという。またそれと同時に祭壇の下にあった甕の中から直径五センチのヒスイの玉が発見され、さらに細かいトルコ石をはめ込んだ精巧なモザイク模様の青光りする飾り板も発見され、その復元にアメリカ博物館のS・市川氏が担当し、それらはメキシコ市にある国立人類学博物館に展示されているという。それは差し渡し二〇センチくらいの円形で、周りに扇型のギザギザのついている木製の台木にはめ込んだものだが、青緑色の水彩風の美しさと、その精巧な細工の見事さが見る者の心を強く引き付けて離さないという。これらが発見されたのは一九二八年カーネギー研究所のR・H・モリス博士の考古学チームの手によるという。基壇の内部にある古い神殿には彩色を施された浮彫が見られた（これも見学時間が限られていた）。

途中、木々の枝で覆われた赤土の道を通り聖なる泉（セノーテ）、別名「犠牲の泉」へ向かう。ぽつりぽつりと雨。私はテオティワカンで値切って買った例の帽子を被っていたのでそれほど苦にはならなかったが、木陰に逃げ込む人や透明なビニールのコートを着る者、傘をさす者まであり、雨空を見上げてツアーバスのほうへ走っていく者から、スケジュールを変更する者までいた。雨は降っては止みの繰り返しであった。

聖なる泉。不気味な緑色をたたえる犠牲者の泉。水面まで二〇メートル。直径六六メートルのこの泉に、マヤ人は生きたままの人間を投げ入れたという。それは、泉の底に雨神が住むと信じ、神の怒りを鎮めたり、吉凶を占ったりするためのものであった。後にチチェン・イツァーの伝説の王になるククルカンもここに投げ入れられたのであった。

エドワード・トムソンが潜水器具を使って泉底の調査をし、人骨や金銀の装身具、土器の欠片や土偶を多数発見し、伝説を裏付けたのは有名であり、それらの品々は現在メキシコ市にある国立人類学博物館に展示されているという。ウシュマル同様に石灰質の土壌、それに伴う降雨祈願や、旱魃、洪水のお祓いのために人身犠牲を行ったのである。目を閉じて耳をすませば、彼ら犠牲者たちの嗚咽や叫び声、救いを求める声が聞こえてくるようであった。高度な天文知識に反比例するような人身犠牲。両極端の混在するマヤやアステカの文明。まさに大宇宙の前で人間は侏儒として映っていたに相違ない。その高度な医学の知識や自然科学を有しながら。

引き返してジャガーの神殿に向かう途中、昨夜の若い日本人カップルに出会う。医学生と文学部に籍を置く女子大生であるという。若い時に海外に出て、外から日本を見つめてみることも良いことだろう。ただ単に日本からの逃避や帰国後に優越感に浸るのではなく、人生の何かを把握してくれればよい。まずは幸福になってほしいと思う。

ドクロの彫り物で有名なツオンパントリ、ジャガーの神殿を見学。ジャガーの神殿の裏にあるレリーフ（浮彫）の神殿と呼ばれる建物には、天地創造の図の壁画があり、注いでいる神様の涙から花や鳥や獣が生まれ、最後に神様の頭から人間が出現する。またこの神殿の外壁には二千余の頭蓋骨を連ねた帯状装飾があり、地下からは無数の人骨が現れ、それは太陽に捧げた人身犠牲の者であろうと言われている。また内部の壁の下部のほうに「赤い手形」が描かれていた。

すぐ横の急勾配の階段を上る。そこにはククルカンを祀る神殿と、四方を石壁で囲まれた緑鮮やかな芝生の植えられた球戯場があった。古代メキシコでは最大のものとされ、球技は宗教儀式として行われ、ゴムのボールを手以外の肘、腰、膝などでたたき上げ、側壁上部の石の環をくぐらせて勝負を競い、勝ったチームの主将は神に値する人格として生贄に捧げられたと言われ、壁面には切られた首から血潮のほとばしり出る様子が浮き彫りにされていた。

球戯場の大きさは、長さ一六〇メートル、幅三〇メートル、壁面の高さは九メートルもあるという。また東西南北はそれぞれ、

東　チャクウァヤブ　赤　太陽の神　吉
西　エツウァヤブ　黒　死の神　凶
南　カンウァヤブ　黄　農業の神　吉
北　サクウァヤブ　白　空の神　凶

とされ、それらの方位に意味を持たせてあったことも興味深いことであった。

カスティージョに戻り、内部の神殿を見学。その後、エル・カラコルへ向かう。途中、黒曜石の戦士の像を売る少年や土産物品用にインディオの人面を木彫りしている人に出会う。既に雨も上がり、木の葉隠れに青空がのぞいていた。

エル・カラコル。カタツムリの意とされるマヤ遺跡の白眉、石造の天文台。まず圧倒されるのは、そのドーム型の外形が現在の我々の目にする天文台と瓜二つであるということである。この建物は太陽の神殿のあった壇の上に建てられ、二層の円形の塔を持つ。高さ一二・五メートルのドームがあり、その中にある螺旋階段を上りきったところに観測室がある。この建物は古典期マヤには無かったものとされ、この建物からは三六〇度、全く遮るもののない展望が得られる。そして、石造建築にあけたトンネル窓を通して天文観測が行われていたのである。

「三つのトンネル窓は真南および赤緯マイナス二九度（夏の月）とプラス二九度（冬の月）をマークしている。これは交点の逆行の周期（一八・六一年）の月の極限位置であって、同じ赤緯はストーンヘンジでもマークされている。おそらく南東象限儀として他の窓が有った事だろう」

これはジェラルド・S・ホーキンズ著『巨石文明の謎』からの引用であるが、さらに続けてこの本の著者はマヤの天文学者は月の周期二九・五三日を正確に知っており、パレンケのピラミッドの王墓の壁のマヤの碑文には「八一月は二三九二日となる」と記され、これを割り算すると一か月は二九・五三〇八六日となり、これは実際の長さより二五秒しか差がないという。またマヤ人は木星の周期（黄道帯を回る年と日の数）を知っており、金星が明星として現れる日数のパターンを記録し、この周期は八年経つと繰り返されることを知っていた。また、火星が七八〇日ごとに真夜中の輝く星となることも知っていた。すなわち、マヤ人の宗教暦三年は火星の一合周期（三×二六〇＝七八〇）と等しいという。

現在このドームは南西部分しか残っていないのだが、これは東から吹き付ける貿易風のせいである。それにしても、雨乞いのための生贄や焼畑農耕をしていたというマヤ人が、かくも高度な天文知識を有していたことには驚かされるばかりである。もちろん太陽暦の一年の長さを正確に把握していたのは既に見た通りである。

エル・カラコルではフランス人の七、八人の若者がふざけ合っていた。ツアーバスで来た団体客なのであろうか。

高僧の墳墓を見る。その裏側は既にかなりの植物による侵食が進んでおり、手入れをしない限りあと数年で大自然に飲み込まれてしまう勢いである。尼僧院。チチェン・イツァーで最も美しく、その夕景は筆舌に尽くしがたいと言われるものであるが、道を間違えたのであろうか。ガイドブックで探したのだが、どうもそれらしい建物は見当たらず、既に午後一時になろうとしていた。

ホテル・ミシオン・インに戻り、カンクン行きのバスの時刻を問い合わせる。

「一時三〇分のがあるから、来たら呼んであげましょう」とフロントの係員。

「バス停は？」

「時間になったらバスを停めてあげます」

長閑と言うべきであろうか。ホテルの人が手を挙げただけでバスが停止してくれるとは、驚くほかないだろう。バスの来るまでホテルのロビーでコーラを飲み、寛ぐ。一時二五分頃、ショルダーバッグを受け取り、ホテルのボーイ（すべての従業員が白の上下の服を着ていた）と二人で外に出て、バスの来るのを待つ。

「グッバイ！」

「サヨナラ」

ホテルから出てきた二人の若い女性に声を掛けられ、私も慌てて応え返す。

「ツァイチェン！」

彼女たちはロサンゼルスに在住の中国人学生で、昨夜ホテルの食堂で一緒であり、今朝もチェンで一緒だったのである。私は出会った時てっきり日本人かと思ったほどであった。顔立ち、背丈、黒髪。西洋人から「日本人も中国人も同じに見える」と言われても仕方ないほど、確かによく似ているのだった。

彼女たちは二人の時は中国語で、それ以外は流暢な英語を話していた。そして昨夜サウンドショーに誘ったのだが、疲れているからとのことであった。彼女たちはカンクンからメリダに抜けるという。私とは逆のコースであった。私は旅の締めくくりはカリブの海と決め、遺跡見学では所要時間の見当もつかず、海なら何も強要されることもないし、最悪の場合でも海を見るだけでも良かったから、このようなコースを組み立てたのだった。

彼女たちは遺跡見学の後、近くでショッピングを楽しむと言っていたから、もう見学は済ませてきたのであろう。

「サヨナラ」

アクセントのある発音。しかし一語でも二語でも外国人から日本語で話しかけられると嬉しいものである。互いに軽く握手して別れる。二〇分遅れでバスが来る。白い服のホテルのボーイがバスを停めてくれ、私は行先を確かめ、そそくさと乗り込む。

「グッドラック・・・、グッバイ」

「サヨナラ」一人が言い、もう一人が言う。

「ミーチュユー・アゲイン！　ツァイチェン！」

バスはチチェン・イツァーを後に、一路カンクンを目指す。

遺跡から乗り込んだアメリカ人を含め、かなりの込み方であった。遺跡で出会った若い日本人のカップル。同宿だった若く美しい中国人女性たち。そして親切にしてくれたホテルの人たち。一期一会である。みんな幸せになってほしいと思う。

カリブ海に面したカンクン。所要約三時間。かなりの距離である。白い道の両側は行けども熱帯樹林と雲の低く垂れ込めた空ばかりである。私はマヤの歴史について思いを巡らせていた。

カーネギー研究所『失われたマヤ王国』によればマヤ文明は、・・・とあるグァテマラの山中に発し、「悠久の太古からキリスト紀元の初めごろ、既にウァハクトンは存在し、チカル、コパンも建設された。さらにピエドラス・ネグラス、ナランジョ、パレンケなどの都市が現れる。キリスト紀元で三七四年頃までをマヤ古王国の最古期とする。

中期はメンチェ建設からパレンケの放棄、キリグアの建設された四七三年頃まで、やがて古王国の最盛期に入る。セイバル、イクスクンが建設され、また放棄され、メンチェ、コパン、ピエドラス・ネゲラスもウァハクトン、キリグア、ナランジョも見捨てられた。フロレス、ビエンケ、ビエジョが建設されたがこれも放棄され、チカル、セイバル、フロレスも捨てられて、六一〇年頃から北方ユカタンへの大移動となる。六一〇年頃から一〇世紀の半ば頃にかけて、ユカタン半島の頭部への移動と建設の過渡期に入った。

ユカタンの北方に、チチェン・イツァー、ウシュマル、マヤパン、イサマルなどが建設され、都市同盟も結ばれて、新王国の文明が花開く。九六四年から一二世紀までが新王国の第一期、都市同盟の決裂、チチェン・イツァーの敗北から武力導入によるトルテカ系文化の影響が大きくなり、チャンポトン、サイル、ラブナなどが建設され、一四四一年、革命によるマヤパンの没落までが第二期とされる。そして、都市の分散、弱小化の後、スペインの侵略によってとどめを刺されるまでが末期である」とされる。

　同書によれば、グァテマラ北端の辺境にある廃都、ウァハクトンは、現在までに発見されたマヤ古王国の最古の都市である。それは、そこから発見された石柱の文字の解読により、紀元六八年まで遡ることができるとされ、同書の断り書きには「ウァハクトンで発見された日付が、直ちにマヤの歴史を物語るものではない。なぜなら、もっと古い日付を持つマヤの廃都は、今も密林のどこかに、人知れず眠り続けているかも知れないからだ。従って現在発見されている暦柱の示す数字からは紀元六八年まで遡ることが出来るが、それ以前は無限の時間の彼方に消えてしまっているわけである」とし、この遺跡の白いピラミッドE－Ⅷは天体観測の起点となったとし、「ここには、キリスト紀元の前から我々のビルディングにも匹敵するような大建築が行われていた」と記され、ピラミッドE－Ⅷについて、「ピラミッドE－Ⅷと広場をへだてて、露台が築かれ、その上に三つの神殿が並んでいる。

　この三つの神殿が、そのまま天文観測設備である事がわかったのである。広場のピラミッドの階段の中段に立って、この石柱から見通しにすると、三つの神殿の中、真ん中の神殿が直線で結ばれ、左右はそれぞれ二四度の角度になる。三月二一日つまり春分の日、ピラミッドの中段から見ると太陽は中央の神殿の真後ろから昇る。それから、太陽の昇る位置は北へ移動していき、六月二二日の夏至には、向かって左側の神殿の左の端、つまり北端から昇る。太陽は今度は南へ移動し始め、秋分の日には正面の神殿の背後から、冬至には右側の神殿の右の端、つまり南端から昇ることになる。

ウァハクトンの古都の神官たちは、これによって、一年中の周期を確実に知り、密林の伐採、焼き畑、種まき、収穫の時期を農民たちに教え、それに伴う儀式をつかさどったものだろう。そして、この観測の基点となる石柱から、これを造った時の日付と思われるマヤ数字が発見された。それは、紀元前二三五年を示すものだった」と記される。

「マヤ文明の過去の一つの基点から通算する編年法（日本でいえば皇紀にあたる）ロング・カウントの基点は、キリグアの石碑にあった日付から金星暦で逆算すると、ジゼ・ルドルフによれば紀元前三三七三年九月二二日とされ、その基点日は秋分の日で、なおかつ日食が起きているとされ、これは実に一〇万年に一度の確率であり、天文観測にたけたマヤ人にふさわしい基点日であり、その天文観測や予測の精度に驚かされるばかりである。

都市を放棄し、新都市を造り、またそれを放棄するマヤ文明の歴史。その直接の動機は焼き畑農耕による大地の荒廃化とされるのが大半であるが、この著者は、マヤ暦に都市を放棄すべき年月日が記されていたのではないかと言う仮説を持ち興味を魅かれるのだった。

小移動の挙句、紀元六一〇年頃を境に、グァテマラ山中からほぼ時を同じくしてユカタン半島へ大移動を開始するマヤ人たち。旧都が敵に攻撃された様子もなく、動機らしい動機もなく、ものに憑かれたかのように・・・。

マヤ族がユカタンに最初に築いた都はバカラールとされ、紀元四七二年のことである。やがてチチェン・イツァーを建設。イツァー族はこの都を一時見捨て、これを再興したのが伝説の白き王、ククルカンである。彼は戦争の捕虜としてチチェン・イツァーに連れて来られ、聖なる泉に捧げられたのだが死ななかった。マヤ人は掟に従い泉から彼を助け出し、神の位を与えた。その後ククルカンの勇気と英知をたたえ、それを記念するために建造されたのがカスティージョと呼ばれる大ピラミッドと、その上にあるククルカンの神殿である。彼ククルカンこそその昔人身犠牲に反対してトルテカの都を追われた、ケッアルコアトル王とする説もあるが、その真偽は定かではない。

チチェン・イツァーに続いてウシュマル、マヤパンの都市が建設され、マヤ第二の文明が花開く。宗教都市ともいうべきチチェン・イツァー。マヤ古王国の伝統を誇るウシュマル。それらの両者を融合したような行政都市ともいうべきマヤパン。

武力でも文化でも全く他部族を寄せ付けない、強力なマヤ王国の版図が築かれ、一一世紀初期にマヤパンの統治者、ココム王朝を盟主に、チチェン・イツァーのイツァー王朝、イツァー王朝と争いを繰り返していたウシュマルのトトル・ヒウ族の後裔ヒウ王朝の間に、三国同盟が結成される。その頃グァテマラの地にはキチェ族が大王国を建設していた。

二〇〇年の平和の後、三国同盟は破局を迎えることになる。チチェン・イツァーとマヤパンは反目し、ウシュマルは傍観者の立場をとる。マヤパンの王ウナック・セールは形勢不利になると、メキシコ方面から弓矢による戦法を持った部族の援軍を頼む。それはトルテカ族ともナワトル族とも言われている。チチェンの王、チャク・ヒブ・チャクの敗北によってチチェンはメキシコ方面から来た一族に与えられた。メキシコ色彩の濃厚な華麗な建築物や芸術品は、おそらくこの頃のものであろう。

マヤパンの勝利によりウシュマルも新チチェンもその傘下に入り、支配される。

一五世紀半ば、マヤパンの抑圧的な支配体制に反発し、ウシュマル出身のクシウスは、マヤパンに人質として留められていたウシュマルの貴族や族長と謀って内乱を引き起こし、マヤパンを落とす。マヤパンはただ一人生き残った王子を長としてチポロンに新都市を築く。奇妙な事に勝った方も自分たちの都市を捨て他の土地へ移っていく。ウシュマルのヒウ王朝はマニと言う都を築くのである。

マヤパンと戦って敗れたイツァー王朝の残党は、北グァテマラへ引き揚げていき、ペテン・イツァーの湖の西端に突き出た岬にタヤサルという新都市を築く。しかし、時既にスペインによる征服の手は忍び寄り、一六九六年、マルチン・アリメンデロによって中米最後の征服が完成され、マヤ王国の歴史は終わるのである」

以上がマヤの歴史の概観であった。

キリスト紀元頃には既に立派な天体観測の設備や現代のビルディングに匹敵する神殿、建物を有し、ロング・カウントは紀元前三千数百年にも遡り、ロング・カウントの基点そのものが一〇万年に一度しか起こらないという秋分の日、かつ日食だったという、恐るべき天文知識を有したマヤ人たち。そして、小移動を繰り返し都を造っては放棄し、また造り、時には旧都に再び現れるといったマヤ人たち。古いピラミッドを覆い包むようにして新しいピラミッドや神殿を再び建造したマヤ人たち。「トルテカに必ず帰る」と言い残してその地を後にし、東に去ったケツァルコアトル（彼がチチェン・イツァーに現れたククルカンであっても不思議ではないだろう）。そしてアステカの神話とコルテス一行。マヤの歴史やマヤ人ほど、様々な空想や想像を楽しむのに適しているのも珍しいくらいである。

ところでマヤ人はどこから来たのであろうか。

カーネギー研究所『失われたマヤ王国』によると、マヤ人はかつて大西洋上に栄華を極めた謎の大陸アトランティス人の末裔であろうという仮説を立て、マヤ人は遠く大西洋を隔てたスペインのバスク人と共通語が多いことやバスク人は航海術に長けていること、長頭族であることを取り上げている。しかし、アトランティス大陸が大西洋に没したのは紀元前一万二千年から同一万年頃とされ、バスク人の発生（歴史）そのものが紀元前六、七千年前とされ、この推論には無理があるのではと思われる。さらに他の著作者によるものにはマヤ人宇宙人説と言ったものまであり、それは高度な天文知識やナスカの地上絵やインカから発掘出土された土器に星やクラゲのような、よく漫画に出てくる宇宙人の絵のあることが混交され、また旧約聖書にマヤ人が出てくることを挙げ、飛行機のような乗り物がなければ地上絵を俯瞰することもできないし、遠隔の地エジプトまでは行けないとしている。そしてインドの山中には現実にプロペラを持った飛行機の玩具があり、また水素爆弾か何か高度な破壊力を持ったものによる破壊の跡があることも述べ、太古の昔に現在と変わらない高度破壊力を持った文明の時代のあったことを示唆している。

また、第二次大戦後まもなくチベットの北方コンロン山脈で古代人の住居跡を調査していた考古学者の一団が、ある洞穴の中から得体の知れない石を七一六個発見したという。それらの真ん中には穴が開いていて円盤状になっており、周囲に細い溝がたくさん通ったレコードの音盤そっくりだったそうで、溝には「線状文字」とも言える小さな絵文字が書き連ねられていたという。北京大学でそれらの文字を解読したところ、石の円盤の推定年代は一万二千年前とされ、その文章は、「我々は自分たちの空を滑る機械で地上に降りて来た。そこにいた生物は洞穴の中に隠れてしまった。彼らは我々に害を与えるような様子はなかった」「我々の機械は、地上に着いた時に壊れ、新しく作ることにも失敗した」などという内容であったという。

そしてこの円盤は、コバルトのような金属質を多量に含んでおり、さらに空気中でほとんど目に見えないほど小刻みな振動をしているのだという。ちょうど帯電しているような感じであり、また、中国の古い伝説の中には、天帝はじめ神々が世を治めるために崑崙山に下って来て住み着くようになったという話があり、崑崙山脈周辺の古代人の住居跡と思われる洞穴からは人骨の化石が発見され「その中には極端に頭蓋骨が大きく、手足の骨が未発達のものが混じっていた」とされている。そして「洞穴の内壁には太陽や月や星を描いたと思われる壁画があったが、その中に海や川や山の俯瞰図と思われる図柄があり、測量技術もなかったであろうその頃にどうしてこのような地図が出来、またこのような材質を持つ円盤がどうして一万二千年も前に存在し、どうして現在に至るまでその振動を続けているのか」という疑問を投げかけ、「我々の知らぬ遠い昔、宇宙のどこかに住む知的生物がこの地球と関係を持っていたのではないだろうか?」とするソ連の科学者ビャチェスラフ・ザイツェフは、歴史のベールの向こう側、無限の時間の彼方に何があったのか、それは想像する以外に方法はないが、人類全部を破滅させる大異変（地震・洪水・水素爆弾による人為的破壊）があったのは一度や二度ではなかったかも知れないとし、「人類は過去三度の大異変によって破滅しており、現在の人間は第四の世界に生きているというマヤの宇宙観を取り上げており、インド北部で発見された先史人類のものと思われる顎の骨は、その推定年代は五百万年から一千万年前のものだという。我々人間の知恵は、我々自身の歴史によって積み重ねられてきたと考えられているが、実は絶滅した過去の残滓と外なる世界の新知識との結びつきから生まれて来たものかも知れない」というコメントを『失われたマヤ王国』に載せている。

実際、中南米オルメカの黒人を思わせる巨石人頭像といい、マヤ人の高度天文知識といい、その突発的な移動といい、不可解であり、彼らがどこから来たのか不思議としか言いようがないのだが、サンタ・テレーサの洞窟絵がポリネシア系海洋民族の描いたものという説が真実であるとすれば、マヤ人が大西洋を船やカヌーで越えて来たとしても不思議ではない。海洋民族の常用するカヌーはそう簡単に転覆するようには造られていないし、そのスピードにしても我々の考えているよりも遥かに速いのである。またその海洋民族が失われたムー大陸の末裔だったとしたら、はたまた歴史上の疑問符が追加されるばかりである。

ところで、幾度も人類が絶滅に瀕したというマヤやアステカの神話（ポポルヴフ）が旧約聖書の創世記に類似しているとしても、外なる宇宙から来たとしても、現在、我々がこの地球という一つの星に、核戦争の脅威の下、運命共同体の一員として生息していることを忘れないことが肝心である。すべての歴史が「過去」という既に存在した諸々の世界に我々を誘い、美しい夢や希望を持たせ、たくさんの訓令（いましめ）を与えてくれるとしても、我々は現実という世界に直面し、いかにそれと対峙するか、それによって我々の未来が関わっていること、我々人類の子孫の生命にさえ関わっていることを再認識しなければならないはずである。

過去は過去として現在の訓令として生かすこと。そして未来を構築する以外に道はないのであり、核の脅威の下であれ、世界が地球国家として融合可能であることは不幸中の幸いと言うべきであり、核廃絶、そして戦争の廃絶こそ、未来へ向かっての提言であり、非暴力無抵抗主義こそ我々の使命とも言えるでしょう。それは、「隣人を愛すること」において既に見たように「我・それ」の関係項の廃絶を意味し、「我・汝」の関係項の確たる樹立に他ならないのである。そして、すべての所有の概念を放棄し、真実の愛によって生きる、仏教用語でいうところの「偉大なる放棄」への道でもある。

所有。この無意味なもの、無価値なものを放棄し、諸々の所有欲を放棄した時、全世界は一つの新たなる価値観によって働き、必要によって分配を受けるという理想的な世界は構築されるに相違ない。五体満足な身体と人類の世界から受け継いだ英知・知識、それ以外に何を欲するというのであろう。子供たちは親たちの所有物ではなく、人と人の世界、「間」つまりその子供を取り巻く人間や天然自然の環境によって育まれ成長していく社会的存在である。人間とは歴史的社会的総体であり、個としての人間は単なる器でしかないことは既に見た通りであり、個そのものの概念が不必要となり、解体してしまうのである。知識そのものが人類の遺産であり、衣食住さえ器としての他者から代価を払って得ているに過ぎず、この私自身その一人でしかないことを思えば、「我・汝」の関係項を得ることは、さほど困難なことではないはずである。

ユカタンに花開いたマヤ文明。その、石によって構築された巨大なピラミッドや神殿でさえ、あるいは風化し、あるいは熱帯性植物や樹林によって侵食され、潰え去ろうとしているのである。それを思えば所有欲はおろか、人間の生命のいかに短く、そして欲望がいかに無意味で無力なものかを思い知らされるばかりである。

ハイウェイバスは事故もなく、走行に次ぐ走行。やがて大きな町に到着。乗客の半数近い人が降りる。と同時に今まで着席していた人たちが座席を立って他の席へ移り変わる。

私は今まで一時間近く立ったままだったので空いた席を見つけて座る。人々が乗り込んでくる。若い男が後ろのほうで何か大声で喋っている。席を替わるように言っているようだ。やがて私の前にも若い男が来て席を替わってほしいと言う。そしてバスの停留所の印刷されている乗車券を見せ、右上の鉛筆書きの番号を私に示す。Ｃ70。私はＣ78。どうやらここバジャドリドからは座席指定になっているようである。

私は彼に謝って自分の席を探す。後部座席の私の席は既にアメリカ人の家族が座っている。子供二人を挟んで両側に中年の夫婦。一応そこは私の席であるので、替わってほしい旨申し出る。しかし、彼らは家族であることを理由に替わろうとしない。仕方なく念のために乗車券に書かれた番号を見せてもらう。私は一瞬唖然とした。なんとその夫人は私と同じC78の番号の券を持っていたのである。バスの車掌が誤って同じ番号を切っていたのだ。これでは替わってほしいと言っても埒が明かない。それに夫人は多少疲労気味であったし、結局私はその夫人に赦しを願い、車掌にその旨申し出る。車掌も困ったらしく暫くしてから顔見知りの若い男性客に何かを話し、私と交替するように言ったのであろう、若い乗客は私に席を譲り、立ったままラジカセを聴いていた。私もあと二時間くらいは立ったままでも良かったのだが、せっかく席を空けてくれた彼の厚意に感謝し座らせてもらうことにした。

バスのスピーカーから流れるメキシコの音楽。若い乗客の持ち込んだラジカセから聞こえるアメリカンポップス。それらがバスの座席を前と後ろに分け、かなりのボリュームで流れている。しかし誰一人クレームをつける者もないままハイウェイバスは疾駆していた。それは、どこまで行っても単調な熱帯密林の風景と低く雲の垂れ込めた空、そして遺跡見学に疲れて仮眠状態に陥っている大半の観光客のせいだったのであろう。客同士で言葉を交わす者もほとんどなく、窓外を見やっている観光客もいない。若いアメリカ人のカップルだけが互いに肩を寄せ、頬を付けて眠っているばかりである。

心地良い沈黙。そして流れ来るメキシカンミュージック、アメリカンポップス。いつしか私も深い眠りに落ちていった。

一六時。一時間も眠っていただろうか。車内では相変わらずアメリカンポップスが流れている。いくらかボリュームを下げたようだ。大半の乗客がこっくりこっくりとうたた寝をしていたからであろう。視界には相変わらず単調な一直線の白い道路と、それによって真二つに切り裂かれた熱帯樹林の大海が、不気味な黒緑色を湛えて広がっているばかりである。活動しているもの、それはこの大型ハイウェイバスとほとんど稀に、時折擦れ違う二・三台のトラックや乗用車だけであった。そして、遥か彼方で樹海と合流する空ばかりであった。そして見晴らす空の彼方に雲はほとんどなく、内心ほっとするのだった。おそらく雲の切れたあたりにカリブ海の一大リゾート地、カンクンがあるに違いない。

私は少しでもユカタンの風景を見ようと思い、席を替わってくれた青年と交代して、立っていくことにした。それに、何の非もない彼がこのまま立っているのも気の毒に思えたからだ。

私はなぜかK・Y嬢のことを考えていた。「過去を忘れたい」そう言ったまま過去という重い扉を閉ざしてしまったK・Y嬢。私が知っているのは、実兄を山で亡くしていること、それも彼女が幼い頃に。そして父親を嫌悪していること（それは憎悪とさえ言えるものだった）。それに、自分は母親のようには生きられないと思っているということ。彼女は父親が四〇歳の時に生まれた子供であるということなどである。

K・Y嬢の過去。そこに何があったのか私は知らない。何を指して嫌悪し、憎悪するのか私は知らない。父親が四〇歳過ぎの時の子供であることに対して何を恥じることがあろうか。私が言えたことは、父には父の、母には母の人生があり、K・Y嬢にはK・Y嬢の生き方があり、自他を切り離して人生を見つめ直し、生きてほしいということである。確かに独力で大学を出、自活し、多大な苦労をしたに相違ない。しかし、家庭の事情で大学はおろか中学さえ満足に終了できずに就職した人たちがたくさんいるのを思えば、それは誇りに思うほどのことではないだろう。否、誇りに思うのは良いとしても、他人を非難したり見下したりすることがあってはならない。両親の生きた時代や世界、そして我々の生きている時代や世界は想像を絶するほど隔たりがあるのだ。例えば、テレビがどこの家庭にも普及した頃に育った世代、それ以前、以後の世代では、まさに価値観といい、生き方といい、隔世の感があるのだ。

「親は親。赦してやれば？」

K・Y嬢と会い話題が家庭のことに及ぶと、いつもそうアドバイスしていた。K・Y嬢にはやはり、私の知らない部分で父親との葛藤があったようだ。

「ほんとに愛する人が出来たら山に連れて行ってもらうんだ。お兄ちゃんの眠っている山にね」

二回りも近く年齢が離れていたという兄。幼い頃とても可愛がってくれたという兄。その兄のために、兄の分まで生きるのだというK・Y嬢。ジーンズ・オートバイ・ダイビング・飲酒・祭りの神輿・・・。それらは兄の分まで生きるというK・Y嬢の言行一致の行為なのであろう。そして、推理することが許されるのなら、K・Y嬢の家では男子は山で逝った兄一人だけであったのであろう。そして、お前が男の子だったら・・・。いつもそう言われて育ったのであろうか。すべてを赦すというには若すぎたというべきであろうか。

いつか私の言った「大人になったら再会しよう」という言葉の意味に気付いた時、私の電話のベルを鳴らすことだろう。その時もし私がE・S嬢と結婚していたとしても、より大きな愛の世界で、E・S嬢を含めて我々は愛し合えるに相違ない。そして、今でも私は電話のベルが鳴るのを待っているのだが・・・。

大きなバスターミナル。人の波で溢れんばかりである。我々のハイウェイバスは停車し、次々に乗客が下車していく。車内アナウンスのないまま、客は私と若いアメリカ人カップルの三人だけになる。不審に思い運転手に訊いてみる。私もアメリカ人カップルも手荷物を持って慌てて下車する。カンクンのバスターミナルであった。

私はタクシー乗り場を探す。ホテルの前ならいくらでもあるという。私はふと思いついて通りかかったタクシーに手を上げる。近寄ってきて停車するタクシー。行先OK、料金了解。メキシコ国内ではこういった相乗りタクシーが多く、まず行先と料金を確認しておけばトラブルはないだろう。料金さえ決めておけば、途中誰が乗って来ようと遠回りしようとこちらには関係ないし、安心である。さらに大体の地図や距離感を把握しておけば、言うことなしである。

途中、後部座席にいた客を降ろし、テキサスから来たという賑やかなカウボーイの家族を乗せ、降ろし、目的地のホテル、エル・プレシデントに到着。ホテルはトルトゥカ・ビーチに面した六階建ての、白壁と赤い屋根の大きな建物であった。

ここカンクンは年間平均気温二八度。快晴日二四〇日以上という常夏の別天地で、一九七〇年代に入ってから開発された一代リゾート地である。高級ホテルの林立するカンクン島はユカタン半島に密接する最大幅四〇〇メートル、長さ二二キロメートルの細長い逆エル字型をした珊瑚の島で、内側に礁湖（ラグーナ）を持ち、島の両端は短い橋で半島と結ばれ、車で渡ることができる。澄み切った海と純白のビーチが有名である。

カンクン市は島の北西端に接する半島側にあり、一九八一年、南北サミットが開催され、大統領の顔を浮き彫りにした白いモニュメントが、市の目抜き通りの交差点（ロータリー）に建立されていた。その白い現代風彫刻とも言うべき建物と赤い花の咲きほころびる緑の熱帯樹のコントラストは、ここカンクンを訪れる旅行者の心を充分に慰めてくれるに相違ない。

部屋に案内され、まずシャワーを浴びる。室内は既に冷房され、汗を流した後では寒いくらいであった。セナ（夕食）までには早く、私は海に出てみることにした。ホテルを入ってすぐに大ホールがあり、そこは待合室を兼ねたカフェコーナーになっており、モダンな音楽バンドが爽やかなカリビアンミュージックを演奏していた。楽器はピアノもドラムも日本製のものであった。入口すぐ右手がフロント、その奥にホテルの事務所ビル。大ホールの奥にこれも大きなガラス張りのレストラン。入口から見て左手側がエレベーター付きの客室棟であった。海へ出るには大ホールと客室棟の間に広い通路があり、客室棟の前には手入れのされたグリーンの芝生が横たわり、通路の突き当たりにはブルーの大きなプールがいくつもあった。プールとプールの間を抜けたところに屋根をヤシの葉で葺いた屋外レストランとカフェテラス。さらに左手にはやはり屋根をヤシの葉で葺いた大きなドリンクコーナーが設けられていた。

海。ホワイトパウダーサンド。さらっとしたパウダー状の砂。そして潮の香りのほとんどしない海。ビニール袋もサンオイルの臭気もない海。どこまでも続く遠浅のマリンブルーの海。長い歳月をかけて珊瑚が海底を形成し、死滅した珊瑚が波に洗われ粉々になり太陽光を反射しているせいであろうか。前方に中世の帆船（キャプテンクックに出てくるものだ）。左右の遠景に点り始めた街の灯り。波のない海。どこまでも続く白砂。ここでは蟹と戯れる気分にはなれないだろう。ここカンクンに存在するのは南海の明るいのびのびとした解放感だけである。

夜。セルベッサとランゴスタ（伊勢海老）、サンドイッチ、フルーツといった軽食を済ませ部屋に戻る。大ホールでは、相変わらずカリビアンミュージックが演奏されていた。

私はE・S嬢に手紙を書こうと思った。

いつも美しいE・S様

健やかにお過ごしのことと思います。

ウシュマルからチチェン、カンクンへのユカタン半島の一人旅ももうすぐ終わろうとしています。

日本を出発してからほぼ三週間。どれだけメキシコを理解できたかは疑問ですが、おそらくその三分の一、四分の一も見学し終わっていないのでしょうね。

カンクン。美しい海。どこまでも続く白い砂。紺碧の空。まばらな人影。なぜ一人で来たのか悔まれます。貴女がいてくれたら幸せを分かち合えたのに・・・。そう思うとなおさら残念に思われます。

しかし、貴女のことを一日も忘れたことはありません。この三週間の旅を陰から支えてくれた貴女に感謝しています。

愛。美しい言葉です。しかし、なんと実践することの難しいことでしょう。

貴女とならすべての面で信頼し合い、すべてを与え、すべてを分かち合えると思います。「友達は悲しみを半減し、喜びを二倍にする」と言いますが、人を愛するとはそういうことなのでしょう。

美しい愛。愛はそれを夢みることではなく、互いの夢に向かって協力し、それを実現するために努力し育んでいくプロセスの中にあります。全幅の信頼。そして協力。今の私は「貴女を愛している」ときっぱり言えます。どうぞ差し伸べたこの手を握り締めてください。そして今度来る時は優しく見交わす瞳と微笑の中、寛いだ愛の世界の中、二人でこの美しいカンクンを訪うことができるでしょう。

貴女を信じています。

それではまた連絡をします。

カリブ海・カンクンにて

カーテンを開ける。柔らかい夏の日差しとハイビスカスの紫紅色の花。緑の芝生。イグアナの子供（体長一メートルくらいある）が芝生の上で日光浴を楽しんでいる。

カンクン。長閑な朝の光景。私は渚に出てみた。早朝のせいか人影は見えない。低い曇った空が次第に明るさを増し、雲の隙間から太陽がスポットライトを当てるように、海の上や白砂の上に光の束を投げかけていた。今日も暑くなることだろう。

パウダーサンド。波は静かに寄せては返している。マリンブルー、エメラルドグリーン、ダークグリーン。様々な海の色の彼方に島が眺望できる。イスラ・ムヘーレスであろうか。コルテスがアギラールと会ったコスメル島はもっと南の島である。カンクン。白い砂。メヒカンオパールの輝きのように光線によって様々に変化する海の色。それは太古からのものであったのだろう。この美しい自然が破壊されないことを願うばかりである。

朝食を済ませ、午前中は海で過ごすことにした。三々五々宿泊客が集まってくる。雲一つない空が広がっている。遠浅の白砂の海。泳ぐには沖合の休憩台まで海の中を歩いて行かなければならない。海水は膝まで、深い所でも腰の高さくらいまでしかないのだった。

休憩台に荷物を置き、泳ぐ。ワンストローク、ツウストローク・・・。あっと言う間に一〇メートルくらい先まで行ってしまう。塩分が強いのだろうか。身体が軽く感じられる。休憩台に戻り日光浴を楽しむ。渚にいる人々。椰子の葉葺きの日除けの下、ボンボンベッドの上で寛ぐ人々。ビーチベッドの上で日光浴を楽しむ人々。ゆったりとスペースを取って建てられたホテルの数々。それらが美しい小さな風景として一幅の絵を見ているように視界に映る。

K・Y嬢のことを考えていた。

夏。貝たちも暑さのせいか深いところに引っ越してしまうという。海の好きなK・Y嬢。今頃ボーイフレンドや仲間たちと伊豆の海辺りで賑やかにはしゃいでいることだろう。年老いてから過去を振り返ってさめざめと涙をこぼす、そんな生き方だけはしないでほしいと思う。心から愛し合える人を見つけ、兄の眠るアルプスへ早く挨拶に行ってほしいとも思う。そしてE・S嬢。目の前にある幸せをしっかりと握りしめ、共に生きることの喜びを味わってほしいと思う。そして夢を実現させてあげたいと思う。M・O嬢。今幸福ならそれでよいと思う。

私は、私の知り合った人のすべてが幸福になってほしいと思った。そして、チャンスがあれば全員でここカンクンを訪れてみたいと思った。ここカンクンの風景は、山間の町、タスコ同様、すべてを赦す、そんな親和力、抱擁力を持った開放的な明るさ、優しさがあった。

人生の中で一瞬、時間という概念を放棄して過ごしたい、そんな時や場所があるものである。

おそらくタスコやカンクンはそのような場所なのであろう。大自然に抱かれて何もしないうちに、いつしか時が過ぎていく。まるで夢のように・・・。

一三時。チェックアウト。シティーに出る。白い建物。ハイビスカスの花。ジャカランダのグリーンの葉と赤い花の熱帯樹。舗装された広い道路。平たい町。カンクン。最新リゾート地に相応しく、町もホテルもゆったりと造られていることに何よりも好感が持てた。

道路（歩道）に面して建てられたテラス風レストラン。私はそれらの中から一軒を選び、コミーダを頼む。シーフードスープ。スープというと汁ばかり想像するのだが、小エビ、アサリ、イカやタコの切り身、野菜などの入ったトマト味の煮込みで、なんとも美味である。知らずに種々のものを頼むと、食べきれずに残してしまいかねない。私はこれ（シーフードスープ）とセルベッサ、サンドイッチ、それにフルーツとコーヒーを頼む。

シーフードスープ。実に美味しい。それは海が近いせいでもあろうか。もう一つ頼む。店の主人がコックを連れて挨拶に出てくる。彼の味付けだという。私は知っている限りの単語を集めて彼の味付けを褒め上げる。彼は腕によりをかけてお替わりの分を作る。事実それは美味しかったのである。味付けも辛すぎず、しつこくなく、程よく煮えトマト味とマッチしていた。店の主人は日本人が珍しいのであろう。いろいろと話しかけてくる。人なつっこい性格と顔が落語家の歌奴師匠に似ているのも手伝い、親近感が持て、はたまた日本語の開講であった。途中、カンクンの名入りのTシャツを購入し空港へ向かう。空には大きな積乱雲が浮かんでいた。カンクン。しっとりと落ち着いた寛ぎのある白い街。美しい街であった。いつか必ず私はE・S嬢と訪れるだろう。


空港。

フライトまでにはたっぷり時間があった。もし早い便にキャンセルがあればそれに乗れるとM観光で聞かされていたし、海は一人で来るところではないと思ったからである。残念ながらキャンセルは一つもなく定刻まで待つことになった。

暑い。ここカンクンはアカプルコ同様、夏はシーズンオフに当たり、空港ビル全体が冷房工事中であった。汗を掻くのをわかっていながらコーラを飲む。暑い。休憩所を探し、二階のレストランに席を借りる。

一七時。バリバリと大地に音を立てて弾けるものすごいスコールの襲来である。それは熱帯樹林をなぎ倒し、滑走路を破壊しかねない勢いであった。小一時間もするとぴたりと上がるスコール。そして強烈な日差し。さらに貿易風。これら大自然のすさまじさを現実に目にしたら、石造のピラミッドや神殿が破壊されるのも理解できるだろう。スコールの通り過ぎた後はさらに蒸し暑くなったようである。一杯。そしてもう一杯。席料代わりにコーラを頼む。滲み出る汗。カンクンの海では少しも蒸し暑さを感じなかったのに、なんという様変わりであろうか。

フライト予定、二〇時五〇分。

E・S嬢に短い手紙をしたためる。この手紙は私の帰国後、彼女の手元に届くだろう。おそらくそれ以前に投函した数便も。何故なら明朝、私は帰国の途に就くのだから。

いつもチャーミングなE・S君へ

いま、メキシコの旅も終わろうとしています。賑やかなマリアッチの演奏、哀愁を帯びたマリンバの演奏。教会の下にあるアステカの神殿。テンプロマヨール。オロスコやシケイロス、リベラの壁画。テオティワカンやウシュマル、チチェンの遺跡、アカプルコやカンクンの海。山間の町タスコ、原色鮮やかなポンチョやサラッペそれらを売っている市場（メルカード）、ブーゲンビリアとハイビスカス、インディオの踊り、闘牛、コルテスやモンテホによる征服、そしてオリンピック。メスティソの国メキシコ。

すべてが赦されていると同時に何一つ赦されていない国、メキシコ。ガムやフレッシュフルーツを売る子供たち。カトリック教の国メキシコ。マヤやアステカの歴史や文明を燃やしてしまった教会者たち。現在と過去、インディオとメスティソ。陽気さと悲哀、哀愁の混在する国メキシコ。奴隷の存在を認めないはずのキリスト教国が何故にこうも貧富の差があるのでしょうか。すべての面でメキシコはこれからの国と言えるようです。

メキシコ。少し耳を澄ませて裏通りを歩けば、インディオの嘆きや嗚咽、叫び声が聞こえてくるようです。現在から未来を指向する時、どんなに辛くても過去を正視しなければなりません。過去を現在に生かすには過去を浄化し、止揚（アウフヘーベン）しなければならないでしょう。そういう意味ではメキシコの人々は大変だと思います。しかし、地球時代に生きるには、どうしても各国がその自らの国の過去を振り返り、すべてを浄化し、見つめ直す時が来ているのです。戦争に聖戦などあり得ないでしょう。人間を物象、単なる物体として見る時、戦争が、そして侵略が繰り広げられるのです。

過渡期にあるメキシコは、まさしく〝哀愁のメヒコ〟と呼べるでしょう。

豊富な資源と人なつっこい性格のメキシコ国民。地球時代にある各国の指導者が真の平和と国民の幸福を目指す中で、メキシコがそれをリードした時、民主的な第二のテノチティランとして素晴らしい国家が誕生するでしょう。

哀愁のメヒコから、人間としての自信と余裕を持った〝愛のメヒコ〟へ。

生まれ変わるその日が来ることを、そしてそれがそう遠くない未来であることを期待し、祈りたいと思います。

そして、私たちも「真なる愛」という深い絆で結ばれていることを、ここに記しておきたいと思います。

人生、それは愛。

愛こそすべてです。

互いの愛を大事に育てていきたいと思います。

あなたに逢える日を楽しみにしています。


世界で一番大切な妹。

E・S　嬢　様

カンクン　空港にて

メヒカーナ612便。二〇時五〇分発メキシコ空港行。

それは、実に二時間三〇分近く待たされた後のフライトであった。定刻頃に一機到着したものの、そのまま他の搭乗ゲートから客を乗せて飛び去ってしまったのである。

搭乗ゲートを間違えたのであろうか。アメリカの青年と話し、同じ便の搭乗券を所持しているのを確認。しかし刻々と時は過ぎていく。三〇分・・・、一時間…。不安が募るばかりである。例の青年が大変なことが起こったと言わんばかりに、俯き加減に何かぶつぶつ言いながらこちらにやって来る。何事か彼に尋ねてみると、「フライトは二時間遅れだ」と言う。

私も欠航という最悪の場合のことを考え、メキシコまで長距離電話をしようと思いチェックカウンターにその場所を訊きに行った。カウンターでは手荷物をチェックした青年が四、五人の仲間とポーカーゲームをしていた。ついでだから我々の便はどうなっているのかを質問。すると彼は「既に行ってしまった」と言う。何度尋ねても答えは同じである。行ってしまった？何の連絡もなく？　第一、英語でのアナウンスがないのだった。例のアメリカの青年が定刻より遅れる旨の情報を提供してくれなかったら、パニック状態に陥っていたかも知れないのだった。

待合室には到底727型機には乗れないほどの人が溢れていた。そして、その半数以上がアメリカ人やフランス人であった。フロリダやマイアミからの航路を有しながら、英語の放送がないのも奇妙なことである。明朝帰国する私にどうしろと言うのだろう。押し問答をしても始まらない。そうこうしているうちに私のチケットをチェックしてくれた、流暢な英語を話すメキシコ人（アメリカ人だったかも知れない）が現れ、事情を話すと「心配しなくていい」と言う。二二時三〇分にフライトするから、今までいた待合室にいるようにとのことであった。やれやれである。

待合室に戻り、例のアメリカの青年にそのことを知らせると、彼はどこかに行ってしまった。電話でも掛けに行ったのであろうか。煙草を吸っているとメキシコ人の家族が来て私に話しかけてくる。ひどく訛りのある英語である。私は時間を持て余していたので、家族の話し相手をすることにした。夫婦と叔母、そして女性と男性の二人の子供。主人以外は英語を喋らないようだ。仕方なく覚えたてのあやふやなスペイン語の単語を並べ、ジェスチャーを交えてのインターナショナル・カンバセィション（ボディランゲージ）である。これで通じるのだから、旅は楽しい。

カメラの写し方を教えているうちに、私を写してくれるということになった。ついでに「カメラを売ってほしい」と頼まれたが、私は「これからまだ使用する予定があるから」と言って断った（そのカメラは、この旅行のために購入したばかりの品であった）。しまいには「娘を嫁にしてくれ」とまで言うのである。これには私も困惑させられたが、もちろん冗談であり、みんなで朗らかに笑い合うのだった。

やがて一機、キーンという金属音を引き連れてジャンボ機が滑走路に降下してくる。ついに来たのだ。しかし、メリダまで727型機でやって来た私には、これも行き先が違うのではないかという不安がなかったわけではなかった。待合室にいた大半の者が建物から出て、その飛行機を待ち侘びていたと言わんばかりの歓迎ぶりであった。ついに来たジャンボ機。それはあたかも、待ち焦がれていた恋人の到着といったシーンであろうか。

月明りの下、我先にと搭乗する人、人、人・・・。おそらく今日、カンクンを飛び立つ最終便になるだろう。空港ビルの明かりが一つずつ消えてゆく。そう思ったのは私一人だけだっただろうか。

ミッドナイト・フライト・フローム・カンクン。

機は高度を下げ旋回し始める。一斉に機内から歓声が上がる。なんと素晴らしい、なんと美しい夜景。眼下には長崎、函館の夜景にも似た一〇〇万ドルの夜景。世界中のすべての宝石を寄せ集め、敷き詰めたかのような、美しい夜景が広がっていた。

それは、数百人という人々を何時間も待たせ、不安に陥れフライトが遅れたという罪を、あたかもメキシコが一身に引き受け、償うかのように、いつまでもキラキラと輝いていた。

終　章

ＪＡＬ０１１便。午前一〇時発成田行。

数時間の仮眠の後、Ｍ夫妻に空港まで送ってもらい、日本での再会を約し、機上へ。

スチュワーデスのＫ女史は他のコースに就いているのであろうか。彼女の姿は見当たらず残念であった。機は純白の積乱雲の林立する遥か上空をフライトしていた。それらはあたかも雪原に林立する樹氷のようであった。

三週間。長いようで短かったメキシコでの日々。精神のカタルシスのために出発した旅が今終わろうとしていた。Ｍ・Ｏ嬢。Ｋ・Ｙ嬢。そしてＥ・Ｓ嬢。美しい女性たち。年齢とともに育まれたそれぞれの愛。それらは永遠に忘れられることなく、私の心の中で生きていくに相違ない。そして、彼女たちが私に与えてくれたすべてのものが私の中で生かされていくだろう。優しさ、労り、素直さ、人を慈しむ心。そして愛。

それは、私が人間という素晴らしい環境の中で生まれ育ったからに他ならない。辛いこと。苦しいこと。悲しいこと。確かにそれらは現実の人生には付きものである。しかし、それらに反比例するように、喜びも大きいことを忘れてはならないだろう。自他を比べた時、何一つ違っていないのは既に見た通りである。違っているのは周囲の環境だけである。「我・汝」の中にこそ人間としての生き方、人生のすべてが含まれていることも既に見た通りであった。一口に言えば「汝」と呼べなくしているものをこそ、根気よく除去しなければならないと言えるのである。

「汝よ・・・」

いまならM・O嬢にも、K・Y嬢にも言えるであろう、浄化された愛。すべてを赦す愛。願わくは私の過去のすべてを赦してほしいと思う。そして、すべての者が幸せになってほしいと思う。

人は良かれと思ってしてやったことさえ、その人を往々にして傷つけているものである。愛においても同じである。アステカを征服したキリスト教徒たちの愛。それは愛というよりは悪と呼ぶべきものであったのだが。となりびと（隣人）を愛するはずの愛が、そこには皆無だからである。「他人に対して最小限の傷しか与えない」こととは、如何なる愛においても他者を傷つけている場合があることを想定していると理解してもらえるだろう。

機はどこまで行っても雲海の上であった。それは今までの過去の愛のすべてを止揚し、認め、赦そうとしているようであった。

愛。

生まれたまま育つこともなく潰えていったM・O嬢との愛。

生まれては来たものの成長しようとしなかったとも言えるK・Y嬢との愛。

そして今成長しようとしているE・S嬢との愛。

いま、過去は過去としてすべてを赦し、すべてが赦されるだろう。

E・S嬢。空港まで私を迎えに来てくれているはずである。しかし、どうしてこの愛を失うことが赦されよう。それは、もしそのような結果を招いたとしたら、私はM・O嬢からも、そしてK・Y嬢からも、何一つ得ていなかったということであろう。

機はバンクーバーで小休止後、太平洋上へ。

刻々と世界地図に印された経過点が移動していく。機外の景色も、今までと打って変わって雲一つない紺青の海ばかりである。そして、視界の彼方に丸みを帯びた大海と青空が映し出されていた。

汝よ。私は幾度も胸の中でE・S嬢に呼びかけていた。どこからともなく涙がこみ上げてくるのだった。

涙。それがやがて、花や鳥を生み、人間を生む、愛の涙だったことをいったい誰が知っていたであろうか。

後記

ここに著したのは三週間に渡るメキシコ旅行をもとに、その歴史をひもとき、キリストの思想、キリスト教の教会・教皇権の位置としての善悪、その組織・構造に対する批判であり、自由とは何か、愛とは何か、を私なりに考察したものです。

アステカ王国からメキシコ国と日本の安土桃山後期からの戦国・江戸時代へ歴史をオーバーラップさせた部分は、歴史家諸氏からはかなりの批判を受けることになるでしょう。しかし、全体の文意から、本書が歴史書ではないことを了解していただけるものと思います。アステカ人（族）も人間であることを強調したかったのです。

歴史記述に関しては、多大な影響を与えてくれた数々の著作家、著作物を一覧表として示すことで感謝の意を表します。また、メキシコの各都市、各地方の特色や物産に関してはM氏から教示を得たことを併せて記し、感謝する次第です。ちなみに、M氏は現在メキシコ在住の日本人です。また、アステカの石暦、国立人類学博物館の記述は上智大学の高山智博教授の著作物から一部を拝借・引用させていただき、マヤ・アステカ各文明の記述はカーネギー研究所刊行の著作物から、メキシコ史は有斐閣のものから、仏教・キリスト教については筑摩書房刊の増谷文雄氏の著作から、それぞれ多大な教示を得、一部引用させていただきました。併せてここに感謝の意を表します。

またこの書を記すにあたり、登場して下さった種々の人々、歴史上の人々、それらを著した人々、現地に同行していただいた人々、そしてとりわけイニシャルで登場していただいたM・O嬢、K・Y嬢、E・S嬢の女性たち。それらすべての人々やもの（環境）によって影響を与えられ、この書が出来上がっているということをここに記し、感謝いたします。

参考文献（一部分引用させて頂いた著作物）

概説メキシコ史　国本伊代・畑恵子・細野昭雄共著　有斐閣選書　有斐閣
メヒコ歓ばしき隠喩　吉田喜重著　岩波書店
幻のアステカ王国　カーネギー研究所　小泉源太郎訳　大陸書房
失われたマヤ王国　カーネギー研究所　小泉源太郎訳　大陸書房
巨石文明の謎　ジェラルド・S・ホーキンズ著　小泉源太郎訳　大陸書房
仏教とキリスト教の比較研究　増谷文雄著　筑摩叢書　筑摩書房
動物と西欧思想　山下正男著　中公新書　中央公論
インディアスの発見　石原保徳著　田畑書店
年表・事典　対照式　世界史要覧　酒井忠夫監修　文英堂　１９８２年版
年表・事典　対照式　日本史要覧　芳賀幸四郎監修　文英堂　１９８５年版
ポケットガイド　メキシコ　内田昭編　ＪＴＢ出版事業局　昭和60年版
ブルーガイド海外版　メキシコ・グァテマラ　ブルーガイドブックス編集部　実業之日本社発行
思想　No588　メキシコ文化の形成　高山智博著　岩波書店
思想　No619　インディオとインディヘニスモ　高山智博著　岩波書店

新約聖書・旧約聖書・（ポケット版）、ポポルヴフ、ラス・カサス、その他多数。

原稿は１９８５年頃に完成しており終活にと思ってＰＣに書き写したものです。慣れないＰＣ入力、元原稿の癖字、乱文、乱筆、書き足し文の小さな文字、等々ＰＣ入力に想像以上の時間がかかりました。

歴史記述部分は可能な限り史実に忠実に記すため、メキシコ史の歴史専門家の著作物から引用させて頂いており、その著作物名、著作者、出版社名などを明記、一覧表を記載させて頂き関係者各位の皆様への感謝の意を表します。

今後とも関係者の皆様のご厚情およびお力添えを戴きたく、心よりお願い申し上げます。

２０１８年5月吉日

サハラテツヤ

サハラ テツヤ

昭和21年1月1日生
昭和39年3月　千葉県立千葉東高等学校卒業
昭和40年4月　東洋大学法学部法律学科入学、文学研究会在籍
昭和44年3月　　同　上　　　　　　　　卒業
昭和50年頃　横浜作詩研究会「いちい」在籍
　　　　　　サハラテツヤ名で作品投稿掲載
昭和60年頃　建築設備関連の会社を経営
現在、熱海市在住

主な作品にCD「サハラテツヤ作品集Ⅰ」、書籍「作曲家・歌手に贈るサハラテツヤのB級歌謡詩（詞）集」（ともにP&M music laboより）がある。

哀愁のメヒコ ―愛の序章―

2018年10月11日　第1刷発行

著　者　サハラテツヤ
発行人　大杉　剛
発行所　株式会社 風詠社
〒553-0001　大阪市福島区海老江5-2-2
大拓ビル5-7階
Tel 06（6136）8657　http://fueisha.com/
発売元　株式会社 星雲社
〒112-0005 東京都文京区水道1-3-30
Tel 03（3868）3275
装幀　2DAY
印刷・製本　シナノ印刷株式会社

ISBN978-4-434-25162-7 C0093

乱丁・落丁本は風詠社宛にお送りください。お取り替えいたします。